题　记

追 光

我希望，雪下得再大一些，
我们好躲进棉花里。
取暖。聊早春 ，小雨润如酥。

灶上，小鸡炖着蘑菇，
灯下，偶有蛾儿出没。
飞。你准备好了吗？

XILUCHAN
SHENGCHANG

西陆蝉声唱

九月入画◎著

中国社会出版社
国家一级出版社★全国百佳图书出版单位

图书在版编目（CIP）数据

西陆蝉声唱／九月入画著．—北京：中国社会出版社，2015.3

ISBN 978－7－5087－5016－3

Ⅰ.①西…　Ⅱ.①九…　Ⅲ.①言情小说—中国—当代　Ⅳ.①I247.5

中国版本图书馆 CIP 数据核字（2015）第 036847 号

书　　名：西陆蝉声唱
著　　者：九月入画

出 版 人：浦善新
终 审 人：李　浩
责任编辑：杜　康　　　　**责任校对**：王银霞

出版发行：中国社会出版社　邮政编码：100032
通联方法：北京市西城区二龙路甲 33 号
电　　话：编辑部：（010）58124864
邮购部：（010）58124845
销售部：（010）58124848
传　真：（010）58124856
网　　址：www. shcbs. com. cn
中国社会出版社官方旗舰店
经　　销：各地新华书店

印刷装订：中国电影出版社印刷厂
开　　本：170mm×240mm　1/16
印　　张：16
字　　数：250 千字
版　　次：2015 年 5 月第 1 版
印　　次：2015 年 5 月第 1 次印刷
定　　价：35.00 元

序

诗一般的女子——九月入画

唐　剑

解放军电视宣传中心高级编辑、大校，

中央电视台军事节目主持人

九月入画，一个让人敞开想象力的女作者的笔名，如此富有诗意的网络名字，竟然和2008年那场惨绝人寰的悲惨事件联系在一起，进入了人们的视线。

2008年5月13日，汶川大地震的第二天，我满怀对灾区人民的关切和对抢险救灾部队战友的崇敬，创作了歌词《我们要冲锋》和《让生命之舟远航》，由海军著名作曲家刘可欣谱曲，经过连续一天一夜的突击录制，14日在广播电台播出，继而各大网站纷纷转载发表了我的歌词，为此我非常关注网络同期发表的同一题材的创作，我在新浪诗歌论坛发现了一篇署名九月入画的诗歌《妈妈，请别为我哭泣》，最后一段这样写道：

妈妈，请别为我哭泣
风雨之后
总会有一道明媚的彩虹
绚烂你不眠的窗扉
而我还是你那小小的婴儿
在美丽的晨光中
为你展露粉红的笑靥

这首诗很快被新浪、搜狐、腾讯、新华网及《解放日报》等全国各大门户网站、报刊广泛转载。

自那以后，我开始关注她以及她的作品。她的诗歌灵动、跳跃、俏皮、优美，女性主义特征明显，语言独特，极富感染力，有不少作品堪称佳作。为汶川地震创作的作品收录在《废墟上的歌：汶川特大地震抗震救灾诗歌速集》，其他诗歌收录在《文涛拍岸：新原创文集》《当代诗卷——2011年卷》等作品集中。也许我身为戎装男子，听惯了鼓角争鸣反不易为之所动，偏偏喜爱九月入画这样的诗句：

吹灯

我想再做一回鬼
夜深吹灯，摸黑去你心里走一走
瞅瞅草皮绿了没？露水们有没有光顾？
你自个儿疯长是不是很疼，很孤单？

春天见

陌生人在玻璃背面解冻
那场病融化，我又生出新枝叶
左耳的桃花说，爱吧，趁早
这句很红。你一定能听到。

娶一个词好好疼

疼它像疼自己那样
白纸黑字，许下生死
干净的灵魂，不需要名分
我爱你，简单热切
这，平凡的平
平凡的凡

后来发现她的诗歌《如果》在新浪奥运诗歌征集大赛中获得一等奖，甚至有网评如是说：九月入画开创了清新、活泼、可爱的充满生活气息的小女子诗歌流派。至今九月入画已创作诗歌作品500多首。

再后来九月入画给我带来更多的惊喜，近年她的小说作品也声名鹊起，从已出版的《安玢的依米之恋》《倾城》《青鸾》《凤凰病》《马兰花开》等长、中、短篇小说来看，沿袭了她文学创作的遣词造句特点，“转瞬即逝的爱，瞬间的美丽与传奇”，我想这句话很能代表九月入画的文字风格。她写的故事不外乎是都市男女的感情纠葛，但这些故事读起来感觉她不仅具有诗人的浪漫，而且善于洞察女人在传统角色扮演与现代时尚出位之间的痛苦和快乐、束缚和挣扎、突破和无奈，故事与人物触手可及，读完让人久久沉思。

俗话说：无巧不成书。九月入画为了中国社会出版社出版她的第三部长篇小说《西陆蝉声唱》专程从新疆乌鲁木齐来到北京，在好友聚会时与我不期而遇。

她，文静而素雅，完全没有西北姑娘的豪迈与爽朗，流露更多的是江南女子的婉约与纤柔，学生气息浓郁，并不像一个职业经济师，于是我称呼她“女孩儿”。她莞尔一笑作答：“我叫毛晓燕。”席间，她话不多，沉静内敛，大部分时间都在倾听别人攀谈，时而进入思忖的状态，真不知是在思考话题，还是品味余香。

新书《西陆蝉声唱》书名出自唐代著名诗人骆宾王的名作《在狱咏蝉》：

西陆蝉声唱，南冠客思侵。
不堪玄鬓影，来对白头吟。
露重飞难进，风多响易沉。
无人信高洁，谁为表予心。

古人以蝉喻义高洁的人品，《唐诗别裁》说：“咏蝉者每咏其声，此独尊其品格。”蝉栖于高枝，餐风饮露，艰辛鸣唱，却又生生不息。

我有幸先睹其书，《西陆蝉声唱》讲述了女主人公木如瑾的情感经历，揭示了她面对不幸婚姻，渴望改变，又无法彻底与现实决裂的彷徨心理。在一定程度上反映了当前现实生活中一些人对婚姻的困惑与迷茫。整部小说文字隽秀而清新，故事情节设计跌宕而精妙，情真意切。与作者前两部小说相比，无论是叙事方式还是文字处理，更显得游刃有余，我欣喜地看到九月入画的文学创作正渐入佳境。

大抵喜读小说的人，最烦别人“刨活儿”，不如请您沏上一杯清茶，润润喉咙，在春意融融中轻声阅读九月入画的新作吧。

是为序。

2015 年 3 月 15 日于北京四季香庐

目　录

第一章/蛹

1

天没亮。

如瑾眯着眼，伸手去床头摸手机。

7点41分，真准。

她轻叹，特异功能！自己已俨然成为闹钟、定时器，不用闹铃响，她就能准时准点地醒，丝毫不差分秒。

透过百叶窗，对面六楼厨房的窗亮了。

想必那儿也有个像她一样蓬头垢面的煮饭婆。

如瑾苦笑，天下父母心啊！

7点42分隔壁单元103老杨家的三轮摩托响，老杨是开包子铺的，这个点开张恰好。7点43分，楼上赶着早读的学生经过她家门口会跺跺脚，楼道的灯坏半年了，再跺也不亮。7点44分楼下的婴儿醒了开嗓就哭。7点45分……再想就迟了。人人生来就有各自的钟点，掐着钟点生活，一刻都不能差。

这座城市跟国内其他城市有两小时时差。两小时，说长不长说短不短。在此时限内，有人生，有人死，有人萍水相逢，有人劳燕分飞，有人洗心革面，有人执迷不悟。有人大仇得报，有人又添新仇。细胞几分钟完成一次分裂，两小时能完成多少次分裂？一刻值千金，两小时值多少雪花银子？两小时对于木如瑾而言，是起早贪黑，干不完的家务事。庸碌命里一分钟都想掰成几分钟用，分秒必争。如果再多两小时，她想找个被窝踏踏实实睡个安稳觉，睡到日上三竿，伸个懒腰，舒口气，说不定这就是她要的美好生活。

如瑾曾不厌其烦地跟异地的朋友解释说，就是你那儿比我这儿早两小时天亮，我这儿比你那儿晚天黑两小时。比如你那儿夏天晚 7 点天黑，我这儿那时还是骄阳似火，我这儿早 7 点天刚蒙蒙亮，你那儿已太阳当空照，花儿对你笑了，小鸟说，早早早。如瑾笑，再掰扯下去，就得开唱了。俗话说，说的没有唱的好，唱的没有演的好，演的没有……

如瑾从床上弹起来，来不及洗漱，随便绾绾头发，直奔厨房。

8 点 10 分，早餐准备停当。

如瑾转身去叫小答起床。

今天星期几？小答半睁着眼问。

星期三。

今天有美术课，老师让准备生宣、旧挂历、中国墨。小答磕磕巴巴地说。

什么？你怎么早不说啊！木如瑾气急败坏。

这孩子总是让她措手不及。

美术课，第几节？

上午第四节课。小答爬起来，四处找他的袜子。

我让你爸买好给你送去。

如瑾又到隔壁屋催谢端。

赶紧起来送小答，都 8 点半了。

如瑾故意把时间说得提早些，不然谢端不起来。

书房桌上的烟灰缸里烟头爆满，一屋子刺鼻的烟味熏得如瑾屏住气。

看样子，谢端又一宿没睡。

不用说，又在网上斗了一夜的地主。

等小答吃完饭再叫我。谢端眼都没睁，咕哝了一声，翻身又睡了。

都说男人睡眠质量高，打个盹儿就算一觉。

如瑾没这本事，她神经衰弱。

吃完早饭，小答躺在沙发上等谢端。

谢端还没起来。

如瑾气不打一处来。

还不起来啊！孩子快迟到了！

谢端醒了，不是因为木如瑾的喊声，而是手机响了，同事老康要搭他的车上班。

谢端胡乱洗漱了一下，带小答出门。

如瑾在他身后喊：记着给小答把生宣、旧挂历送去，上午第四节课有美术……

谢端根本没心思搭理她，他突然想起手机没带，回身进卧室去拿。

鞋，换鞋啊！如瑾盯着谢端鞋上的泥嚷。

来不及了，脏了再擦！

记着还得买中国墨，中国墨啊！

谢端几乎是夺门而去，留下一串泥印龇牙咧嘴冲如瑾鬼笑。

该死的！都是上辈子欠你俩的！如瑾骂道。

田螺姑娘落入凡间，遇上谢端这号男人准保仙女变泼妇。

泼妇?！唉，当泼妇总比做鬼强。

如瑾再叹，她突然觉得鬼也比自己强得多，现在的她不人不鬼、不伦不类的，什么都不是。

即便啥都不是，还得尽其责守本分。

这就是命。

如瑾没工夫多想，里里外外一大堆活够她忙活好一会儿的。

倘若某天她这头孺子牛真撂了挑子，这个家会乱成啥样?

她摇摇头，不会有那一天的，她不会让那种糟糕的情景发生，她要撑下去，撑一天算一天。

拾掇完，如瑾倚在窗前发呆，此刻的她，全身瘫软，眼神涣散，颓了。

她爸常说人活一口气。她觉得自己活得上气不接下气，苟延残喘。为啥活着那么累啊！

窗外，对面楼的单元门开了，蹿出一只狗来，紧随其后的是一个穿睡衣、满头卷发器的中年女人。

中年女人任由狗在草坪上撒欢，自己则一边踱步一边四处张望。

如瑾看不惯穿着睡衣出门的女人，反正她不允许自己那样在人前不修边幅。

那女人有点眼熟，好像那谁?

如瑾回神笑，包租婆? 斜眼、龅牙，还有叼在阔嘴边的那半支烟。

她探头再看，那女人真的在抽烟，嘴角一歪一歪的，与包租婆神似度90%。

如瑾笑出声，虽然她知道拿别人穷开心不怎么道德，但她实在忍不住。

会哭会笑说明她还活着，即使没心没肺。

那女人打了个哈欠，仰头朝上看。

她愣了一下，偏偏头，使劲儿眨巴眼，接着退后几步，踮起脚，朝楼上望。

如瑾连忙缩回身，拉拢窗帘。

窗关着，又在三楼，就算那女人发现了她，也是捕风捉影。

她怕跟人吵架，尤其是悍妇。何况悍妇身后还有只狗。

她更怕狗。小答喜欢狗，曾不止一次地央求她养只狗，她不肯。

她小时候被狗咬过。一朝被蛇咬十年怕井绳。

她身上压着谢端和小答这两座山头，已经让她透不过气来了，再养条狗，非得把她给憋死。

你伺候我，我伺候狗，行了吧?！小答的话让她哭笑不得。他埋怨妈妈没爱心。

如瑾任由小答闹，就是不答应。她觉得自己的心早就被掏空了，还爱心呢！

楼下狗吠停了，她有点心虚。

她拉开窗帘。那女人和狗不见了。

如瑾舒口气，如释重负。

她突然觉得，自己跟那个女人很像，甚至她还不如那女人。

那女人虽然搞笑，但身后至少有条狗跟着，倒也不尴尬。

而此刻的自己呢？心空落落的，一脸木然。像个十足的傻瓜！

一个寂寞无聊到心慌的傻瓜。

2

门外楼梯上脚步声嘈杂。

就近上班的人出门了。

如瑾不用看表就知道刚过9点半。

她并不急于出门，等楼道里的各种声响消停下来。

当她走出楼门时，习惯性地回望了下她家那个单元门。

走出去还要回来。每天都是如此周而复始，如鸟归巢、兽回笼。

来来回回，一辈子就过去了。

如果走出去不再回来，又能去哪儿呢？

这个鸽灰色的念头，令她茫然又沮丧。

那是她的家啊！

红的墙、绿的窗，金色的房顶亮堂堂。

小笞小时候，她给他念过这样的童话。

她异想天开，如果她有那样一个温暖明亮的家该多好！

你没家吗？这山望着那山高，身在福中不知福，果子吃没了，盼着吃蒿菜饭了？你，你以为自个儿是皇后娘娘啊？！你个喂不熟的狼！

谢端要知道她瞎想准会像只奓毛鸡似的叨个没完。

现在她的家空着，阳光马上就照到她家窗台上了。

就算阳光满屋，也还是座空房子，她感受不到那里的温暖。

如瑾甩甩头，谁也困不住谁，都是作茧自缚，谁都别怨天尤人。

过天桥时，她故意放慢脚步。

那幢灰色的大楼近在咫尺。她心里乌压压的一片。

才出龙门开虎帐，悚然。

公司的门早开了，玻璃门在阳光照耀下有些晃眼。

手机响。如瑾摸索半天才把手机从包里掏出来。

在哪儿？在干吗？为啥不接电话？是不是不方便？天暮在电话里火急火燎地问。

快到公司了，有事赶紧说。如瑾没好气地答。

就算天暮知道她在哪儿，在干啥，又有什么用呢？他俩相隔千里，柏拉图式的爱情可以有，但到底是水中月、镜中花，能维持多久？如瑾心里没底。

她需要的不仅仅是安全感，还有真真切切的存在感。

天暮是个影子，这个念头她早就有了，只是一直不敢说出来。

她难以舍弃这种如影随形的感觉，有个影子跟着总比没有强。

因为她孤单。

也没啥事，聊聊呗！我们这儿都快到饭点了，你才去上班，真懒。天暮话锋一转。

有时差，明知故问，没工夫跟你废话。挂了啊！如瑾气急。

别，你这人真不识逗，一点幽默性都没有。

幽默性？幽默感吧?！没文化。

听如瑾咋呼，天暮没心没肺地笑得很大声。

想死啊?！如瑾吼，身边的路人为之侧目。

想。

那就去死，早死早投胎！

牡丹花下死，做鬼也风流。天暮犯贫。

有病！

我还真有病，不治之症、绝症。

你?！如瑾气结。

妞儿，想你了。天暮冷不丁地冒出一句滚烫的话。

如瑾心头一热，眼睛泛潮，噎住。

这句话天暮说过无数次，但每次都能刺中如瑾软肋。

谢端从来不会对她软语温存，她要的风情天暮懂。

每个女人都不愿长大。青梅味酸却逗人。

她快35岁了，天暮还叫她妞儿。

如瑾觉得时间慢了下来，她还跟株青葱葱的麦苗似的，昂头张眼在阳光雨露里无知无畏地笑。

我到了，bye。

如瑾挂电话，她感到脸发烫，心渐渐明朗，那片雾霾散了。

推开玻璃门，眼见伏案于办公桌前的老父亲，如瑾不忍又无奈。

都奔70的人了，还不服老，真是?

人老三不贵，贪财怕死没瞌睡。

如瑾中学同学扣子说过，老不死的都是守财奴。钱没花干净死不瞑目。

别闲着，帮着去砂场收账。

还没等如瑾喘口气，她爸就递过来一沓欠条。

没地址啊？如瑾盯着欠条说。

拿货的小孙你见过的，这儿有他电话，自己问。

电话响，老父亲忙着接，不再搭理她。

又赊账！

如瑾嘀咕了一句，转身出门。

砂场在城郊。

如瑾边走边打听，才知道那儿有段路没通公交车。

好在半路上搭上了一辆运砂石的卡车，才没跑那么远的冤枉路。

收完账，返回的路上并没那么顺利。

不但没搭上顺风车，如瑾还在路上崴了脚。

她满身尘土，一瘸一拐地往回走。

小答老师来电话，说小答没带学习用具，美术课没法上。

如瑾给谢端打电话，谢端的手机无人接听。

过了好一会儿，谢端回电话，劈头盖脸一句：你赶紧去买生宣、中国墨，还有旧挂历什么的送学校去，小答老师催呢！

不是让你买吗？如瑾反问。

我忙，一上午都在开会。

我也……

还没等如瑾申辩，谢端就毫不含糊地挂断了电话。

如瑾感觉自己像根蜡烛似的被撂到了火堆里，来不及流泪就被嗞嗞嗞地烧成了灰。

她真想大哭一场。

天暮又来电话了。

他听如瑾声音带哭腔，急急地问：出啥事了，啊?!

我，在路上，崴了脚，我……

如瑾哽咽。

疼吗？严重吗？还不赶紧去医院。

不知道。

疼都不知道，那就是很严重了，你傻啊！天暮火烧火燎地喊。

搭不上车，我还能走。如瑾越发地委屈。

告诉我你具体的位置，我找朋友去接你。天暮说。

那个影子飘起来，想为她遮风挡雨，反常吗？

如瑾揉揉眼睛，她什么也没看见。

泪水夺眶，她忍不住哭出声来。

妞儿，别哭，有我呢。天暮轻声说。

带我走，走吧！如瑾不管不顾地说。

她想把喉咙里的骨鲠拔出来，不然她会被活活憋死。

好，你等着。天暮梦游似的语气答道。

等？又要等！再等多久？

如瑾如梦方醒。

六年了，她一直在等横亘在他们之间的沟壑填平，等那个影子站起来，靠近她，为她顶天立地、遮风挡雨。

现在，他居然还让她再等。

遥遥无期，她突然想到这个词，顿感心灰意冷。

你别找人了，我没事。

泪倒流回去，如瑾觉得自己有点贪婪，天暮给不了她将来，将来是什么？连她自己都不知道。

沉默。

天暮说，还是小心为好。

如瑾苦笑，这句有点多余。

她是否安好，那么重要？

他就算能看见她忧伤的脸，但也无法看清她痛苦的心。

他是个影子，始终都在暗处，见不得光。

3

回到家，如瑾在脚踝上贴了块止痛膏，忙不迭起身去厨房做饭。

小答回来了，一进门直喊饿。等不及。

谢端晚上很少在家吃饭，他年初升了副处，应酬多。

如瑾埋怨过他不顾家，他则说等哪天赋闲在家了，没人请，那就真到人走茶凉的时候了。

吃完饭，如瑾检查小答的作业。

家校联系册上，班主任严老师留言：丢三落四！英语听写没有批改，希望家长监督，你不付出，别指望轻而易举地得到！

如瑾眼前各种利器在飞，大到风刀霜剑，小到索命的梅花针。

这明显是指桑骂槐，她气呼呼地想，你怎么知道我就没付出了啊?!

小答是如瑾一手带大的，其中甘苦只有她当娘的知道。

她问小答，严老师留言是啥意思？

小答说，英语听写，家长除了签字，还得用红笔批改。

我批改了，要老师干吗啊?！如瑾心说。

小答又说，学习不好，不但会被老师用树枝抽手，还会被调到“VIP”专座去。

VIP？啥意思？如瑾问。

就是第一排，差生的座位。

这哪儿是园丁啊！简直就是刽子手。

小答五岁半上学，年龄比同班的孩子都小，但理解力并不差，只是有点好动、注意力不集中。

如今他十一岁了，刚上初一。

你没坐 VIP 专座吧？如瑾问。

小答支吾半天说：这周五，下，下午 3 点半开家长会。

如瑾明白了。

现在的园丁都成伐木工人了。

她家这棵小树眼看就要被劈了当柴烧了。

她摸摸小答的头说：没事，坐第一排挺好，不容易走神。

小答摇摇头说：可，多丢人啊！

如瑾笑笑说：可妈妈没看见啊！

下次我一定要考好，央求严老师给我换座位。小答忧心忡忡地说。

小答睡了，谢端还没回来。

天暮发短信问：方便吗？

如瑾给天暮打电话，唠里唠叨地说的都是小答的事。

天暮笑，说：别急，耐心点，好习惯不是一朝一夕养成的，尤其是男孩儿。

他还说了一些他年少时候的糗事。

比如六岁学做饭，点着了房子。八岁偷邻居地里的西瓜，结果被邻居追得东奔西窜，西瓜也给扔了，碎了一地，自己还摔了个嘴啃泥。跟小答差不多大时，早恋、打群架，无恶不作。

他娘打小不叫他大名，张口就是：你个要人命的死孩子！

如瑾听得入了神，现在的天暮成熟沉稳，判若两人。

想看看你。天暮轻声说。

视频里的天暮，穿一件红黑格子衬衫，黝黑的脸上浮着憨笑。

如瑾笑。

你呢？我怎么没见你啊?！天暮问。

又不是没见过，黄脸婆一个。如瑾答。

那也得是个特别的黄脸婆。天暮笑起来有点孩子气。腼腆中一点儿坏。

妞儿，真的想你了。天暮声音飘忽。

如瑾不知所措。

想你的呼吸、头发上的雏菊香儿，还有，还有雪白的身体，还有……

天暮呼吸急促，像着了魔。

早点睡吧。

如瑾打断天暮，她的心怦怦直跳。

夜色撩人，那些片段似鬼魅飘忽。

又要身临其境，触摸到暧昧的底色了。

她关掉视频，闭上眼。

就当我没来过。

没来过。

4

又回去了。

那只蛹在蜕皮，第五次。

背上的外皮裂开，从头到脚依次挣脱出来。

它想甩掉身后的黑暗，变成一只金色的蝉。

还是回去吧！见光会死的！有个声音警告。

不，我得去，他在叫我呢。

知了，知了。

琥珀色。光晕。酒。天暮汗涔涔的脸。

如瑾感觉背上刺入千万针刺口器，剧痛无比。

它们在吸食她的骨血心髓。

黏稠的红。浓烈的腥味。彻骨的寒。

她想喊却发不出声。

她干瘪下去，就要变成一个神灭形消的空壳了。

如瑾惊醒，枕头上湿漉漉一片。

她哭过。

她想给天暮打电话，可大半夜当怨妇跟做鬼没什么分别。

厨房有响动。

如瑾起身看。谢端回来了。

谢端在厨房上网，因为他烟瘾大又怕影响木如瑾和孩子。

在这之前，谢端可不是这样，几乎家里的每个角落都是他的吸烟室。

为此如瑾闹了很多回，可他屡教不改。

后来发展到他们夫妻冷战，再后来小答得了哮喘。

不得已，谢端服软，但烟终究没戒，厨房成了折中的去处。

厨房的玻璃门虚掩，烟飘进了餐厅。

如瑾捂着鼻子敲门：也不知道把油烟机开开。

随即，油烟机轰隆隆地响。

如瑾睡意全消。

谢端关紧门，不再搭理她。

一扇玻璃门，两个熟悉的陌生人。

这是她的家，也是她的坟墓。

如瑾冷冷地想。

谢端木讷，少言寡语，并不讨人喜欢。嫁他之前，她犹豫过不止一次。

无奈那会儿她妈逼嫁，连她妹也不依不饶，从小到大她跟她妹同住一屋，她明白她妹的心思，谁都想有属于自己的空间，何况她妹也到了待嫁的年纪。

那时她家还没拆迁，住房不宽裕，二老又舍不得买新房。一套小三居，除父母、他们兄妹仨儿，外加嫂子和小侄子朗朗，满当当一大家子挤在一起想清静都难。

她妈巴望她火速嫁出去腾房子：走一个少一个，都在屋头待着焦心！

回想当年事，她至今仍感觉芒刺在背。

谁也没逼她，她想逃，身不由己。

谢端既不是靠山，也不是救命稻草，她撞见了他，当是宿命。

再说她娘家并不怎么和睦，哥嫂跋扈，妹妹霸道，除了她，个个都盯着老父亲荷包上的锁。

铜乳之臭，并肩而立，接迹而趋。谁会避之？

如瑾父亲做建材生意，兢兢业业经营公司二十年，可还是逆水行舟用力撑，一篙松劲退千寻。

老父亲说细水长流，有口饭吃就行，大风浪大气象咱也扛不住。

如瑾心说，不积细流，无以成江海，可找不到新的水源，细流迟早也会流干。

她觉得父亲小作坊的经营意识有违他豪气冲天的大名，木伟业。

归根到底，是父亲经营理念落后，拒绝接受新生事物。

她爸拒绝使用各种电子产品，至今办公桌还摆着把几十年高龄的老算盘。

几十本账本成摞成摞地码成几排，像堵城墙似的扎在那儿屹立不倒。

谁也拗不过老爷子，这个账本堆砌成的城池就是他的战线、营盘、根据地，让他躬身而退那简直是要他的老命。

当初她在国企工作安定，可经不住老父亲劝说，买断回来帮忙打理家业，以为即便无所作为，也算尽孝心，为人本分。后来她哥和妹妹也相继介入，出生商贾之家难免争产风波。哥嫂一直盼着老爷子退休，自家上位统江山，她妹虽口口声声说自己迟早会嫁作他人妇，木家的事与她关系不大，但心里眼里无处不暗藏刀光剑影：不是我的，想要也没辙儿，是我的，缺斤少两，我一百个不答应！

如瑾性子懦弱，夹在中间，不知进退，谢端倒是精明，在一旁谋划：让你哥和你妹争，你别言语，等他俩争得你死我活，两败俱伤，你再露面，渔翁得利，你不会不懂。

如瑾心寒。寒凉之家哪能生出温暖之心？

树倒猢狲散、飞鸟各投林，迟早的事。

这样的结局想过千遍万遍，如瑾倒也不怎么忐忑了。

该来的躲不过，听天由命吧！

如瑾打开阳台的窗子透气。

有人在楼下烧纸，火苗被风吹得跳跳闪闪的，诡异而凄楚。

人死万念空，疼始终刺在念你的那个人心里。

他疼着，你就活着。

如瑾突然一阵心酸，天暮说过，如果要死，也得她先死，那样留下来痛苦的是他。

你先下去暖好被窝，我就来。

天暮的话刻骨，如瑾禁不住心痛。

5

第二天晚上，谢端回家，脸色暗沉。

如瑾在厨房洗碗，听见谢端在外面训斥小答。什么垫底啊、丢人啊的字眼乒乒乓乓地响。

少顷，谢端又找如瑾。

他气哼哼地说小答的班主任来电话，说这次小答期中考试成绩全年级排名140。

全年级总共188个孩子。

都垫底了，唉！想当年我上学那会儿，全年级第一，他呢?！这孩子一点儿都不随我，这智商也不知像谁了。

谢端话里有话，可当着孩子的面如瑾没法发作。

我尽力了，不行就请家教。她忍气说。

家教？钱呢?！难道他要开飞机，我还给他买架飞机不成?！谢端吹胡子瞪眼。

如瑾气不打一处来，她辅导完孩子作业，先让小答洗漱睡了。

谢端又去厨房上网了。

如瑾敲厨房门，谢端在里面唠叨。

这孩子，我不管，以后没出息，要饭就是他的命！活该！

孩子从小到大你管过几回，好了算你的，坏了都算我的，别忘了，小答也姓谢！如瑾隔着门喊。

我们老谢家没有这么笨的人！

你就明说小答随我，直接说我弱智得了，话又说回来，你当初死乞白赖地追我，说明啥？

啥？

你，脑残！

厨房门山响，但没打开，门的轨道坏好几年了。

如瑾想幸好没修，短兵相接对谁都没好处，窗户纸还是别捅破好。

可这又何必呢？

打火机声、油烟机响，烟味透出来。

如瑾屏息。

她与谢端之间的屏障不止这些。

临睡前，如瑾反锁了房门。

她躺在黑暗里，呼吸渐渐平稳下来，她不怕黑，因为这片黑暗属于她自己。习惯、亲密，化成影子，与她融为一体。

可她冷。她下意识裹紧被子。枕冷衾寒，长夜漫漫，无处话凄凉。她想到谢端。

谢端的世界呢？要么敞亮，要么黑暗。她心力不及，也不想体察什么。

谢端像块石头，要想到石头里点灯谈何容易。

多年来，她想化石，却最终被他石化。

争吵、冷战，到现在的不闻不问。

她心死。

分居很自然，天寒白屋贫，她怕冷，更怕闹雪灾。

自从有了小答，他们夫妻俩谁都没碰过谁，仿佛人生大事早已完结，剩下的光阴除了面面相觑，各忙各的，各怀心事，直至了却残生。还有何生趣可言？如瑾觉得这个家似牢笼，而她自己则是死囚。某年某月某日被判了死罪，却没有立即执行，改死缓了，又从死缓改了无期。这意味着她这一辈子永无出头日，见不到光亮，生不如死。想到此，如瑾心上的冰凌冰柱冰碴子一股脑儿地堆积成山，她浑身打战，牙齿咬得咯咯响，一失足成千古恨，可又能怎样？她再怎么气恨难平，也只能饮恨吞声，小答还小，冰冻三尺非一日之寒，除了忍得牙根疼，恨入骨髓，她也无计可施。

哀莫大于心死。她叹息。

谢端似乎并不介意，照旧不知冷暖地过。

虽然以前他也敲过这扇反锁的门，但拗不过如瑾心意已决。

他可以强行撞开的，如瑾曾经想过。他还没过血气方刚的年纪，而她毕竟是个弱女子，对付他，就算门上再加几把锁，他闯进来也不费吹灰之力，再说他们是夫妻。

可那就不是谢端了。无欲则刚？不，应该是无所用心。

你不开，我不扰。冷战不是吗？好，我奉陪！

隔着一扇门，一个辗转反侧，一个自得其乐。刨掉冷暖亲疏喧嚣嘈杂，生活得过且过，死水一般。

如瑾自问，谢端爱过她吗？她心里谢端能占多大点儿地方？

她说不清。

若不是当年房改，谢端也不会急死忙活地娶她。

一纸婚书换来一套两居室的福利房，谢端说，不领证就来不及了。

来不及？来不及赶上末班车。

那多不划算啊！谢端说。

来不及后悔，如瑾叹息。

那时她跟谢端才认识两周。

太快了。她对谢端说。

谢端反倒坦然：快啥，我这人特简单，一眼就能看穿，你也单纯，咱俩都是奔着结婚去的，既然目标一致，何必舍近求远，玩那些弯弯绕呢，这就结了呗?!

她还是觉得太快，她妈说，眼巴前，你都快24了，再耽搁，就没人要了。

没人要意味着没人待见、讨人厌、成谈资笑柄，而后凄凄惨惨戚戚地孤独终老。

想到这些都后怕。

她最终还是从了，因为人言可畏，因为她怕冷。

昨日已模糊，现实很冷酷。

她恍惚。唉，她现在是游魂，不知往哪儿去。

手机闪，天暮发短信：方便吗？

她犹豫。

想你了。她仿佛看见了天暮眼里的星火。

她喘息，回：早点睡，晚安。

而后关手机，起身去小答房间。

小答睡得不安稳，咕咕噜噜地倒气。

她俯身轻拍小答，看见小答脸上的泪痕。

一阵心疼。

她把小答带到这个世界上，非但没给他带来幸福，反而让他过多地遭受惊吓与不安。

她泪眼迷离。

作孽啊!

6

傍晚，如瑾去小区超市买东西。

路过小区广场见有人围观。一个穿婚纱、满头插花的女人在草坪上荡秋千。

如瑾以为是哪家影楼在拍婚纱照呢，她素来不爱凑热闹，也没细看。

当她从超市出来时，竟见那个穿婚纱的女人一动不动地站在超市出口东张西望，像是在等谁。

天擦黑，那身婚纱晃在那儿，惨白、诡异，有点瘆人。

如瑾经过那女人身边。

那女人转过头。

如瑾目瞪口呆。

厚厚的粉黛之下，一张苍老扭曲的脸。

那双混浊失神的眼睛盯着如瑾，似笑非笑。

我美吗？她突然问，声音苍老而嘶哑。

如瑾屏息，女人伸出暴满青筋的手，抚弄鬓角蔫巴巴的花儿，如瑾看清那是几朵殷红的玫瑰，女人的手指甲涂着暗红的指甲油。

如瑾定住。

你说，柳丁迟到了，我该怎么惩罚他呢？女人问。

柳丁？如瑾摇摇头，拔腿欲跑。

那女人竟死死地拽住了她。

矢车菊，我不要，野花，要不得，我要玫瑰，玫瑰！你数数我头上有几朵玫瑰，够不够?!

够了，够了。如瑾边挣扎边慌乱地点头。那女人手劲儿真大。

十二朵，够了？哦，够了，够了。女人手一松，喃喃道。

如瑾趁机脱身，跑出去。

够了啊！柳丁！啊，真是他呢！他来接我了！

女人发出一阵怪笑。

如瑾没敢回头。

女人没追上来。

跑到自家楼下，如瑾停下来，喘口气。

矢车菊？玫瑰？柳丁？

唉，撞见鬼了！

回到家，如瑾惊魂未定。站在窗前发呆，忘记做饭。

小答喊饿，她如梦方醒。

晚饭后，照例要给小答检查作业、签字。催促小答洗漱、按时睡觉。

等忙活完了，她又想起那惊悚的一幕。

谢端还没回家，她的心又怦怦直跳起来。

她给天暮打电话，电话无人接听。

有个男人在身边多好！她不禁感叹。

不久，天暮回电话，言语间透出几分醉意。

天暮在政府机关工作，应酬饭局自然少不了。

天暮说，刚才酒桌上人多嘴杂的，不方便回电话，抱歉。

天暮的声音有点儿飘忽，但听得出他是清醒的。

不知道为什么，比起平时的天暮，如瑾更喜欢此刻微醉的他。

听如瑾絮叨完。

天暮在电话那端轻笑：宝贝，不用担心，不安和焦虑容易让人变老，我可不想我的宝贝转眼变大妈啊！

那疯子可能就住我附近，要是再撞见她，我该怎么办啊?!

别怕，有我呢？你喊三声我的名字，我立马出现在你眼前。

天暮寥寥几句醉话，竟令如瑾心生安慰，她想笑，但鼻尖顿感酸涩。

若天暮真在她身边，多好！

睡吧，我哄你。天暮哼起摇篮曲，他视她为婴儿。

如瑾眼眶一红，真想躲到他心里去，哪怕化成一声心跳、一滴泪。

7

窗外，那棵树开满了大簇大簇的白花，像个披头散发的厨娘。

树已参天，但如瑾还不知道它是什么树。

她也不想知道，世上不知名的事物太多，再说就算知道了又怎样？都有各自的活法，不一定要赏心悦目，只要活着就好。

天暮说，五月是一首熏香的诗，如瑾觉得五月是个昏昏欲睡的季节，尤其是午后。

午休时，手机不停地响，她懒得理。

半梦半醒间，座机喧叫。

她不得已起身，是银行打来的，有张支票退票了。

上班点到了。

挂掉电话，看手机一串未接来电，都是陌生的号码。

她悻悻然，估计不是推销保险的，就是卖房子的。

真叫人不得安宁。

她去银行办事，经过旁边的牙科诊所。身后汽车喇叭声刺耳，由不得回头。

树荫下，那辆经济型的轿车，高一声低一声地尖叫着，车前灯忽闪忽闪。

车窗内探出一张圆乎乎的包子脸。

瑾儿！

听声似曾相识。如瑾犹疑了一下，迎上前。

包子脸立时裂开，露出一排发黑的烤瓷牙。

扣子！如瑾惊叫。

“二五眼”，非得凑到跟前，才看清我谁啊？

胖女人嗔怪。

若不是那口牙，如瑾还真认不出她是谁。

几年没见，扣子那张包子脸膨胀成了银盆，人也胖得脱形了。

扣子招呼如瑾上车。

如瑾几乎是挤上车的，车内空间太小，扣子的肚子抵在方向盘上，整个人看起来圆滚滚、汗津津的，呼呼直喘，真像刚出笼的热包子。

如瑾问：怎么不开空调呢？

扣子答：开空调多费油啊？哪有自然风吹着舒服。说着扣子摇下车窗。

扣子还像以前那么抠门，如瑾笑。

记得那口烤瓷牙是扣子结婚前换的，以前她满口四环素牙，正规医院不去，图便宜在小诊所换的。

你怎么找到我的？如瑾问。

你还用找啊？店在你在，就算店没了，你的活动范围也不超过方圆两公里，你个死心眼！我就不用问候别来无恙了吧？扣子指指那幢灰色的大楼。

不过，不接电话可不是啥好毛病。扣子白了如瑾一眼。

你打电话了，中午？如瑾恍然。

好歹较真这么一回，你还不搭理咱，伤不起啊！扣子边用纸巾擦汗，边气呼呼地说。

你怎么知道我手机号码的，我手机换号了。如瑾说。

你不说我还不上火，说了，我真想把你丢进包子屉里，给蒸了！换号也不招呼一声，真不够朋友，要不是今儿我来诊所看牙，哼！

哼啥？你不也七年人杳，音信皆无？怎么知道我手机号的，说！如瑾佯装生气。

长着嘴是干吗的，我到这儿看牙，既然都到你家门口了，还不顺便问候下你家老爷子吗？

扣子哧哧地笑，脸上的包子褶儿毕现。

没有不出褶儿的胖子，有的是岁月的沧桑。时光荏苒，她们都老了。

记得上中学那会儿，扣子还没这么胖，也还没换牙。准包子脸，还看得出棱角。身姿算不上曼妙，却也玲珑有致。除了那口黄牙碍眼，其余的还说得过去。

扣子深谙，行莫回头，语莫掀唇，可总有忘形之时，比如看见亲近的人或高兴的事，她则毫不吝惜地亮出笑线，直到牙龈毕露。

谁让她憋不住，爱笑呢？

人说，从笑容里能看出心机指数。木如瑾觉得扣子的心机指数绝对在70%以上。没心机的女人吃亏，有心机的女人好命。

大热天，女同学们改穿裙子，扣子却捂着厚实的夹克混迹其中，问她为啥，她说了一大堆春捂秋冻的歪理。

雨天，上体育课，扣子反其道行之，穿着件簇新的白衬衫、花格裙从操场边飘过，那群穿运动服的女生顿时黯然失色。

男生们在一旁哄唱：每当天空又下起了雨，风中有朵雨做的云，每当心中又想起了你，风中有朵雨做的云。

上体育课不穿运动服算违规，一向脾气暴烈的体育老师非但没让扣子罚跑，反而十分亲切、和蔼地叮嘱扣子：下次多穿点儿，小心着凉。

如瑾觉得她矫情，扣子反驳：知道鹤立鸡群吗？

换言之，她乃万鸟之上，众人皆鸡犬。

多年以后，扣子才道出原委，那会儿她暗恋如瑾的同桌，俞中。

卓尔不群只为引他注目。而俞中似乎意不在她。

高三毕业，同学聚会，与俞中形影不离的竟是隔壁班的凌琪。

竟然是她？！扣子愤愤地问。凌琪个子那么小，长得那么平庸。

一直是她啊，我好像跟你提过他俩经常在一起上下课的，你不相信，我也没辙儿。如瑾说。

没眼力见儿的！扣子气恨至极。

喜欢他，为啥不当面跟他说呢？

女追男隔层纸，我可丢不起面儿。说啥你也不懂，你就跟你的名儿一样，像个木头似的。

扣子竟反咬如瑾一口。

阉了你的姓，你直接跟大太监李莲英互称姐妹，我还真巴结不上呢？魏莲英！

如瑾直呼扣子本名，加上那样阴损的揶揄，扣子气得脸红眼绿。

回过神，冲木如瑾喊：你够歹毒！好，你等着，我，我改名！

扣子真改名了，而且改了不少回，魏筝、魏慧，还有魏竺，魏竺这个名儿经常遭人嘲笑，男同学们只要见扣子出现就会哼哼、哧哧地怪笑，魏竺＝喂猪。

名正才能言顺，后来，扣子父母离异，她妈再嫁，她随继父姓，改名汪晓蝶。没变的是扣子这个绰号。

你还像从前那么木！见如瑾发呆，扣子笑道。

如瑾回神，笑：你也发福了。

扣子结婚比木如瑾早，17 岁初恋，22 岁结婚，23 岁生子，28 岁离婚，跟甲男同居 4 年，分手后，又与乙男百般纠缠，如今？

除了这些狗血情节，对于现在的扣子，如瑾一无所知。

六年前，扣子离婚后，她俩见过一面，那时小答四岁，扣子的女儿芊芊五岁。两个孩子在一起相处融洽，扣子见状眉开眼笑地提议：不如给俩小毛头定个娃娃亲，如何？

如瑾无语，离婚似乎对扣子毫发无伤。

扣子前夫徐宏是她大学同学，初恋。相恋六年，终成眷属。

婚后，徐宏对扣子疼爱有加，家务活大包大揽，洗衣做饭亲力亲为，孩子出生，全托给公婆照顾，愣是把包子笼里的扣子当宝儿似的端出来供着。

扣子经常春风拂面地跟如瑾念叨：相信爱情吗？天长地久那种。

如瑾相信，爱情毕竟是一个美好的词儿。

女人一旦被宠坏，无非两种结果，或生软骨，或生利爪。

扣子离婚，是因为她搞姐弟恋出轨。扣子生完孩子不久辞掉工作，转而去学设计，而后，与他人合伙开了间规模不大的广告公司。生意往来、为人处世，虚与委蛇，以至物是人非。

对此，扣子毫不讳言。离婚前她偶尔会来找如瑾，甜滋滋地跟如瑾掰扯那个凌晨两三点送她回家的大男孩，年轻、活泛、体贴，扣子毫不吝惜溢美之词，更将他们种种亲密的行为来个情景回放，听得如瑾脸红心跳，任她怎么打岔，也无法阻止扣子的肆无忌惮。

九十厘米宽的床，我俩躺一起一点儿也不嫌挤，嘿嘿！

徐宏，怎么想？如瑾问，她知道徐宏经常出差，冷落了扣子，可扣子有恃无恐，当时他们还没离婚呢。

他能怎么想？看见有男人送我回家，他啥都没问，热了洗澡水，叫我洗洗睡吧。可怜见儿的！

扣子自圆其说，离婚是她主动提的，女儿归她。

她说，徐宏起初不答应，她提出双方冷静一段时间，再见面时，如若彼此还有留恋，就将就过下去。

那天在咖啡馆，他提前到的，穿黑大衣，胡子拉碴的，毛衣上还沾着饭粒，我就知道完了。

扣子曾这样描述她的初恋，雪后初晴，那男孩穿黑大衣，在操场上扫雪，不经意中与她目光相遇。

他冲我一笑，哇！多干净的笑容！

前后对比，他们恍若陌生人。

虚荣是香水、首饰、女人裙边的蕾丝花边。扣子说，她不贪慕虚荣，只是在蜜罐腻久了，味觉必然退化。她要的是五味俱全的生活。

如瑾对扣子的辩解将信将疑，她是传统女人，苦尽甘来又一春是向往，她觉得扣子有意粉饰太平。

谁的利器刺伤谁？只有疼的人知道。

第二章/没人知道我的忧伤

1

扣子带如瑾去她妈家，扣子的女儿芊芊是扣子妈带大的。扣子每周回去一次。

扣子再婚，对象非甲男、乙男，而是一个瘦小精明的眼镜男，港商。

他正陪芊芊打游戏。冲如瑾礼貌地笑。他说话带四川口音。

扣子有意避开她先生，拽如瑾去里屋私聊。

她说，她先生新买的别墅正在装修，还说准备养条黑背看门。

他原来胖，现在肉都移我身上了，他说胖点儿旺夫。扣子喜不自禁。

如瑾不置可否地笑。

提到徐宏，扣子不再婉转，尽数他的不是。徐宏已远走他乡，再婚生子，如今幸福美满。

他早想要儿子，正好随了他的心愿。人心叵测，说爱你一世，连一时都过不了。扣子负气地说。

如瑾想，若扣子心里住过的那些男人们都爱过她一刻，那加起来够不够一世？

扣子叹气，婚姻对你这样的是一辈子，对我是一阵子，话说回来吧，从一而终，啃个玉米棒子啃到老，牙口好胃口也好，吃嘛嘛香。我这样的呢，属猴，暖男去了暖汉子来，丢了西瓜捡芝麻，最后兴许啥也捞不着，落个孤独终老的命。

如瑾安慰说，哪儿啊，你是梅开二度又春风。别人还羡慕不来呢。

扣子笑，这话我爱听。

扣子问谢端可好，如瑾笑：还那样。

扣子又在跟她比较幸福指数了。多年前，如瑾心情低落时会找扣子倾吐，其中包括她跟谢端之间的种种冲突。

传统女人似苔藓，依附性强，无论环境多恶劣，她们都能找到继续繁殖下去的理由。你不像我，多细胞，嘿！

如瑾不想申辩什么，似苔藓又怎样，她可以覆盖石头、泥土、树木，还有，她想到天暮。

唉！他见不得光。

如瑾噎住。

挨吧，等小答长大再说。扣子劝慰。

挨？如瑾自问。

你这样的不适合离婚，你不像我，你没我幸运，扣子鸡啄米似的说。

我哪样的啊？

没功夫的女人啊！没有三头六臂，也得会个霹雳掌、金刚腿啥的，就你这一无长物，离了婚，你靠谁指望谁呢？况且还拖个孩子。

如瑾苦笑，小看人！没啥旷世奇功，我还没花拳绣腿吗？

她想反唇相讥，欲言又止。

她心想，其实不用等小答长大，其实她是在等天暮。

天暮说，等时机成熟，会娶她。

时机成熟？六年了，早该瓜熟蒂落了。如瑾突然怀疑从来没有种子，或许那只是一枚滚烫的石子儿，等心头的火熄了，自然会冰冷如初。

六年前，毫不相干的两个人在网上邂逅。

她的网名叫屠苏，草也，他叫重明，乃天鸡。

他谓：爆竹声中一岁除，春风送暖入屠苏。

她笑：脚着谢公屐，身登青云梯。半壁见海日，空中闻天鸡。

啊哈哈。

他问：大年初一，不用陪家人？她答：都睡了。

实际是，小答睡了，谢端去同事家打麻将，彻夜未归。

她已习惯等他回家。

他问：聊点儿什么呢？

她答：随便。

他笑：女人可不能随便。

虽是文字聊天，她看不见他，但感觉他是一个风趣的人。网上的陌生男人，都是挂脸谱的兽，三句话离不开下半身，他似乎与众不同。

后来，电脑死机。凌晨五点，不用说晚安。

黎明将至，梦醒，她得飘回来重新做人。

那天谢端熬到大中午才露面，回到家倒头便睡。小答一大早吵着要去外公家跟朗朗玩。两个小家伙一见面就腻在一起，难舍难分。孤单焕发出来的亲情过了火，独生子女的可怜之处。

如瑾送小答回娘家，自己则独自返身回来。

大年初一，家里空荡荡的，谢端睡得跟个死人似的。

她打开电脑，聊天页面有留言。

重明：还在吗？睡了吗？哦，好梦。

阳光透过窗照在如瑾脸上，痒痒的，她似乎感到了他的热度，多么温暖的男人！

她回复，在呢，醒了。

重明的头像闪烁：呵呵，你在，真好。

她笑。他还在，也好。

某种情境下，虚拟世界里的男女恍若玻璃人，透明的心，易碎的情感。

如瑾觉得愿意敞开心扉，彼此看透，就是一个真诚的人，至少不是坏人。

没聊多久，重明毫不设防，告诉她他的真名实姓，江天暮。取自陈孚元曲《江天暮雪》：

长空卷玉花，汀洲白浩浩。
雁影不复见，千崖暮如晓。
渔翁寒欲归，不记巴陵道。
坐睡船自流，云深一蓑小。

如瑾记得这首诗。

人如其名？淡泊、宁静的男人。

重明：你的名字？如果介意，可以不说。

如瑾想想，回：梅若华。

重明：好名字。

如瑾暗自好笑，不知他是装傻，还是真懵懂，大凡武侠迷都知道此毒物的出处。

名字不过代号而已，何况他们都是网上吐丝的蜘蛛，职业、年龄、居所乃至出处，又何必在意纠结。

可是不了解这些，话题又从何说起？

他们似乎彼此早有默契，除了名字，地域，其他一概不问。直觉告诉她，他们年龄相仿。

大多时，重明说，她倾听。话题停留在年少时光。当时年少春衫薄。倒也投机。

重明说他老家在皖南，问：去过吗？

她说没有。他又问见过栀子花吗？

她说曾经养过一盆，没几天就死了。

重明笑：北方人啊！栀子花怎能养在盆里？又说小时候，他家的院子里有棵栀子树，每到栀子花开时，他母亲就会摘几枝栀子花放在他和妹妹枕边，花瓣洁白芬芳，连梦都坠入了这香雪海中。

他怕压坏了花儿，捡一些零散的花瓣夹在书页间，整朵的则插在陶罐里，陶罐里续上水，栀子花至少能鲜活小半月。

年少时，她也有收集花瓣的习惯，日记本、书里夹满各种花瓣以及青涩的少女情怀。她喜欢勿忘我和雏菊，还喜欢诗歌。记得缪塞的《雏菊》：

我爱着，什么也不说，只看你在对面微笑；
我爱着，只要我心里知觉，不必知晓你心里对我的想法；
我珍惜我的秘密，也珍惜淡淡的忧伤，那不曾化作痛苦的忧伤；
我宣誓：我爱着放弃你，不怀抱任何希望，但不是没有幸福——
只要能够怀念，就足够幸福，即使不再能够看到对面微笑的你。

如瑾一时间心神旌荡，如痴如醉，懂得怜香惜玉的男人自然有非凡引力。女人的香是暖出来的，而他有温润之手。这样的男人难得一见。

她头回跟陌生人网聊，矜持、谨慎在所难免，重明说跟她聊天像喝下午茶。

她说自己打字慢，跟不上节奏。他说没事，我等你。

聊了一下午，他对她所知甚少，而她却感觉到了他的体恤和温暖甚至独特的气息。散发着栀子花香的男人。

她说，我得下了，煮饺子去。他毫不客气：多煮点儿，我也要吃。

她笑说：好。

彼此接近那么简单，这算一见如故吧？

暖洋洋的午后，两颗互放光亮的心。一次偶然，激起万千涟漪。

只要不是惊涛骇浪，就好。如瑾想。

2

连续几天，他们都在网上吐丝结网。

如瑾依旧寡言少语。她的QQ号是几年前谢端帮着申请的，除了偶尔接收邮件、用于孩子家校联系外，平时她很少登录。谢端说，网上没好男人，如瑾反问：那你呢？谢端歪了她一眼说，我上网是纯玩，他们是猎艳，踅摸红杏出墙。如瑾冷笑，都在网海里泡着，一股子咸腥味，谁也别说谁比谁干净、谁比谁更香。

江天暮、重明是同一个人，可在如瑾心里，这两个名字相距遥远，如同虚拟和现实的距离。那年她二十九岁，风华正茂，心存美好，但毕竟过了腾云驾雾的年纪，理智清醒、按部就班才是她生活的原色，这一点她无所惑。那么，还是叫他重明好。或许他也只能是重明。

重明跟她聊文学，唐诗宋词、元曲、世界名著无所不谈。她是文青一名，恰恰投其所好。

偶尔，她也写诗，诗歌是她的药，没人懂她的忧伤。

如今，爱读书的人不多了，谢端宁可花一宿时间斗地主，也不肯花费一时半刻掀几页书。谢端说凡爱好文学的人，尤其是女人都神经、病态，有那闲工夫不如学学烹饪，满身的油烟味比不食人间烟火有人味儿。

谢端大学读工科，通关思维，他只要答案，对千回百转的过程没兴趣。他记忆惊人，唐诗宋词朗朗上口，甚至连中学语文课本里的课文都能倒背如流。但语言表达受限、枯燥无味，他形容花朵一般只用好看这个词儿，语气强烈些就说好看极了，他大学时，学校附近有个樱园，他形容樱花开放的情景说，那些樱花一片一片落下来，真叫一个，好看！

重明不同，他心思缜密、语言表达生动，说到五月槐花香，他一连用了玲珑剔透、洁白幽香、沁人心脾、陶然共醉来诠释他的观感知觉。情景交融，犹如身临其境。

如瑾下意识地对比这两个男人，真是云泥之别，她想。

重明问：你懂音律？

她说不懂，其实她一直陪小答学琴，说略懂一二不为过。

重明笑：不懂，怎么把D大调弄哭了？

她茫然，D大调？

重明发给她一首诗。《D大调的忧伤》。

分手后，两不相问。
圣诞夜，他突然发短信来
要去雪国做一名无声无息的花匠

她正在剧院看胡桃夹子
第一幕第四场：
王子和克拉拉来到雪国
雪花飞、精灵舞、冰雪女王驾到

逆光之中
有个女人弄湿了D大调
华丽地哭。

重明说：一般说，大调明亮，小调暗淡，大调音乐很少忧伤，除非有意升调或降调。“逆光之中”，加上“弄湿了”还真把D大调弄忧伤了，最后一句“华丽地哭”，画龙点睛。你还说不懂音乐？

她忘了什么时候把这首诗发到空间里去了，重明捕捉到她的忧伤。

她说写着玩的，别当真。重明笑，淡淡的忧伤，像雏菊一样的忧伤。雏菊一样的女孩儿。贝尔蒂丝。只要能够怀念，就足够幸福，即使不再能够看到对面微笑的你。

她惊住，缪塞？

别强迫自己由白色变成紫色，春天还没过去，妞儿。重明语气温软。

妞儿？她眼眶发热，笑中带泪。

她急促地回：我快29了，已婚，孩子都可以打酱油搬砖了。

重明大笑：较真的傻丫头！

她脸红心跳，想逃。她在他眼里就那么幼稚可笑吗？

小答跑来叫唤，妈，我饿！

她如梦方醒，这几天自己中邪似的，只管网聊，竟忘了小答的温饱。

她慌不择路地从网上逃下来。

去厨房煮饺子，小答咕哝，又是饺子？

谢端打着哈欠从卧室出来，昨晚他又熬了一夜，黑白颠倒让他显得不安焦躁。

过年不吃饺子，你还想吃啥？山珍海味？你爸，我小时候过年能吃上顿饺子就算是山珍海味了，身在福中不知福！谢端训斥道。

小答吓得鼓鼓腮帮子，躲到一边。

如瑾煮好饺子，端上桌，父子俩呼噜呼噜地吃起来。

有饺子吃不错了，可是吃惯了粗茶淡饭，偶尔想换换口味、解解馋，难道有错？

如瑾胃里反酸，一阵心痛，鼻息间似有栀子花香弥漫，若即若离，远了、远了。

还在吗？重明。

那年三月，积雪未消。一场花事孕育良久。

小答出水痘，如瑾在家照顾他。

生活有惯性，人也要有定性。柴米油盐、循规蹈矩，才能相安无事。

她没时间上网，重明自然也成了过眼云烟。

午后，小答睡了。老父亲来电话说，供应商发价格表，要她接收下。

她收邮件时，看见重明的留言：贝尔蒂丝，番茄酱蹭衣服上怎么洗掉？

看时间是半小时前，就这么一条留言。重明曾说他很少上网。

她笑：怎么不问你老婆啊？

我没老婆。重明回复，吓了她一跳，他还在。

本人离异，现单身。重明补充说。

她笑，说用花露水兑水泡，再用香皂搓，没准能去掉污渍。

重明：还没洗就闻到花香了，神奇、有趣的贝尔蒂丝，现在我想看看你，行吗？

如瑾拒绝，重明央求，就十秒钟。

她犹疑。

小答醒了，喊，妈，我痒。

如瑾给小答涂药膏止痒，可小答还是不自觉地用手挠脸。

别挠，小心变疤瘌脸。她转身去网上搜止痒方法。

方法就那么几种，她都试过了，无济于事。

她求助于重明，重明问她家里有童话书吗？她说有。

让孩子看书，转移注意力。重明的方法很灵，小答安生了许多。

她想说些感激的话，可重明已下线。

她心生愧意，视频就视频呗！她又不是见不得人。

可她不是贝尔蒂丝，只是一个平凡妇人，如屠苏，草命，又有什么值得一看？

打那以后的一个多月，重明没有再出现。她有意无意地登录过几次QQ，那个灰暗的头像让她失落。

重明未至，画鸡于户，他是传说。

她心里一片惘然。

守夜不失时，天明报晓，是信德，若他亮着多好。重明。

3

又到丁香浓郁的季节。

如瑾去花市买了石竹，那天是母亲节。店家慷慨，附赠两枝打蔫儿的玫瑰。说是，在水里放些糖，玫瑰插里头，立马水灵灵、红艳艳。

如瑾笑，花无百日红。店家却说，花再美也要凋谢，关键看咋保养。

如瑾想，女人如花。

刚进小区，眼见那个穿婚纱的老妇人在不远处晃悠。

如瑾想躲，可那老妇人已鬼魅似的飘到她跟前。

吭吭吭，哧哧哧，一阵怪笑：玫瑰，玫瑰，送我啊，送我?!

如瑾蓦地一惊。啊?!

一片红云飘过，衣袂窸窣。

够了，够了，就差这两朵，柳丁。

如瑾回神，见老妇人捧着玫瑰痴痴叨念。

如瑾踉跄一下，手指火辣辣地疼，玫瑰花有刺，伤她的不是玫瑰，是这鬼女人！

她想上前理论，又觉荒唐，跟个疯子计较什么呢？

老妇人莞尔，丢掉花枝，玫瑰已插在了她鬓角。这回她穿红色婚纱，赤脚，脚趾甲涂僵尸红。

你是好人，好人有好报，我跟柳丁保佑你！她歪着头，哧哧地笑。

如瑾的恐惧一扫而空，妇人似傻非傻，虽疯却有情。她不禁心生怜悯。

有一枝玫瑰没插好，摇摇欲坠，如瑾伸出手，想帮老妇人插牢。

别过来！老妇人倏地退后，眼光犀利。

如瑾怔住。老妇人抬手护住头，跳开尖叫：别抢我的玫瑰，别抢我的柳丁，你知道下场是什么?!

花要掉了，我想帮你……如瑾解释。

胡说！它好得很，柳丁也好得很，他们不会离开我，他们都在这儿，牢牢地、紧紧地，在这儿，跟我在一起，在一起呢！

没，我的意思是。

你的意思是，抢走他们，让我疼，你个鬼东西，你知道下场是什么？

啊？

我会把你变成石头的，是的，石头，不是宝石、玛瑙，是块不会说话的石头，哦，黑色的，不发光、没心没肺、不知死活的石头。扔到……

不是，我是……

再说，我就把你扔到井里去，让他们找不到你，让你发霉发绿，让癞蛤蟆都讨厌你！来啊！

如瑾噤声。

老妇人突然凄厉地笑：柳丁，荷花就要开了，你怎么这样狠心抛下我，晚上，露水好重，我冷啊！

老妇人忽而号啕，忽而饮泣。间或嘤啼、怪叫。如瑾心惊肉跳。

来了，瞧，他飞过来了，柳丁！

对面草坪上孩子们在荡秋千，妇人眼光惶恐，继而眉开眼笑。

柳丁，带我走！咯咯咯！她转过脸冲木如瑾点头，然后飞奔而去，玫瑰落在她身后，很快被风吹散了。

带我走！

如瑾喃喃自语，心中一阵凄楚。

这句话她对天暮说过，也对重明说过。

天暮说，等我，重明说，我等。

她宁可相信这是戏言，可戏言一旦当真，会生出刺，扎心扎肺，免不了疼。皮肉之苦忍得，入骨之痛何以承受？

若天暮永远是重明，她则是微苦入酒的屠苏，那么陌生与熟悉被阳光隔绝，他们都是梦中人，看不见末日，也无须终结，出现、消失，自然而然，不必介怀。

重明再次出现，是那年七月末。

那会儿，小答意外频发。不是断了手指就是摔裂了胳膊，用小答的话说，就差没死过了。

如瑾整日提心吊胆的，不得不请假在家看护孩子。老师怀疑小答有多动症，建议如瑾带小答去医院看看，谢端警告小答说，再乱动，就把你捆起来。如瑾发狠说，孩子是人！又不是木头！

谢端的话危言耸听，但小答似乎老实了很多，胳膊上打着石膏，就算想乱窜也没那个力气和精神头儿了。

小答的钢琴课要停半年，如瑾担心他的手指变形。她咨询过医生，说是手指虽接好，但关节有可能会粗大。小答天生手指修长，力度和灵活性又好，连钢琴老师都夸小答条件好。那么漂亮的手残了，该怎么办呢？

她心烦意乱。

每天她都坚持给小答做按摩，但心里还是不踏实。都说母子连心。谢端对此并不怎么上心，还是早出晚归，没事人似的。

她带小答访遍市内各大医院，甚至连远郊市县的土神医都一一拜过。结果模棱两可，有无后遗症半年后才见分晓。她又上网搜各种治疗方法，回复也都似是而非。如果小答手残了，她的心也会跟着裂了个大口子，生疼一辈子。谁又知道她的疼她的苦？谢端？

谢端说，就他手贱，活该！

她收到重明的留言：我知道你的忧伤。

她迷惑，此话从何说起？

重明发大笑的表情：

没人知道我的忧伤
知道又怎样

你照旧雨天出门
买三瓶不同牌子的啤酒
发彩信给沙丁鱼们
你们同醉，多么匹配

哦，又是她的药。

她忙解释说，写着玩。话没说完。重明说，你的忧伤，我懂。

她心颤，突然想哭，伏在他的肩上大哭，虽然不知道那肩膀是否宽阔，是否能容纳下她的悲伤，可她想扑过去，哪怕他是一棵歪脖树，她也想试试。

她跟他唠叨了半天，她的惊慌、茫然、无助甚至孤独如潮水，一波又一波翻涌起伏，直到渐渐退去，波平如镜。

他沉默。气息温和，让她感到安稳、踏实。直到她叨念到无话可说。

他说，妞儿困吗？睡会儿吧！

她松口气说，再见。

他答：好梦，贝尔蒂丝。

第二天，重明留言，他有朋友是国内知名的骨科专家，他说，如果信任他，他可以帮忙联系。

带孩子来吧，我这儿医疗水平全国顶尖，放心。

如瑾心头一热，但还是拒绝了。

重明留下地址和电话，要她把孩子的片子寄给他，他让专家看看，还说如果没接好，还要打断重接。

如瑾暗自心疼，她见不得小答受二茬罪，说，复查过，孩子的骨头接好了，医生说恢复得不错，她只想知道手指会不会变形。

重明说他咨询过医生，有可能。又说，没关系，不影响功能就行，手粗脚大、摔摔打打，才是男孩子。男孩如泥，你这个妈非得把他烧成精细的瓷器，逆天，易碎啊！

如瑾恍然，她是杞人忧天。瑕不掩瑜，孩子安然无恙才是最重要的。

还能弹琴吗？

能啊！重明大笑。

完美主义者，你，处女座的吧？他问。

如瑾脸红心跳：不，狮子座。

又被他猜中了，险！

4

扣子打电话约如瑾去花市，如瑾嫌太远，推辞。

瑾儿，陪我，算我求你。扣子撒娇。

如瑾想象扣子嘟嘴卖萌样儿，整个一包子脸变烧卖，鸡皮疙瘩顿时掉了一地。

饶了我吧，我，我去。

扣子说，你先打车来我家，再坐我车去花市。

扣子为女儿上学，在附近租了套学区房，离如瑾家六站路。她是头回去。

你家在哪儿？

人民医院西门，那儿有条街，卖花圈寿衣的，我在路口等你。

如瑾听得直发毛，你就不知道接我一下啊？

姐姐，昨晚油价每升又涨了两毛。

两毛？嗯。

小，小气鬼！

她赶到，扣子已等候多时。

扣子招手让她上车，自己则麻利地戴上丝质长手套。

大热天，戴手套？

扣子笑，刚从丽江回来，晒黑了，得保养保养。

扣子天生皮肤黝黑，晒没晒黑看不出分别，如瑾笑，矫情！

扣子去花市精心挑选了几盆绿植盆栽，说是她公司新开张，美化下环境。

这回扣子开的是一家小额信贷公司，先前的广告公司关张了。

还差一盆金钱树，扣子带如瑾去旁边的大棚，说是那儿价格比花市便宜两成。

扣子砍价功夫了得，软磨硬泡，噼里啪啦又砍掉了一半，招来老板娘无数白眼：这是金钱树哎，你以为稻草价？

扣子笑，落地都是草。

盆栽搬上车，扣子带如瑾直奔花市对面的韩国料理。

扣子点餐：烤五花肉、辣白菜、酱汤。

菜上来，扣子迫不及待动筷子，欧尼，擦儿猫该思密达。（姐姐，我就不客气了）

扣子无肉不欢，大快朵颐，如瑾兴味索然，胃口有限。

扣子笑她：山猪吃不惯细糠。

扣子边吃边吧嗒油嘴：依木（非常），依木（非常），马西达（好吃）！嗯嗯嗯。

她冲如瑾鬼笑，把泡菜推到如瑾面前，说：你，食草动物吧？看眼睛就知道。

嗯？

你眼泛绿光啊，嘎嘎！

吃过饭，扣子抢先埋单，如瑾诧异，扣子难得大方，蹊跷。

回程，扣子突然说：瑾儿，跟你聊聊经济呗。

如瑾心说，你一学汽车制造的，跟我聊经济，我就学经济的哎。

你有几套房产？扣子问。

如瑾意会，吃人者嘴短，这就要还了。

她白了扣子一眼说，干吗？你管不动产登记啊？

扣子笑：哪啊，房子多了空着落灰，不如抵押到我这儿，我帮你放贷吃利息，回报率30%。

如瑾摇头，我就一套房，抵押给你，我不露宿街头了？

扣子将信将疑，不会吧？这么多年你就这点儿身家，混得也太倒了吧？

如瑾屏息，一股子大酱味，熏得她想吐。

她有房有车有商铺，心说。君子爱财。取之有道，凭啥告诉你？

她和扣子的友情变味，此刻她是乌鸦，扣子是垂涎欲滴的狐狸，她只惦记肥肉，不管那块肉在谁嘴里。

如瑾谎说晕车，提前下车。

扣子递名片给她，说：回去考虑下，我等你电话。

孙蔻紫，扣子又改名了，这回随夫姓。

她笑笑，万紫千红总是春。

傍晚，天暮来电话，如瑾跟他说起扣子的事以及自己的不快。

天暮说，正常。天下熙熙，皆为利来，天下攘攘，皆为利往。

如瑾问：你的意思是我不正常。

天暮笑，你是精灵，是，他顿了一下说，是尤物。

哦，不。

窗外，夕阳如血，如瑾涨红脸，窘态毕露，又感觉芒刺在背。

背脊炸裂了，那怪物嘴脸毕露，一只丑陋的蝉。

晚上，谢端回来说扣子给他打电话了，如瑾一惊，问：她怎么知道你电话的？

谢端不耐烦，我怎么知道，她想聚财气，发大财，必然找人当踏板，总之，那娘们儿鬼着呢，离她远点儿。

扣子与谢端素不往来，谢端对扣子印象不好，他不希望如瑾跟扣子有任何交集，说，离婚的女人有毒。扣子对谢端也全无好感，说，闷头闷脑的男人危险系数最高，嫁他，早晚给憋屈死。

这些并不妨碍扣子找谢端当爆破工具，她是生意人，唯利是图。

如瑾苦笑，泼皮破落户。

扣子爽利，比她洒脱。

你是精灵，不食人间烟火。天暮说。

换了扣子会说，死鬼，缺纸钱了吧？

谢端吼，还不去做饭，饿死人哪！

如瑾筋疲力尽，同为蛹，蜕变、破茧、羽化，最后形态各异。蝉、蝶、蛾。

她想破茧成蝶。

知了，知了，那只蝉又在鼓噪。

回不去了。

5

她习惯凌晨上网，孩子睡了，谢端未归，白日庸碌，半夜无比清醒。她庆幸自我并未虚空，她还在，内心明净，孤独却不绝望，重明在等她，他们相互吸引、照耀，心潮起伏。飞蛾般一起追光。像两只孤独的蝉冲破黑暗，一只歌唱，另一只倾听，其乐融融。

此时，她是屠苏，他是重明。

屠苏：Brood17，知道吗？

重明：十七年蝉。

屠苏：蛰伏地下十七年，羽化后，寿命只有七天，最多也活不过一个夏天。

重明：雄蝉交配后死去，雌蝉产卵而亡。所以它们活着，尽情歌唱。

屠苏：如果它们永远待在黑暗里，不破土而出，又怎样？

重明：黑暗和光明都无法阻止死亡的降临。

屠苏：宁可光明地死，也不愿在黑暗里偷生。

重明：你会为爱而生吗？

屠苏：不知道。

重明：为爱而死呢？

屠苏：不知道。

重明：哦，会知道的。

知了，知了。

午夜，蝉声起伏。她想，就算知道又怎样？她不是蝉，他也不是，那么他是？

他开视频，她接受。

他看起来与她年纪相仿，平头，皮肤黝黑，穿白T恤，五官硬朗。他在抽烟。

你呢？怎么看不见你？他问，略带南方口音。

她偷笑，她没开视频。在暗处。

他眯着眼，缓缓吐出一个烟圈。

痞气，她笑。

他打喷嚏，说暗处有双眼睛犀利，令他胆寒。出来吧，贝尔蒂丝。

她说我叫屠苏。他说叫我天暮。

她不会魔法，故意戴眼镜、长发遮脸伪装自己。

视频只有一分钟。她侧目以对。

他面对镜头心满意足地笑，你，跟我想象的差不多，知性的贝尔蒂丝，你眼镜戴歪了，呵呵。

她慌乱关掉视频，眼前似有只蝉飞过，金色的。

她不相信一见钟情，天暮说他信。她还是习惯在网上叫他重明，因为他有一双乌亮的眼睛。

她留意到他身后的文件柜：你在加班？

他说他不是工作狂，但目前工作却是他的全部。

那不影响家庭吗？她问，突然想起他离异，自感唐突。

他说，当然，影响最大的是我闺女。

他发照片给她，照片里的婴儿粉嘟嘟，眼睛清澈，包裹雪白襁褓，纤尘不染。他说照片是孩子满月那天，他抓拍的。

为什么要离？

突然累了。

不是理由。

是因果。

他说自己曾经努力挽回过，但无济于事，结婚两年，他们之间并不存在背叛，她说累了，睡了，醒了，该走了，我也累了，所以就散伙了。

为什么累？

我给不了她要的生活，她说自己方向感很好，一旦认准就不回头，她需要朝夕相伴、同生共死，像蝉一样，飞到枝头发光。我却让她在黑暗里等，我经常出差，有时长达半年。这对于她是守活寡。他说。

那也不至于分道扬镳吧，孩子需要庇佑。她说。

她不要委曲求全，她说她都28岁了，芳菲快要散尽的年纪，总得抓住点青春的尾巴吧，生活之外的色彩、香气、光亮让她浮想联翩，我想按部就班，她觉得了无生趣，等待结出恶果。

她心有所感，等待结出恶果，她的生活同样也结出了恶果，但她并不想摘下它，让它烂在枝头吧！她摇摇头，现在她是屠苏，有春风送暖就已足够。

她再婚？她问。

没。

那她现在找到光了吗？

似乎没。

他迟疑下说，他们有个协议，她提出的，离婚不离家，等孩子满18岁后，再各奔东西。

蜗婚？

算是吧。

他说，所有财产归他前妻，孩子归他。他们还在同一屋檐下生活，形同陌路又藕断丝连。

既想追光，又甩不掉黑暗，挣扎复挣扎，一片混沌。

她其实不想离婚，只是任性。女人有时候都这样。她说。

她主动提出离婚，态度坚决。他说。

她亲手打碎了花瓶，却发现那是最心爱的，女人发狠实际是撒娇，女人都念旧。她劝慰。

简直把婚姻当儿戏。

脆弱的女人需要安全感。

他说，男人也不都是铁石心肠，摔不坏，砸不烂。

她笑，所以你成全她啊，宠坏一个女人等于搬石头砸自己的脚。

他说，看来错不全在她。

她沉默。他们同病相怜。

她的婚姻有名无实，他则相反。

她还有盏灯守着，他呢，不明不白，不清不楚，得过且过。无论如何，他们都得把木鱼敲下去。

他迟疑一下说，如果遇见好女人，他还会宠爱。

你是好女人，屠苏。

她颤抖一下，他第一次叫她屠苏。

第三章/琳琅

1

半夜，楼板震动。

如瑾醒来，咣咣咣，稀里哗啦的碎裂之声。

传来小答的哭声，如瑾慌忙起身去小答卧室。

别把我变成猴子，我再不说谎了。

小答又做噩梦了。他闭着眼，手脚胡乱踢腾。

如瑾安抚完小答，听见有人敲门。

楼道安静下来，书房里谢端鼾声如雷。

这么晚，哪个鬼啊?

她不敢开门，敲门声急促。

透过猫眼儿，楼道灯光忽明忽灭，人影皆无。

姐！有人在门外期期艾艾地叫，声音耳熟。

她壮起胆，开门。

门口立着长发女子，不容分说地扑将进来。

琳琅!

他又打我了，我要逃，要逃！呜呜!

琳琅伏在她肩上抽泣，橄榄和薄荷酒混合的气味令人清醒。

她扶琳琅在客厅沙发上坐定。

琳琅将头埋伏于胸口，长发如瀑垂落。

关掉灯，好吗？琳琅央求。

如瑾会意。琳琅怕光。

如瑾拉开窗帘，外面灯火阑珊。

她们是邻居，楼上楼下住着有几年了，平时却来往不多。

琳琅的先生阿良大琳琅一轮，是保险经纪，跛足，长相敦厚，为人谦和，见人就打招呼，笑容可掬。

阿良不喜欢跟人并排走，若发现有人在他身后，他会停下，等人过去，喘口气，再一瘸一瘸地往前走。

小答叫阿良棒棒糖叔叔，从小到大，阿良只要见到小答就变戏法似的，摸出一根棒棒糖塞给小答，嘴里还念叨：棒棒糖呀棒棒糖，大家都来尝一尝。葡萄紫的给爽爽，草莓红的给康康，柠檬黄的给咱们小答，呵呵。他盯着小答眼神满是慈爱和羡慕。

邻居张婶问阿良：喜欢孩子，为啥不自己生一个呢？

阿良叹口气，笑笑说：还在天上呢，不知多久才转悠到我家门口。

琳琅则全职在家，在网上开淘宝小店。夫妻俩没孩子，貌似逍遥安逸。

琳琅二十出头，身形纤细，眉眼动人，打扮也颇为冷艳，印花长裙，脖子、腰际、手腕乃至耳垂无不坠满各种石头珠链。来去珠石响动，清脆悦耳。

有时如瑾晚上会撞见盛装出行的琳琅，蛇皮靴、波西米亚长裙、颤动的珠链，并不影响她脚步轻盈地扑向夜色。

夏天。傍晚，如瑾偶尔也会在楼下看见琳琅，她养了一对鹦鹉，在遛鸟。阿良很少下楼走动，天黑时，他会在楼上喊琳琅回家，声音高高低低的，像是唤鸟儿归巢。

奇特的食物搭配在一起会刺激味蕾，美味？糟糊？尝者尽知。所谓夫物虽佳，不手致者不爱也；味虽美，不亲尝者不甘也。

都说老夫少妻好处多，但琳琅与她先生看似和睦却冲突不断。

如瑾半夜经常被楼上的摔砸之声震醒。有次她在楼道遇见琳琅，想提醒她注意点影响。

话还未出口，琳琅已脆生生地说：姐，能借几个碗给我吗？家里来客人了，超市离得远，来不及买。

如瑾苦笑点头，楼下不远就有超市，这算什么理由，懒！

碗借出去，隔几天才还，还了再借。还来的却不是借出去的那几个。借出去的白瓷碗，还来的不是青花就是彩绘的。每次还来的碗里总放着一块甜点，提拉米苏、翻糖蛋糕、曲奇饼、草莓芝士。每次都不重样儿。除此以外，碗里还放几枚青橄榄。

小答喜欢吃甜食，但受不了青橄榄的酸涩，咬一口，就丢下，哈拉哈拉地直说酸啊，苦死了。

如瑾也不说什么，笑纳。这也算有借有还吧。

只要半夜听见楼板山响，如瑾下意识地想第二天琳琅准保又要来借碗了。

如瑾没有打听别家隐私的毛病，她和琳琅之间的交情仅停留在一借一还之间。

这回，琳琅并没向如瑾借碗。

琳琅低声啜泣，并不打算向谁倾诉什么。

如瑾摸黑倒水给她，她受惊似的抬起头，说，别告诉他，我在这儿。

阿良？哦。

如瑾说知道。琳琅突然站起身说，我得走了，童初来了。

童初？

如瑾拦住她说，深更半夜出门不安全，琳琅执意说，没事，有人会接她。

琳琅临走对如瑾道谢并说打扰了，姐，老鹰和山鸡拴一块儿，会怎样？

如瑾愕然，无言以对。

琳琅笑笑问，要是猎人来了，又会怎样？

如瑾习惯了黑暗，琳琅打开门，楼道灯刺目，如瑾眼花。这灯不是坏了吗？

琳琅下楼，穿堂风过，她身上的珠链哗啦啦作响，听起来诡异、空洞。

如瑾想，坠入黑暗的不一定就危险，普照在阳光下的也不一定都清白无辜。

早上，谢端问木如瑾，昨晚谁来了？

如瑾没吱声，心说装睡。

吃完早饭，谢端送小答上学，临出门说，少管别人家闲事儿，安安生生过日子比啥都强。

如瑾骂，有病！

出门上班，在楼道里遇见阿良搬着一个大纸箱一瘸一瘸地往楼下挪。

她上前帮忙，阿良推脱，不用，又说是帮琳琅给顾客寄货。

如瑾问：为啥不找快递公司上门取货？

阿良笑说：这回货少，平邮，去邮局寄便宜。

琳琅呢？她忍不住问。

还在睡觉呢，由她吧。阿良笑。看不出丝毫异样。

如瑾疑惑，暴风骤雨地折腾了一晚，这么快就雨过天晴了？

第二天晚上，琳琅来找如瑾。

她没事人儿似的盘腿坐在沙发上抽烟，玩手机，吃橄榄。而后从手袋里掏出几根尼龙绳和一大把散珠，穿珠子，旁若无人哼唱：

现在，你可以绿了
因为，我要发芽了
现在，你可以吹了
因为，我心里痒了。
一起疯长、一起绿。你是我，我是你
变回原形，找到鬼天堂
傻瓜，天堂见。跟我一起穿过黎明
迎着光，燃烧，化成灰，像蝉一样唱。
傻瓜，天堂见，我们都是活在昨天的鬼。
左眼光明，右眼漆黑，反正就要散了，没什么可怕
反正已经爱了，没什么可怕
反正天就快亮了，我们又要遇见了
反正，我们又要在一起了。
天知地知你知我知，鬼知道
……

小答躲在书房门边，偷偷瞄。琳琅笑，小东西，姐姐像坏人吗？

小答探出半边脑袋说：吸烟有害健康，抽一根烟少活十一分钟。

哈哈！琳琅大笑，凭啥少活十一分钟，你算过？

小答走出来，说，书上说的。

琳琅笑，小鬼头，知道的还不少。

你唱的是啥？小答问。

鬼天堂。琳琅笑。

老师说世界上没鬼，你迷信。小答说。

琳琅做鬼脸笑：每个人心里都住着个鬼，不信你问问自个儿的心。

骗人。小答撇嘴说。

小鬼头，鬼心眼挺多，来。

琳琅笑，取下胸前的吊坠招呼小答：瞧瞧这个，叫声姐，姐就送你。

小答凑过来，摸摸那个石头吊坠，问：这是啥？

琳琅笑，金丝玉。

如瑾在一旁拒绝道：小答，不能随便要别人东西。写作业去，别在这儿瞎掺和。

琳琅恼了，说：姐，你把我当外人呢？几块钱的小玩意儿，又不值啥钱，难得小答喜欢，就送他了。

小答平时喜欢捡石头，收集了大大小小几瓶罐石头。

琳琅将吊坠硬塞给小答。

小答拿了吊坠，喜滋滋地跑开了。

如瑾尴尬，半晌说：以后别这样，再送东西就生分了。

琳琅并不答话，眼睛盯着小答的背影发呆。

有孩子也好。

突然，琳琅说。

如瑾笑，有了就有的烦了。

琳琅答：看是谁的了？

如瑾诧异：当然是自己的啊。

琳琅笑笑：跟自己喜欢的人生的孩子哪会烦呢？

如瑾说，当然。可又觉得琳琅话中有话。

喜欢就生呗！如瑾说。

不，不会的。

琳琅惊了一下，手上的珠子散落，她俯身去捡，露出腰际的文身，一只带翅膀的虫儿，金色的。

如瑾看着眼熟，可一时想不起在哪儿见过。

琳琅临走时，正巧碰见谢端回家。她笑着跟如瑾耳语：姐夫真帅。

琳琅走后，谢端告诫如瑾：少招些不三不四的人回家，防人之心不可无。

如瑾气狠狠地回：楼上楼下住着，抬头不见低头见，就你正经，上档次，要防贼，自个儿买栋别墅单过去！

谢端微醺，咕哝几句，回房睡了。

话不投机半句多，如瑾闭上眼，深呼吸。

跟自己喜欢的人生的孩子哪会烦呢？琳琅的话犹在耳边。

如瑾睁开眼，她想起琳琅腰上的文身是一只蝉。

女人爱吃青橄榄，又抽烟又文身，算坏女人吗？她好像跟谁说过。

在梦里吧。

那只蛹终于脱壳成蝉，它振翅歌唱，我要飞。

我要飞。

2

屠苏：喜欢吃青橄榄吗？

重明：不喜欢，可能口味重的人喜欢。

屠苏：女人爱吃青橄榄，又抽烟又文身，算坏女人吗？

重明：男人嗜赌成性，暴戾又花心，是好男人吗？

屠苏：你?!

重明：你？

屠苏：扭曲。好坏不分。

重明：冲动。好坏在心。

屠苏：只见皮相，未见其心，何为好坏？

重明：日久见人心。

屠苏：人心难测。

重明：给你一颗透明心，我的。

她笑，是颗玻璃心吧？易碎！

他说，三天后，我会出现在你面前，让你见识下这颗心的硬度和韧性。

她无语，三天？希望不是真的，为何要相见？花开到极致会凋谢，习惯了黑，见光会死。

他问，欢迎吗？

她说，当然，来的都是客。

兴许只是个玩笑，虚拟世界有言无行。何况除了 QQ，他们没有其他联系方式，他曾经留过电话、地址，她没记，也没必要记，她从没想过在现实中彼此相见。

第二天，第三天。她还是忐忑了三天。

他没出现，她上网也没看见他的留言。

其实就算相见，也无非是吃饭、喝茶、聊天，最多也不过是相谈甚欢，别无其他。

十天过去，重明音信皆无。

她竟有些愧疚，怪自己太谨慎小气。她不是小女孩，却仍有生人勿近的惶恐，怕什么呢?

重明又不是猛虎，她既不是蔷薇，也不是青梅，她想到此，笑出声。

九月。雨天。

我回来了，贝尔蒂丝。

重明的留言令她心发颤。

为什么那么久?

想我没?重明问。换作以前，她会说不，或者矜持地说为什么呢?

这次她答：嗯。

他说，他已去过她的城市，他提到一些街道、公园、商场。

她笑，那些地方离她很远，她很少去。就算想擦肩而过也没机会。

他说，原想约她见面，但突然感觉不妥，需要找个借口很难。

这回理亏的是她，她说过来的都是客，理应尽地主之谊。

他倒是大度，说，临走前一天，他四处闲逛，希望能遇见她，后来又觉荒唐无望，溜达到某小区，看一群老头在树下下棋，一天就这样过去。

他说，不去打扰你是对的，彼此都有各自的生活。

她沉默。

干吗要解释?她听得心痛。

她说，回来就好。

他说，嗯。

无话可说，她跟他说晚安。

他突然说：你一点儿不像西北姑娘!

她问：嗯?

你小气，像作茧自缚的蛹。

不像刺猬就好。

她笑，他在赌气，像个孩子，前后判若两人。

重明：下回去，掘地三尺我也要找到你！

她心怦怦直跳，这句话虽咄咄逼人，但却激起了她心里的火花，亮了，亮了。

怎么还不睡？她岔开话题。

他说，孩子发烧，他要守着。

孩子病了，你还有时间聊天？

孩子刚睡着，在她妈妈屋里。

他说他孩子妈是护士，没事。

夫妻同心其利断金。

光暗下来，他们可以破镜重圆，为什么不呢？

她心中的涓涓细流变成暗涌起伏，她有自己的壳，为什么要飞出去呢？这是个黑色的念头，见不得光，可偏偏一闪而过。罪过。

她说，赶紧去照顾孩子吧。

他犹豫一下说，没事，有她在，我陪你。

她吓一跳，慌忙说，不用，我老公回来了，晚安。

哦，晚安。

是的，她有家有室有孩子，提到谢端，她直发冷，现在谢端是她的盾，她得逃。

重明，这名字有点暧昧不明。

下次还能再见吗？重明。

第四章/花逝

1

周末，小答在外面野了一整天才回家，浑身腥臊味，裤脚沾着绒毛，手背上也划伤了。

如瑾问，怎么回事?

小答支吾了半天说，在花婆婆家弄的。

花婆婆?

她家有三十多只狗，可热闹啦！小答说。

不许去陌生人家，也不准玩狗。

花婆婆不是陌生人，我也没玩狗，是跟狗玩。

我不认识就是陌生人，狗身上有寄生虫，不干净。

反正我认识花婆婆，我还跟她一块给狗洗澡呢，她家的狗要多干净有多干净!

人接触狗会生病，以后不许去她家，听见没?!

花婆婆没病，她家狗没病，我也没病，是你没爱心。

我没爱心，所以我要带你去打针。

如瑾任凭小答挣扎、哀号，硬拽小答出门。

快到诊所，小答冷不丁甩开如瑾，往回跑，转眼没了踪影。

如瑾气急败坏地追。

她在花园旁的假山前停下来，看见那个老妇人坐在不远处的石凳上，脚下卧着一条大花狗。

这回她没穿婚纱，头上没插花，穿粉色睡袍，浓妆桃面，披散花白长发，坐在那儿发呆。

如瑾见状有意回避，老妇人突然笑了，咯咯咯！

笑声如银铃般清脆，如瑾忍不住回头，老妇人向她招手："来，枣儿，跟我一起跳。"

枣儿？

妇人说着站起身，举手探足，蹒跚起舞。

老妇人的舞蹈功底令人瞠目，她边跳边叨念：Saute（小跳）、Sissnne fermee（分腿跳）、pirouette（单足旋转）、grand battement jete（大踢腿）、suivi（碎步）……

她旋转，身体曲折，卷舒开合，睡袍随风鼓胀，发出刺刺啦啦的声响。荷叶罗裙一色裁，芙蓉向脸两边开。

恰似轻盈女，好风姿。

如瑾看得出神，禁不住喊：好！

老妇人应声停下，茫然四顾，她看见了如瑾。

我的礼服呢？她走过来，打量着如瑾问。

如瑾摇摇头，一脸疑惑。说什么呢？

真美啊！羽毛、蕾丝、水晶，还有，还有？妇人满脸通红，双手在半空中摸索，连连嬉笑。

如瑾不知所措。

还有，我的玫瑰呢?！妇人转过脸，厉声问。

我？如瑾退后，妇人步步紧逼。

在这儿呢。小答跑过来。

花婆婆，狗粮买回来了。小答气喘吁吁地说。

柳丁，有肉吃了，你还说再晚点儿食堂连萝卜缨子都没了，我说，老许会给咱们留菜呢，你瞧，猪肉炖粉条，你爱吃的，嗯嗯，谢谢哦，老许。妇人踢踢大花狗，而后扭捏地向小答屈膝行礼。

小答慌了神，往后躲，转脸看见木如瑾：妈。

如瑾倏地揪住小答：去诊所。

看大夫给小答注射完疫苗，如瑾才松口气。

刚刚小答还跟霜打的茄子似的，现在又活泛起来，跑去跟一个正输液的老太太聊天。

如瑾听他不停地说花婆婆如何如何，就问老太太是否认识花婆婆。

老太太点头。

原来的可人儿，如今的可怜人。她叹息道。

老太太说，花婆婆年轻时是文工团的舞蹈演员，她恋上团里的某导演，那男人有家室，答应离婚后娶她，后来男人真的离了，娶的却是别人，花婆婆受不了刺激，疯癫了。

水华盼了五年，结婚礼服都准备好了，最后落得这般田地，孤苦伶仃、半痴半呆的，好不凄惨哦！

花婆婆原来本名叫水华。

她独自生活？如瑾问。

水华命苦，无父无母，病退后，原先有个姐姐照顾，后来她姐姐也去世了。老太太说。

枣儿是谁？木如瑾问。

不晓得是哪个？

男人的话没个真假，她信他，毁了一生，唉，冤孽！老太太说。

冤孽？

天暮说，总有一天我会娶你。

总有一天。

重明呢？说什么了？

说什么呢？

2

重明：你爱人对你好吗？

屠苏：爱人？

重明：应该是你先生才对。

屠苏：哦，还行。

重明：还行，就是还差那么一点点儿，还不够好，是吗？

屠苏：不是，我衣食无忧，不差什么，还行。

重明：那精神呢？

屠苏：精神充实。

重明：如果，我说如果现在有朵雏菊在你眼前开放，你会联想到什么呢？

屠苏：没有雏菊。

重明：我发图片给你。

屠苏：那不是真的。

重明：贝尔蒂丝，闭上眼睛，想象一下，好吗？

屠苏：这种天气？

她想说，外面凄风冷雨的，哪儿有什么雏菊?！她想说客厅窗角起了霉斑，有块墙皮快掉了，厨房里还有一大堆碗等她洗，小答明天有美术课，水彩、油画棒、纸张准备好没？她在想盐罐、酱油瓶都空了，该买了。明天还要交暖气费，明天的明天还要？她想说今晚她很累，那个她所说的还行的男人不过是个虚名，此刻他还没回家，她很冷。别再为难她了。

重明：看到什么了？

屠苏：绿萝叶子黄了。

重明沉默。

她说，太晚了，我下了，晚安。

重明：知道了，晚安。

她准备退出，重明说：别等他了，贝尔蒂丝。

她愣住，梦游似的说：习惯了。

重明：到我怀里来，妞儿！

这句话刺痛她，她哽咽：凭什么？

重明：就凭我知道你的忧伤，知道你的孤独寂寞、你的轻，像羽毛那样轻，飘累了，你会落下，下来吧，到我怀里来！我会小心呵护你，你那么细那么软那么洁白。

洁白？

她潸然泪下，她在他眼里，不，是心里还像羽毛那样的洁白。

她感觉身子变轻，似乎有双手在抚摸、温暖她，灰尘、阴影、负累、污浊之气一扫而空。

屠苏：不可能。

重明：一切皆可能。

屠苏：做梦。

重明：不是梦。

屠苏：休想。

重明：我知道你怎么想。

她怎么像孩子似的跟他争执这个空洞的话题，无聊。

即使雏菊在她眼前开放又能怎样？春天已过，色彩对她已失去魔力，她闻到泥土的腥味、枯草的腐败气息。天气预报说，明天雨夹雪，冬天来了，她得找个暖和的地方安安静静睡一觉，有没有雏菊、花香都无所谓，她心里的潮水涨了又落，沙石露出来，坚硬、冰冷。

她搓搓手，手指重新敲响键盘。

屠苏：我很幸福，幸福的人祝你好梦。

重明：幸福会开始的，好梦。

她关电脑，门锁嘎嘎地响。

鬼一样的男人回来了。除了寂寞，他还能给她什么呢？

幸福好像是一个藏匿很久的词儿，它上哪儿去了？

第五章/他的心是桃心木做的，还是铁打的？

1

为什么嫁他？

现在问这个问题岂不荒唐？用扣子的话说，孩子都那么大了，你又不想离婚，问这个问题不是脑子锈透了，就是白活了。

活水饮尽，淤泥毕现，青黑、臭不可闻，无可奈何。这就是她的婚姻。

不能说她跟谢端没有半点感情基础，虽然当初她的确抱有嫁鸡随鸡嫁狗随狗的心态，可既然已为人妇，不说把日子过得风生水起，也得过得有滋有味的，不是吗？

家有一老如有一宝。谢端父母早逝，如瑾妈说，没有公婆，是非少，倒是省心。

扣子说，无父无母的人心如铁石，我行我素惯了，要指望对你俯首帖耳？哼哼！你小心被那两只牛犄角给顶得人仰马翻！

究竟看中谢端什么？除了人老实本分，长相过得去，还有？

初次见面，谢端给如瑾的印象是有点书生气，眼睛细长，没什么神采，身形高挑瘦削，左脸上有几块癣，一直蔓延到耳际，红红的，看得挠人。

他比她大一岁，南方人，话不多，说话偏要刻意抹掉南方口音，“咬”字音发成“袄”声，见人笑，就索性不说咬，改成吃字，他说小时候被狗吃了一口。呵呵。

说来说去就是工作和他的大学生活，那时他刚工作没多久，穿白衬衫、留学生头，额头蓄齐齐刘海儿，样子单纯、青涩。

两个人一旦以结婚为目的，就有了共同的目标和志向，平淡的约会因此也多了亮点。

如瑾想尽快离开娘家，投奔新生活。她那时23岁，她妈迷信，说，长幼有序，你先嫁了，别耽搁妹妹的姻缘。

她妹金桔也催她，等你出嫁，我就是一屋之主了，姐，你啥时候结婚啊？

自从有了谢端，金桔天天在她耳边唱：

是谁帮咱们得解放呢？“阿拉黑司”！
是亲人解放军，是救星共产党，
呷拉羊卓若若尼格桑梅朵桑呃，

军民本是一家人，帮咱亲人洗呀洗衣裳呃。

呃！我们的生活变了样呢？“阿拉黑司”！
我们幸福乐无疆呃，“阿拉黑司”！
感谢亲人解放军，感谢救星共产党，
呷拉羊卓若若尼格桑梅朵桑呃，
军民本是一家人，帮咱亲人洗呀洗衣裳呃！

谢端呢？他说室友结婚的结婚，处对象的处对象，就他形单影只。大家各忙各的，有时想找个人说话都难。

他说这话时，眼睛并不看如瑾，只是盯着桌子，过了一会儿，他抬眼问：可以抽烟吗？

他低头抽烟，心事重重，说，他原来不会抽烟，出野外，工作无聊，跟老师傅学的，抽着抽着就上瘾了。

谢端从事地质勘探工作，他们称到一线工作是出野外。

如瑾笑，并不介意他在她面前抽烟。

她对这场恋爱期望值不高，她刚参加完同学的婚礼，第三次当伴娘，同学开玩笑说，谢谢她，冒着嫁不出去的危险给她当伴娘。

咖啡馆、酒吧、电影院、KTV，属于情侣的风花雪月，他们不曾去过。

他通常约她去他宿舍，喝茶、聊天、看他跟室友打牌，然后请她在外面的小餐馆吃顿饭，最后送她回家。

冬天，刚下过雪，他衣衫单薄，瑟瑟发抖，却从不说冷，她问他为什么不多穿些，他说除了上班，他一般都窝在宿舍里，不怎么出门。他很少笑。

她家离他单位有十几站的路程，他陪她坐公交车回家，然后原路返回。

车上没暖气，窗玻璃结着厚厚的霜，他坐在她前面，一边哈白气，一边用手搓耳朵。

他不时转头问她：冷吗？不行下车，咱们打的吧？

那一瞬，她真想抚摸一下他的耳朵，是暖，还是冰冷。

她织了一条酱紫色的围巾给他，他围上，并没微笑。

还冷吗？

有点儿扎人。

怎么会呢？

可能是我习惯不穿毛衣、毛裤，穿穿习惯就好了。

他瓮声瓮气，表情竟有点羞涩。

他让她好奇。一个不知冷暖的男人！

她觉得他可以是兄弟、朋友，但不可以是爱人。

她需要的是一个肩膀、一双手、一颗温暖透亮的心。

她不再跟他约会。

平安夜，他跑来找她。他买了圣诞卡、巧克力、啤酒、红茶。

他说，这是第一次给异性买礼物，他不知买什么好。看她漫不经心，他又说，之前，他没吃过巧克力。

她惊讶，他问：巧克力苦吗？

她笑，你尝尝呗。

他摇头，给你的，我不吃。

她笑得发颤，分一块巧克力给他。

他皱着眉，咬一口，忽然涨红脸，笑了，露出牙齿，齿间沾着深褐色的巧克力屑，样子滑稽。

他笑起来，眉毛舒展，眼睛更加细长，他的睫毛浓密，闪着光。

没吃过巧克力的男人味道是浓厚，还是淡薄？她又一次感到好奇。

怎么能没吃过呢？

他说，小时候，家里穷，见是见过，觉得黑乎乎、硬邦邦的，看样子就不好吃。

他又说原来他没用过冰箱，刚工作时到同事家玩，买了几只雪糕给他家孩子吃，吃不完，他就把雪糕随手放进冰箱，同事隔天笑他，说他错把雪糕放冷藏室了，结果全化了，呵呵。

他又笑了。

还有呢？

刚上大学时，第一次喝酸奶。

味道如何？

酸得牙齿都快掉了。

她笑得流出眼泪，她的好奇心不是对谁都这样，他是个怪人。

他酒量惊人，喝了六瓶啤酒，不动声色，她不喜欢喝红茶，只是小抿几口，算领情。

他们聊到凌晨才分手，这回她送他，看他打上车，才回家。

临睡前，她从包里抽出那张圣诞卡看，他的字遒劲有力，上面写着：瑾儿，我不善言辞，遇见你，我不再孤单，谢谢你，祝你快乐！永远快乐!!!

泪水涌出，滴在卡片上，蓝色溪流淌过，有条鱼浮出水面。

那么孤独。

他的话掷地有声，砸在她心上。

真的吗？

一切突如其来，她不知道是恨嫁还是真爱已降临。

他们确定了恋爱关系，至少在她家里人看来是皆大欢喜。

她妈开始催促他们的婚事，她觉得太唐突，他们之间还缺少了解。她妈说，等果子熟透了烂得也快，青不青红不红正好，趁早嫁了吧！

她妹买好窗纱、床罩，准备重新布置她们那间小屋。哥嫂时不时问她的婚期。

相识到订婚仅有短短两个月，她恍若梦中人。

订婚前出了变故，除了一笔数目很少的礼金，谢端并不打算买婚戒。

她家里人因此悉数反对这门婚事，她妈对谢端大加挑剔，尽数他的不是，说谢端没礼貌、没家教、小气，不懂人情世故，对她家里人连个称呼都没有，这样的人不找也罢。

她想想似乎她妈说得不错，谢端从没打招呼的习惯，对她的称呼也总是哎哎哎的。

她妹金桔说，没鸽子蛋也得有个金镏子吧？买不起卡地亚，还有周大福、周生生啊！啥都没有，这叫穷酸加抠门加没诚意的白菜帮子！啃啥也比啃他有嚼头啊！

扣子说，姑娘年方二十三，就急吼吼地把自己给甩了，看样儿你上辈子不是童养媳就是丫鬟命。

如瑾不是世俗之人，谢端也不是出自大富之家。可她心里也感觉有点失落，毕竟是个信物，缺它未尝不可，但又觉得少了点什么。她心里空落落的。

如瑾还是帮谢端打圆场说，她戴金饰皮肤过敏，起红疹，但说半天也拗不过家人。

事情闹到介绍人那儿，经过一番苦劝，谢端还是没买戒指，而是给她买了个祖母绿吊坠，他说不买戒指不是他小气，而是觉得没必要，夫妻同心，不缺那个身外物。谢端有他的优势，只要领了结婚证就能分到房。再说，据他同事讲，谢端工作能力强，前途一片光明。

那个吊坠很小，泪滴状。她妹说，只有对着光照，才能看清那一星星祖母绿。

有，总比没有好，她妈突然改口。

订婚后，谢端的缺点凸显出来，如瑾觉得他的脾气古怪。他约她见面，却迟迟不见踪影。等他出现，大半天已过，木如瑾发脾气，他一言不发，说到痛处，他转身就走，任凭木如瑾跺脚抹泪怒气冲天，也不回转。

如瑾提出分手，他说他不同意。语气铿锵。

如瑾避而不见，介绍人从中撮合，列举谢端的优点，听得如瑾感觉是自己得理不饶人，而后谢端出现，他握着她的手说，咱不闹了行吗？好好处下去，好好的。他的手宽大有力，手心沁出汗珠，黏糊糊的。

如瑾妥协，她不是无理取闹的人，他看起来面容憔悴，双眼布满血丝。

如瑾有时又觉得他表面木讷，但心机颇重。

有一次他喝得大醉，大雪夜找如瑾倾吐，说他的同事某某得到提升，原本应该提他，他数落同事和领导的种种不是，只觉得天下人都负了他，还说有朝一日他上位会如何如何报复他们。她听得心惊肉跳。

隔天，她有意无意地重提此事，他却辩驳，怎么可能？还说他生性善良豁达，希望每个人都比他过得好。

醉话你也信？你这IQ，唉！他吸口烟，眼光散淡。

那一瞬，如瑾觉得他们之间除了烟雾，还隔着很多说不清道不明的东西。

她犹豫。

订婚后，谢端去异地出差半年。他们靠电话联系。

谢端依旧话不多，但每天晚上都会打电话给她。

她问他那儿能看到胡杨吗？

他答能。

她又问好看吗？他说几棵歪脖树，没啥好看的。

电话里吱吱啦啦地响，他说，风大，我挂了，好好睡觉。

他冷冷的外表下究竟藏着怎样一颗心？她越来越好奇。

好奇害死猫。他们结婚了。

2

婚期订在早春，乍暖还寒。

婚礼很简朴，谢端的经济实力也不容许大肆铺张。

如瑾娘家则通情达理，不再刁难。如瑾妈唯一要求是不让如瑾穿白色婚纱，说不吉利。

如瑾虽偏爱白色，但只能委曲求全，改穿粉色婚纱。

扣子说，粉色婚纱在西方代表二婚，你结婚连穿啥都做不了主？情愿被打扮成个二手货也不言语一声，注定……

扣子欲言又止。兔死狐悲？

如瑾不敢再想，反正都要嫁了，恐惧总比孤独好。

如瑾出阁前一天，见全家上下欢天喜地，心里不是滋味。她的嫁妆不多，连同衣物、用品悉数打包成箱搁在墙角，只待明日迎亲队伍上门。她妹金桔订的梳妆台刚到货，油漆味刺鼻。她嫂子抱着朗朗出出进进，朗朗尿急，来不及去卫生间，她嫂子就地让他尿在如瑾的床边，说：尿声叨叨响，夫妻恩情长，尿声嗖嗖嗖，多生麻雀鸠。

她妈叮嘱如瑾记得结婚当晚把拖鞋扔到谢端身上，说是这样一辈子谢端都会对她俯首帖耳。

喜气无影无踪，她心似飞鸟，只盼着笼门打开。

新婚之夜，谢端烂醉如泥，趴在客厅地毯睡死过去。

如瑾收拾完一地秽物，躺在黑暗里辗转反侧。她感觉自己不过是从一只笼子飞进了另一只笼子。蓝天、白云、清风朗日都在笼外，属于她的就那么丁点儿大的地方。

她浑身发冷。谢端的鼾声此起彼伏。

为什么在这儿？

这是你选择的。

她悚然。心中美好竟是自己亲手所毁。夜，寒气逼人，热望、憧憬、虔诚瞬间腐朽、乌有。

你要接受这寂寞与绝望?!

她去卫生间，镜中的女人苍白、忧郁、冰冷。

原以为新生活起始，一切会春意盎然，此刻却凄清萧索。

别走！

谢端怪叫。她吓得打寒噤。

待她跑过去，见谢端身子蜷作一团，双手抱头，呼吸急促。

她抱来被子，盖在他身上，他嘴里咕噜几句，又翻身睡去。

白头偕老、永结同心。新婚祝福历历在耳。

她悲从心起，她将与这个宿醉的男人共此一生？

一生，多么沉重的词儿！

直到第二天中午，谢端才醒来。他俩匆匆吃过午饭，一起去影楼还婚纱，婚纱是租来的。临出门时，发现婚纱有几处破了，婚纱弄破要赔钱，她不知所措，谢端说，没事，几个窟窿，补一下就行了，再说这婚纱又不是新的，不知有多少人穿过，就算赔也赔不了多少钱。

她说自己针线活差，还是找人织补吧？

他笑，问：家里有针线吗？

她点头。

他拿来针线盒，二话不说，穿针引线，当即缝补好婚纱，递与她看。

她惊异，她还是头回见男人做针线活。他缝的地方针脚细密，接合处无可挑剔。

他说，上大学时，被子拆洗完，要缝好，他一直亲力亲为。还有袜子破了，也得缝。他笑。

她局促地笑，他让她意想不到，本该她擅长的，他却占了上风。

还完婚纱，他突然想起什么，带木如瑾去街对面。

那是一家成人用品店。走进去，店内空无一人。

他正犹豫，柜台后突然冒出两个男人，问：买啥？

他大惊失色，转身拉着如瑾跑出去。

半道，如瑾埋怨他为啥要跑？

他竟涨红脸说，怪难为情，买那东西。

如瑾心领神会笑，家里有，避孕套。恋爱时他们牵手拥抱，但也彼此恪守本分。

他支支吾吾说，我，我是童男子，你，你呢？

如瑾笑出声，你猜？

他蹙眉皱额，表情怪异，半晌说，木已成舟，管不了那么多了。

第一次，他要她。在地毯上。

她闭着眼睛，感觉他的手在她身体上游移，呼吸沉重。

窗外，雨声啪嗒啪嗒。

黑暗中，她被红色的光晕笼罩，她像一只快要脱壳的蝉，惊惧而痛苦。

疼。她喊。他停下。

她睁开眼，见他同样疲惫而惶恐。额头汗涔涔的，浑身颤抖，手滑落下来。

算了，下次吧。

他离开她，披衣，去阳台抽烟。

她躺在那儿，惴惴不安。

一会儿，他回来，叫她去洗澡。

她全身冰冷，还好水是热的。她一动不动任水流漫过每寸肌肤。

他突然推开门，她下意识用双手护住胸，他看她一眼，关上门，走了。

她想哭，这算什么？

他们的身体那么陌生，是她在排斥他，还是他拒绝她？

更别说心灵相通了，她胸口隐隐作痛。

为什么要在一起？

抗拒、接近、疏远、痛苦。他们在例行公事，与爱无关。

三朝回门。她妈私下问她跟谢端那方面还和谐吗？

她羞红脸，一声不吭。

她妈说：你现在都结婚了，没啥不好意思的，说啊！

她支支吾吾说还行。

她妈笑，敢情都是生瓜蛋子，好！

接着附在她耳边叽叽咕咕说了一番令她脸红心跳的话，如果这些话由扣子来说，她并不觉惊诧。可一经她妈说出，她未免觉得太难为情，毕竟从小她跟她妈的关系并不很融洽。她妈守旧、蛮横、琐碎。她自小就不讨她妈喜欢，由来已久，具体原因是什么她也不清楚，只记得小时候她不是那么乖巧，总跟她妈顶撞。免不了一顿训斥、恶揍。她妈常跟她爸叨念说，这妮儿性格脾气乖戾，倔强，一点儿也不随我，看样子是我前世的对家，讨债鬼！她妈又说她们母女属相不合，她妈属猪，她属蛇，蛇冲猪。如果这算其一，那只能用迷信来解释。其二、其三甚至其N呢？她想不通。爱之深，责之切，她总用这句话安慰自己，但似乎多余，各种迹象表明，观念根深蒂固，不招她妈待见，千真万确。

男人要惊喜，女人得迷人。把他迷住，才是你的本事。她妈的话惊得如瑾直冒虚汗。

爱，多么美好！可她妈把这个字说得跟书生遭遇狐媚似的。

回门宴，谢端依旧木讷寡言，但还算彬彬有礼。出人意料的是，除了孝敬岳父烟酒糖茶，他还送丈母娘一套牛角梳，派大红包给小姨子，给朗朗买了玩具套盒。事前他并没告诉如瑾还有这么一出。

全家人喜笑颜开，皆大欢喜。如瑾不禁对他另眼相看，闷葫芦出声，果真不同凡响。

临走，如瑾妈低声叮嘱如瑾说：别忘了，惊喜啊！

惊喜？谢端给她了，她呢？

3

如瑾去书店淘回：《新婚必读》《夫妻必备》外加菜谱食谱居家设计

之类的书，古人云：书中自有颜如玉，书中自有黄金屋。谁不希望有条不紊的生活，把日子过得风生水起呢？

如瑾会做几道家常菜，唯一能拿出手的只有西红柿炒蛋。

出嫁前，如瑾妈嘱咐如瑾，婚后第一顿饭，要多放盐，咸到入不了口才好。

那是啥滋味啊？如瑾疑惑。

不是滋味，你得让他知道啥是山穷水尽，逼得他亲手做饭给你吃，那才是好滋味，男人不能惯着，不然一辈子你都得当老妈子！

如瑾照菜谱做清蒸鱼。端上桌，谢端尝一口说，忘放盐了吧？

其他几道菜卖相不佳，还没亮相，如瑾已信心全无。

谢端站起身，直奔厨房，叮嘱她不许插手，让她在外面等。

直到如瑾饥肠辘辘。菜端上桌，油焖大虾、糖醋鱼、咕咾肉、清炒鸡毛菜。

道道色泽亮丽，香气扑鼻。

如瑾惊得口水直掉。

你学过厨？几级？

没，现学现卖。他手里拿着菜谱，她买的那本。

这道菜是？她仔细看，笑：鹌鹑蛋?!

煮熟的鹌鹑蛋，切成两半，煨上香菜叶，像一朵朵盛开的花儿。

雏菊？她笑。

玉兰。他答。

创意从哪儿来的？

我母亲这样做。他眼光昏暗下去，低头不语。

之前他从未提及过他父母，他父母早逝的话她也是听介绍人说的。

她并不追问，默默给他盛饭，说：我不太会做菜，以后我会学。

他抬眼笑：一起学。

他令她动容。她误解他了，他竟如此细致入微。

婚姻的红戳盖在他俩头顶，必须一起发光发热，她虽若有所失，但所有有形无形的痕迹都在提醒她得对他好，鱼水相逢，琴瑟和谐，结同心尽今生，毕竟他俩是夫妻。

女人一旦起怜悯之心，母性必定泛滥，谢端是孩子，如瑾笑。

她学做饭、做家务、料理生活，事必躬亲，顾不得投机取巧的念头，谢端是孩子，对待孩子，理应亲厚。

自那晚后，他没再要她，婚后月余，他们相敬如宾。

她月事未来，惶恐问他：她会不会怀孕？

他大笑：怎么会?!

她语无伦次说，上次那样，会吗？

他笑说，你中学，学过生物吗？

她点头。

挂科了吧？

她摇头。

他沉默，转而细细端详她，说，瑾儿，换个发型好吗？

她不知所云。

他说：你适合梳麻花辫，穿白裙。

她说，土气。他笑，土气才好，有个词儿叫吐气如，如？

他一时口吃，她笑：吐气如兰。

他点头称是。她摇头，自知没那么仙。

他拿那本《新婚必读》给她，她看罢也笑，书是她买的，竟要他来指点。她羞惭自己愚昧。而他没经验却知道如何应对，至少比她从容、阅历丰富。她比他青涩。

他的爱好不少，除了各种球类运动，他还精通麻将棋牌、痴迷网游。这算不算优点她说不清，那是他的世界，他沉迷其中，她被拒之门外。

他们日渐亲近，但算不上如胶似漆。

同床共枕，肌肤相亲，但他们之间有层隔膜还没捅破。拥抱、爱抚、亲吻，瞬间激情电光火石般消逝，她期待。可火车临近隧道口，却抛锚了。

熊熊烈火无端熄灭，他的神情由热烈化为冰冷，她犹如干柴烧了一半，遭遇冷水，吱吱啦啦喷出一缕青烟，晾在那儿，苟延残喘，困惑、狼狈至极。

他接近她，又抽离而去。她时刻准备着被他征服、瓦解，但他弹簧似的弹回去。令她猝不及防。

你得想法迷住他，她妈的话令她心乱如麻，是她没魅力还是？她才23岁，锦绣年华。他只比她大一岁，青枝绿叶，年轻气盛。花开堪折直须折，莫待无花空折枝，他应该懂的。

他们之间缺少理解默契，他的表现令她难堪、羞辱、无地自容。

他看她的表情凝重、茫然若失。

书上说，这叫性冷淡。她想问他，却羞于启齿。

婚假满，她上班，谢端则赋闲家中，野外工作流动性大，忙完上片工区的活，他留守待命。

刚开始，她下班，还能见到谢端的踪影，没几天，再见他已非易事，他说他跟同事打牌呢，没啥大事。

后来，他彻夜不归了。

手机关机，不留讯息，她联系不上他，除了彻夜等待，别无他法。

隔天早上，他回来。满身酒气，不打一声招呼，倒头便睡。

为什么?!

她两眼红肿，声音嘶哑跟他吵，她新婚激变怨妇，落差之大令她痛不欲生。

为什么?!

她不断哭喊。

他不理她，睡得死气沉沉，她摇醒他，他诡辩说，跟几个同事打了一宿牌，不信你去问。

才结婚，你让我独守空房。她满腹委屈。

我让你？他直愣愣地问。

她感到心酸，泪眼婆娑。他并不劝慰，翻身坐起，抽烟。

少顷，他说，谁能让你怎样？独处有啥不好？我就好清静，出野外没人愿去沙漠工区，他们就找我轮班，一待大半年，倒也自在，他们笑我无色根，性冷淡，那又怎样？

她头晕目眩，为什么？

为什么要结婚？她气若游丝。

随大溜，我也是正常人。他打哈欠说。

只是为证明自己正常，借婚姻庇佑，他是蜥蜴有保护色。

她震惊、愤怒，她戳着胸口吼：那你把我当什么?！你脚下的草皮儿，还是嘴边的蚂蚁！

他默不作声，继续喷云吐雾。

她在演独角戏，他的冷漠、心不在焉令她癫狂，她摔碎心爱的水晶花瓶。

正午的阳光照在碎片上，惊心动魄。

谁也没把你当蚂蚁，蚂蚁也没你那么大力气！他慢悠悠地说。

是啊！蜥蜴至少还吃蚂蚁呢？她是什么？!

悲愤交加。她哭得昏天黑地：干吗要拉上我？我招你了？

无理取闹，他站起身要走。

离婚！她喊。

他定住。梦游似的脸扭曲。醒了。

你说什么？他问。

她重复。

他的表情越发古怪，不安、疑惧、骇人、惶恐、阴郁、痉挛、狰狞、莫名其妙。

他张大眼，低吼：敢！

她被震慑住，依旧不依不饶说，怎么不敢？

他冷笑，一股皮肉的焦煳味弥漫。他用烟头烫自己胳膊：再说！

赫然，他胳膊上冒出三个烟洞。第四个，他咧嘴笑，呓语。

别！她喊。

他停下，额上青筋暴跳。她呆若木鸡。

就知道，你不敢！他扬扬得意，忽而眨巴眼，吸口气问：家里有烫伤膏吗？没有，我出去买。

他出门。她听见他关门时，哼了一声。疼。

惊悚结束，下面是喜剧还是悲剧？

她心慌意乱、狼狈不堪。

她不是牧羊女，他也不是扫烟囱的人。

她一直想从抽屉逃出去，可兜兜转转却掉进了黑暗的碗橱里。

他的心是桃心木做的，还是铁打的？

她听见心碎裂的声音，那根钉子钉在谁身上合适呢？

第六章/撑伞的人

重明：在干吗？

屠苏：看新闻。

重明：难得。

屠苏：八卦。

重明：分享下。

屠苏：某女星多年无性婚姻。

重明：有情有义。

屠苏：凑合呗。

她原想说是惯性，生活巨大的引力，或许别人可以抽身而退，可她不行。至少现在不行，她还在雾中迷茫求索。看不到光亮，也只有墨守成规。

重明叹息，都是同道中人。

钥匙攥在你手里，你非得把自己反锁进去，活该！她心里的声音骂道。

重明：你，今天情绪不高？

屠苏：这几天阴天。

重明：明天，天朗气清，云淡风轻。

她看天气预报，明天，小雨。

屠苏：怎么会？

重明：我刚冲西面打了三掌，云消雨散，不信，等着瞧。

玩笑。她起身加外套，真冷，明天有雪，也说不定呢。

重明：如果明天晴天，你愿意见我吗？

相隔千里，又说这些痴话，她说，好，放马过来吧。

他说用不着马不停蹄，鼠标一点即到。

她笑说那她会以翻页的速度迎接他。

哈哈。

小雨转中雨。中午，她看见重明在线。

屠苏：你那三掌拍龙王尾巴上了吧？小雨改大雨了。

重明：你又不打算见我，龙王爷看不过眼，扔催泪弹呢！

屠苏：言过其实，我哪有那么小气，见个面算什么啊？

重明：此话当真。

屠苏：嗯。

他发来酒店地址、他的手机号。

她惊讶，他竟在她的城市。

犹豫再三，她答应见面。他们互留手机号，地点她定。

她给扣子打电话，问能不能陪她一起去。

扣子问：网友吧？

她解释说是客户。

扣子在电话里嘿嘿直笑，说，她有事去不了，又说不管见谁，只要是陌生人，就得找个人多的地方才安全，见光死，也要死得明白。

约见地点是一家叫“谷”的中西餐厅。离她住处很远，她有意为之。

她先到，心里七上八下。

不久，他出现。他样子跟视频里差不多，中等个，穿黑色中长外套、平头，皮肤黝黑。

落座，他不自觉地用手敲击桌面，他胖了不少，低头微现双下巴。

她让他点菜，说她做东，尽地主之谊。

他左顾右盼，说热，脱去外套，里面穿黑底绘白色流氓兔的T恤。

她笑。

他问喝粥吗？

她说你做主。他点了桂圆雪蛤粥、西芹百合、梅菜扣肉、鹅肝、爆米花、薯条、龙井、果盘、冰激凌、老母鸡汤、开胃小吃。

不伦不类，饕餮。她盘算荷包里银子的花度。

菜上来，他催促她动筷子。她以为他会大快朵颐，却没想到他只吃一小盒冰激凌，其余的菜都推到她眼前。

尝尝，趁热。

浪费！她暗自叫苦。

快！他再催。

她心里鼓点加快，顾不了吃相，原想浅尝辄止，现在看样子得风卷残云了。

她吃得鼻尖冒汗，他递纸巾给她，笑：吃不完，可以打包。

她怎么忘这茬儿了？没出息。

她羞惭问：你怎么不吃？

他笑，看你吃，有饱足感。她涨红脸说平常我吃得也不多。

无所适从。

他说，天凉，贴秋膘，多吃无妨。她低下头，窘态毕露，还不如说她是吃货、吝啬鬼。

饭后，他抢先买单，她推让说，我是地主，他笑，我是男人。语气坚定。

临走，他执意要送她回家，她拒绝。

他取出身份证、工作证给她看，他们同龄，他只比她大两个月，巨蟹座，温暖的男人。

他果真叫江天暮。在政府机关工作。

她说还是我送你吧，这儿不好打车，外面雨大，我带伞了，两把。

他没推辞。一前一后过地下通道，他背影宽厚，脚步稳健。

他上出租车，摇下车窗，朝她挥别。眼睛光亮。

看车远去，她松口气。突然想到他没问她真名。光顾吃了，她笑出声。

奇怪滑稽的会面，除了偶尔的眼神交流，他们几乎没有实质性的话题。

他叫江天暮，她还是屠苏。

晚上，他发短信给她说，忘把伞还给她了，问她什么时候有空来取。她回复，不用还了，明天还有雨。

他说明天没事，他待在酒店不出去，用不着。

一借一还，还要再见。

来而不往非礼也，那顿饭让她过意不去。他又说他后天早晨的飞机。她想想回，好吧。

第二天，小答的班主任打电话来，说小答课间跟同学打闹，头撞到护栏上。虽然只鼓了个包，但还是希望她尽快带孩子去医院仔细查查。

她风风火火赶到学校接小答。

在医院做完各项检查回家，已是下午。

幸好是皮外伤，不然不知是要谁的命！她数落完小答，又忙活做晚饭。

一天将尽，才想起跟重明，不，是江天暮的约会。看手机，没见他电话、留言。

窗外，风雨如晦。一把伞能撑起多大一点天空呢？

重明。江天暮。撑伞的人？

睡吧，明天再说！她筋疲力尽地想。

早晨，江天暮发短信说，他已过安检，在候机。

他没介意她失约，反而说这儿的秋天比他想象的冷，要她注意保暖。

他们之间又将隔绝千山万水。还是叫他重明好。真名实姓有如甲胄、鳞片，锐利反光，令人刺目。她以为还是模糊不清的好。网络虚空，就算瞬间蒸发又何妨？不必当真。

他一下飞机就打电话给她，中气十足。

“你一点儿都不像北方姑娘，小气、失信，还闪闪躲躲的，你真名叫啥？说！”

她大笑，敢情都是装的。

你没问啊。

我那是一时糊涂，你到底叫啥？

她笑：木如瑾。他问具体哪三个字？她如实回答。

列郡专城分国忧，彤幨皂盖古诸侯。仲华遇主年犹少，公瑾论兵位已酬。草色青青宜建隼，蝉声处处杂鸣驺。千里相思如可见，淮南木落早惊秋。

他笑，这名儿出自此诗？

她说不是，纯属巧合，细想，有点巧，也有点牵强。

他又问，不会又是杜撰的吧？

她说名字不过代号而已，不重要。

又进了一步，没有惊慌、躲闪、似是而非，一切仿佛命定。

既来之则安之，他又不是鬼。

木如瑾。屠苏。贝尔蒂丝。他轻念，转而大笑。

三个名字，三张面孔。分裂、重叠，重叠、分裂，是她？

她一时恍惚，自己是谁？

他敛住笑，轻叫：妞儿。欲言又止。

他既是重明，又是江天暮。

他问天晴了吗?

她若有所思答，是啊。

空气中弥漫淡淡青草味道。

看见彩虹没?他问。

哪儿有?她走到窗边眺望。风停雨住，天空依旧灰蒙蒙的。

眼睛看不到，心可不能说谎哦。他笑。

她觉得莫名其妙，此话怎讲?

开着窗子，彩虹可能喝醉了，等醒了，没准就骑白马来看你了。他说。

她笑，戏谑鬼。

寒蝉凄切的季节，她就算有兴致风花雪月，也没那身板抵挡露重风寒。总不能抱着个名字取暖吧。

妞儿，到我这儿来，我的世界很温暖。他突然说。

背肌撕裂，咬破黑暗的不是那只蝉，是什么?她也说不清。

有声音、光亮、香气逼近她，被它们笼罩多么幸福。

它们始终存在，她得找回那种感觉。

温暖。

她心头痒，似有轻风拂过，阳光如酒，微醺爬上来。

第七章/你，怕黑吗?

早餐：面包、牛奶、白煮蛋。

小答却要吃小笼包，谢端也不耐烦：每天就这老三样，兔子都歪味。

兔子不吃窝边草，有本事自己出去找食吃。如瑾气不打一处来。

可嘴上这么说，脚却不沾地地出了门。

买好早点，经过楼下亭子，见琳琅在那儿来回踱步。

霜风凄紧，琳琅穿黑色钉珠片齐膝舞裙，裹猩红丝质披肩，在那儿瑟瑟发抖。

如瑾问她怎么在这儿?

琳琅说，忘带钥匙，阿良又不在家。

如瑾请琳琅去自己家坐会儿，琳琅没有拒绝。

谢端瞅见琳琅跟如瑾进门，面露愠色。

买个早点要那么长时间，小答快迟到了。

如瑾置若罔闻，心说我腿脚哪儿有你嘴皮快呢?!

如瑾招呼琳琅进屋，琳琅莞尔：姐夫，打扰了。眼光楚楚。

谢端不置可否笑笑，回头催小答吃早点。场面尴尬。

谢端父子出门后，琳琅笑问：姐夫是冷血动物吧?

如瑾笑：他就那样，你别在意。

当冷血动物也挺好，内热少，不闹心。琳琅若有所思道。

如瑾想想说：代谢也慢，无情、没活力。

所以，我喜欢蝉。琳琅幽幽地说。

蝉？如瑾愣住。

可不吗？在地下猫那么久，钻出地面，迫不及待蜕皮羽化、鸣叫求偶，很快死去。图啥？就图个痛快淋漓！琳琅眼睛光亮正色道。

如瑾打寒噤，联想到琳琅腰际的文身，背脊发麻。

姐，蝉跟蛾一样爱扑火，知道不？琳琅轻笑。审视木如瑾。

如瑾恍然，都是追光动物。

琳琅又说：鬼故事，听吗？

如瑾笑。

话说鬼王死后，被押往鸦鸣国，众鬼之中，只有一陌生女鬼愿同往。鬼王问其缘由，女鬼反问：鬼死变什么？鬼王说，人死做鬼，鬼死为聻。女鬼点头说，知了。鬼王又问：鸦鸣国终日黑暗，昼夜不分，去无返日，你不怕？女鬼只答知了，知了。鬼王疑惑，女鬼答：人怕鬼，鬼惧聻，唯恐不死之心。鬼王问，莫非你有不死之心。女鬼凄笑：你有灰暗之眼，我有不死之心，鬼知你不觉，想甩掉我哪儿那么容易，就算做鬼做聻我也不放过你，死鬼！

如瑾听得懵懂，琳琅却大笑不止，直笑到流泪、气喘，她轻咳几声，眼见如瑾神色不安，才敛住笑说：瞎编的，驴唇不对马嘴，童初说，只当无聊，添点生趣。

如瑾笑：童初？这鬼故事跟蝉有关吗？

琳琅微笑点头，神情妩媚：我喜欢蝉，他编故事逗我乐。

如瑾好奇，童初是？

琳琅手机响，她看都不看，拒接。手机连响三次，她忍无可忍，接：我没做亏心事，干吗要走！我要是鬼！你就是怪物！不人不鬼，老不要脸的老怪物！

琳琅语气坚决、短促，她挂手机，抽烟，沉默。

不一会儿，她起身道别，样子萎靡，判若两人。

姐，你怕黑吗？琳琅回头问。

嗯？

你怕冷吗？她又问。

如瑾摇头，琳琅笑：骗人。

琳琅回身握着如瑾的手说：姐，你的手也冷，看来是时候见见光了。

琳琅的手纤长冰凉，如瑾缩缩手说，天凉了，多穿些。

琳琅面庞苍白，微笑：心凉了，穿多穿少都一样。她解下披巾，重新围好，如瑾留意到她脖颈上有几块暗红印迹，似瘀伤又似吻痕。

临走，琳琅对如瑾说，姐，保重。后面那句近乎自语，如瑾没听清。

如瑾心生寒意，琳琅的言行谈吐有点不对劲儿。

琳琅走后，如瑾免不了前思后想：好像少了什么?

她记起琳琅竟没戴珠链，那种珠石碰撞的响声消失了。光彩夺目的琳琅突然之间失了魂魄。

蜕掉壳儿的琳琅，痛楚多于快乐。

越快乐越忧伤。琳琅似乎那么说。

晚上，物业上门收暖气费。顺便问如瑾楼上还吵吗？说是有住户投诉楼上阿良家经常半夜闹腾，影响邻里休息。

如瑾说，还好。

收费员嘟囔：我就说嘛，谁家没个磕磕碰碰，大惊小怪的，就知道投诉、找麻烦！

几天前，阿良家对门汤一品找过如瑾，说对门太吵，他老婆又是孕妇，弄得整晚睡不好。汤一品还说要找几个邻居联名投诉阿良。

不光吵，还砸东西，丁零当啷的，跳上跳下，要人命！

如瑾说：哪儿有不吵架的夫妻，只怪咱们这栋楼楼板太薄。

汤一品冷笑，嘿嘿，你的神经真强大，善邻啊！

如瑾苦笑，她神经衰弱。为什么替琳琅说话，她也说不清。

第二天，如瑾碰见阿良喝得烂醉，跛脚弓背，晃悠悠上楼，嘴里咕噜噜说着什么。

好，我是老怪物，老怪物千年不死，折磨你一辈子，你烦了，我没烦，没烦！

他在楼梯口摔倒，撑起身，冲如瑾作揖：对不起，跛脚佬跟你赔不是，这条道不是我想走的，都是给小妖精逼的，她恨不得我死，我死了，她就跟野小子双宿双飞，翅膀硬了要投林，她当真以为自己是鸟儿啊？哈哈！是风筝才对，风筝飞再远，也飞不出我手心，看见没，线在这儿，断不了！

如瑾上前搀扶，他忽地直起腰，使劲把住楼梯扶手嚷：起开，我要收线了！

如瑾惊住。

阿良歪歪斜斜爬上楼，回头直愣愣冲如瑾笑：没扎地，也没挂树上，手到擒来，呵呵。

听见楼上沉重的关门声，如瑾才舒口气，这又是哪一出？

第八章　蒲草无泥

如瑾下班前，接到谢端电话。谢端让她提早回家拾掇一下，说是晚上家里有客人。

饭菜可以在外面吃，但屋子必须打扫得窗明几净。给客房换床新床单、新被褥，浴室再挂条新毛巾。听见没?！谢端语气强硬，如瑾听得不耐烦。累了一天，回家还不得安宁。

收拾停当，谢端又来电话说，早点接小答放学，他在酒店等他们。

给小答换身新衣服，捯饬精神点，别碍眼！谢端提醒。

如瑾狐疑，以往除了同学聚会或允许带家属的场合，谢端一般不会带她和孩子出席。除了个别要好的同事，谢端也不会带人来家里。即便来也只是小坐，从未留宿。

哪儿来的贵客?

赶到酒店，服务生领他们去包厢。

推开门，就谢端一人坐那儿抽烟。

客人呢? 如瑾问。

谢端说，去卫生间了。

服务生问上菜吗? 谢端说不急，等人来再说。

小答吵，饿。

谢端呵斥：你饿死鬼投胎啊！

别吓着孩子。门口出现一位年逾六旬的老妇人。

谢端忙站起来，迎接，回头丢眼色给如瑾。

这是我姑姑。

谢端拽起小答，说：叫姑奶奶。

如瑾讶异，之前谢端从未提起他还有个姑姑。

姑姑慈眉善目，微笑点头。

落座。姑姑埋怨谢端脾气躁，自家人讲什么礼数？说话间，一把揽住小答说：乖宝儿，饿坏了吧？

姑姑眼神、记性都不太好，头前叫小答，稍后又问小答：小鬼头，你什么名儿？三番五次说错小答的名字。还错把如瑾当服务员，问：姑娘，哪里人啊？忽而又问：姑娘看着面善，像是在哪儿见过？哪里呢？你姓唐吧？啊呀，是姓姜，孟姜女的姜，没错吧？

席间，姑姑烟不离手，酒量惊人，半斤不醉。她对谢端说：姑姑给你带了蜜饯、糖瓜，在包里，你小时候一见我就吵吵要，还记得吗？

谢端接过包，打开。

普洱？

姑姑如梦方醒道：是啦，是啦，糖吃多容易掉牙，喝普洱好，降血脂，保健。

姑姑短路似的表白令人面面相觑。谢端强作笑容说，还是姑姑疼我。

姑姑还说给小答带了见面礼，随手从衣袋里摸出个首饰盒。

男戴观音女戴佛，瞧这玉观音，才开了光，听谢端说，小答属龙，本命佛应是普贤菩萨，没错吧？

她摊开手，竟是一个翡翠平安扣。

如瑾哭笑不得，谢端倒不以为意，谢过姑姑，说：扣心怀古，平安是福。劳您费心呢。

回到家，谢端叫如瑾去预热洗澡水，自己则跟姑姑盘坐在沙发上，抽烟、闲聊。

如瑾隐约听见他们说的都是些旧事。夹杂家乡方言。有些话如瑾听不太懂。聊到兴起，谢端哈哈大笑，无所顾忌。姑姑情绪饱满、异常清醒。

小顽，侬小时，呒样范。还记得那会子侬骑猪，从猪背上摔下来，跌断鼻梁，鼻子红得跟个萝卜似的。

嗯，到现在还有点肿呢？

还有侬偷张家阿婆的南瓜，被她家狼狗追，受惊吓高烧不退，侬阿爸怕你夭折，抱侬去枣林，在树枝上拴红绳，不停叫侬名字，天亮，侬竟烧退了，侬讲，奇不奇？

呵呵，阿拉韭菜命嘛。

二胡还拉吗？我记得那还是姑丈教侬的。他会剃头，还会拉琴。

没，二胡曲太悲，不过，也算是个营生，当初阿拉就靠拉琴攒够学费。

苦命的小顽，都怪姑当时也不宽裕，帮不了侬太多，不然……

如瑾听见姑姑啜泣，悲喜交集中刻画出谢端成长史，童年无忧，少年不羁，青年坎坷。

现在？他说：姑姑，侬冷吗？我叫如瑾拿毛毯来。

已近凌晨，姑姑全无睡意，依旧跟谢端叨念往事。客厅里云山雾罩，闭塞混浊。

如瑾让小答先睡，自己早已哈欠连天。

如瑾换了睡衣，走过来说水预热好了，姑姑，您现在洗吗？

姑姑慢悠悠说，不急。谢端则说待会儿。

想起来了，我见过侬的。姑姑突然抓住如瑾说。

如瑾愕然，姑姑盯着她上下打量，眼一亮。

晚露。她叫。

如瑾摇头，谢端脸色大变：姑姑，侬认错了，她不是。

晚露爱穿月白衫子，头发绾个圆髻，像这样，穿十字拖，临睡前，枕头上还撒些干桂花。嗯，这香儿，我闻得出。

晚露，庆祥有什么错，侬要走？姑姑问。

如瑾摇头，姑姑俯下身，盯着如瑾，眼光严厉。

侬有小顽，他在哭。侬怎舍得丢下他不管?！侬好狠的心哟！

谢端上前阻拦：姑姑，她是如瑾，侬累了，洗洗困觉吧。

下雨天出门，当心遭雷劈！

姑姑手指加力，如瑾尖叫，疼。

她不是，晚露死了！谢端喊。

姑姑一怔，目不转睛地盯着如瑾，神色凄凉，手一松。

晓得，晓得了。

等姑姑洗漱睡了，谢端去阳台抽烟。

如瑾跟上去问：明天，要不要陪姑姑去医院看看，她好像有点儿糊涂。

谢端抽几口烟说，她有老年痴呆，治不好的。又说，姑父在世时，她就糊涂一阵，清醒一阵的。等哪天她连自己都不晓得自己是谁了，唉！

还是去医院看看好。如瑾说。

谢端点点头。如瑾见他眉头紧锁又问：要我陪着一起去吗？

谢端摇头说：用不着，你管好小答行了。

晚露是？木如瑾问。

管她是谁呢？瞎操心！谢端动怒，扭过头掐熄烟，又抽出一支，点燃，继续抽。

如瑾愣住，不知所措。

睡吧！明天还得早起呢。谢端冷冰冰地说。他起身，开油烟机，风声轰隆隆地鼓胀。

谢端直愣愣地盯着窗外，烟灰弹了一地。

如瑾退出去，关门，谢端哆嗦一下，喃喃自语：睡吧，睡一觉就好了。

谢端的姑姑一住大半月，除了去医院看病，大多数时候都窝在家里。如瑾有意陪她出去逛逛，姑姑执意不肯，说是人老了腿脚不灵便，不想给年轻人添麻烦。

姑姑是基督徒，早晚捧着本《圣经》，盘坐在沙发上念念有词。

得着魂生命的，将要丧失魂生命；为我丧失魂生命的，将要得着魂生命。

你们不要想我来是叫地上太平；我来并不是叫地上太平，乃是叫地上动刀兵。

她念道。

问她念啥，她眼神恍惚反问：索宁（什么人）？

如瑾跟谢端提起姑姑的怪异举止，谢端说，姑姑曾有个儿子，大学毕业没多久，遭遇车祸死了。她这些年饱受丧夫丧子之痛，精神萎靡。由她吧！他说。

有天晚上，姑姑一时兴起教小答念：

我们在天上的父，
愿人都尊你的名为圣。
愿你的国降临，
愿你的旨意行在地上，
如同行在天上。
我们日用的饮食，
今日赐给我们。

免我们的债，
如同我们免了人的债。
不叫我们遇见试探，
救我们脱离凶恶。
因为国度，权柄，荣耀，全是你的，
直到永远。
阿门！

姑姑对小答说信耶稣得真理，能洗净我们的罪。

有次小答对如瑾说：姑奶奶说，耶稣是神的儿子，不信耶稣就是坏人，是吗？

如瑾听得瞠目结舌，回神答：瞎说。

如瑾担心小答被姑姑教坏，私底下提醒谢端说：咱家除了你姑姑都是无神论者，小答还小，心智不成熟，你姑有宗教信仰自由，我管不着，但这样教孩子，我反对。

谢端听了也觉不妥。但他说姑姑好不容易来住几天，立马让她走也不合适。

等几天再说。他说。

没等几天，姑姑突然要走，说是她的一个姊妹病了，她得回去看她。

姊妹？如瑾疑惑。

谢端倒心领神会说：是教友。

动身前，姑姑送如瑾一本黑皮《圣经》，说是神的恩赐，嘱咐木如瑾：要爱人如己。并叨念：

爱我们的主，世上的事上就得胜有余了。主与我们同在。

姑姑走后，如瑾翻《圣经》，看见这样的句子：

我灵愁苦，要发出言语。我心苦恼，要吐露哀情。
蒲草无泥，岂能发长。芦荻无水，岂能生发。
快乐至极，就生愁苦。
吃素菜彼此相爱，强过吃肥牛彼此相恨。

这些话似曾相识，快乐至极，就生愁苦。越快乐越悲伤，如瑾不觉想到琳琅。

得着生命的，将要丧失生命。

琳琅?!

第九章/鬼天堂

楼上又在闹腾，三更半夜，哭声、喊声、吵闹声不绝于耳。直到快天亮才消停下来。

如瑾难以入睡，两眼干涩，头痛欲裂。

大半夜，这是在唱《哭祖庙》还是《生死恨》呢？

她披衣起身去客厅，喝水，隐约听见有歌声如泣如诉。

现在，你可以绿了
因为，我要发芽了
现在，你可以吹了
因为，我心里痒了。
一起疯长、一起绿。你是我，我是你。
变回原形，找到鬼天堂
傻瓜，天堂见。跟我一起穿过黎明。
迎着光，燃烧，化成灰，像蝉一样唱。
傻瓜，天堂见，我们都是活在昨天的鬼。
左眼光明，右眼漆黑，反正就要散了，没什么可怕
反正已经爱了，没什么可怕
反正天就快亮了，我们又要遇见了
反正，我们又要在一起了。
天知地知你知我知，鬼知道
……

琳琅。

夜半歌声。如瑾听得悚然。琳琅的声音诡异，抽噎中带几声凄厉的

笑，像是中了邪，疯魔一般。

如瑾走上阳台，推开窗，外面漆黑一片，寒气逼人，她冷得直打哆嗦。

楼上黑灯瞎火，并没任何动静。

关上窗，如瑾摇摇头，难道神经衰弱严重到出现幻听？

准备回房，突然听见敲门声。如瑾惊惧。

门外传来琳琅的声音，姐，是我。

开门，琳琅身穿睡袍、赤脚、披头散发地歪在门边。

如瑾要拉她进来，琳琅摇头。她浑身颤抖，凄楚地笑。

姐，我得走。

这么晚，你去哪儿？

去天堂，你信吗？

说梦话，快进来，外面冷。

我倒希望是场梦呢。姐，你也有梦吧？是女人都爱做梦，不醒多好。

先进来待会儿，要走也得等天亮再说。

天亮？嗯，天就快亮了，来不及，他走那么快，我都跟不上了。

琳琅说着，伸手，握住如瑾的手。而后松开。

姐，这回我的手比你的暖和。

琳琅的手冰凉，见如瑾疑惑，她指指胸前的吊坠，说因为我有它。

如瑾仔细瞧，那是一颗锋利的牙齿。

这是？

狼牙。琳琅笑。

我这儿还揣着个小狼崽儿呢，它又用狼爪挠我了，哎哟哟！

琳琅挺直身，抚摸腹部，诡笑，眼神深不可测。

哦？楼道里的灯熄灭。

如瑾跺跺脚，灯亮了。

琳琅立在楼梯口笑容恍惚。

姐，回去吧，外面冷。

等着，我去给你找件衣服披着。如瑾说。

不用，不冷。

穿堂风掀起琳琅的睡袍，在灯光映照下，似金色的翅膀，扇动招展。

琳琅折身下楼，睡袍背后被撕裂了一大块，背脊上几道血痕触目惊心。

那只蛹终于钻出黑暗、蜕皮羽化，飞？扑火？

单元门关上。一片死寂。

灯又灭了。

带上门，如瑾心怦怦直跳，空气中弥漫泥土的腥味。雷声阵阵，下雨了。

见不得光，迟早要发霉。如瑾想。

蝉弃下黑暗飞走了，壳还留在原处，身子印儿、体味儿尚存。

你冷吗？孤单吗？

一点儿也不，另一只蝉跟我一起，朝飞暮倦，两情缱绻，一直到死。

金色的蝉翼微光跳闪。知了，知了。

黑漆麻乌，不睡觉，闹鬼啊！

灯光刺眼，谢端睡眼惺忪戳在那儿喊。

如瑾惊醒，起身回卧室。卫生间马桶水声哗噪。

蝉会被淹死吗？

如瑾古怪地想。

隔天早上，如瑾出去买早点，在包子铺碰见阿良。

阿良买了烧卖、豆腐脑，还叮嘱老板娘别加香菜，说琳琅不吃。

他抢着替木如瑾买单，说是买给小答吃的，知道孩子爱吃小笼包，别客气，没几个钱。

推让一番，如瑾实在拗不过阿良，只好由他。

如瑾想问琳琅在家没，话到嘴边又觉得自己饶舌，阿良为琳琅买早点，说明雨过天晴，夫妻俩又和好如初了。

阿良看起来似乎老了不少，鬓角染霜，后脑勺突现几块斑秃，邋遢疲惫。

他絮絮叨叨说，这家烧卖没有原先做的好吃了，肉少米多，皮又厚，琳琅不爱吃，可咱们小区附近就这一家包子店卖烧卖，唉！

他又问如瑾知道金丝烧卖吗？

如瑾摇头，阿良说琳琅爱吃金丝烧卖，可没见有卖的。

如瑾说网上能搜到做法，不行学着做呗。

阿良笑：是啊，我怎么忘了这个茬了呢？自己做既干净又卫生。

如瑾心说琳琅好福气，为啥还身在福中不知福呢？

他们同路回家，走到楼下，阿良突然又想起了什么，将手里的早点硬塞给如瑾说：我吃过了，这些你拿回去吃吧，别浪费。琳琅要吃蛋挞，不是烧卖，看我这记性。

如瑾说太多，吃不了，阿良恳求：不多，就算帮我个忙，好吧？

说罢，他抽身而去。嘴里叨念：两个蓝莓的，两个紫薯的，还有两个？

如瑾惊愕。阿良？

吃早饭时，谢端埋怨如瑾眼大胃口小，买这么多早点吃不完，浪费。

如瑾不好说是阿良送的，谢端常说拿人手软、吃人嘴短，贪小便宜吃大亏。

吃不完，中午继续吃，还吃不完，晚上继续吃。如瑾不软不硬地回。

谢端白如瑾一眼说：分明是你懒，不想做饭。

如瑾说：谁不想当贵妇人，钟鸣鼎食，衣来伸手饭来张口，出入有司机，在家有佣人伺候，问题是咱这又不是啥富贵福地。你也不是金龟婿。我就活该穷酸命！

谢端张张嘴，话未出口，反被呛了一下，连咳几声，火气顿无，索性撂下碗筷。喊小答出门。

临出门，他教训小答说好好读书，要出人头地，又咕哝：女人都势利，嫌贫爱富。

如瑾收拾停当，上班。

第十章/待到油尽灯枯时

下午，如瑾的嫂子厉梅来公司，说有事找如瑾单聊。

姑嫂俩去里间，厉梅向如瑾请教新上的财务软件，说是自己最近报了会计培训班。

厉梅初中肄业，基础知识差，又不好学，这回兴起学财务软件，不禁令如瑾好生疑惑。

如瑾费了半天劲，厉梅仍不知所以然。

我打小看数字就迷糊，你哥说我是糨糊脑子一个，幸好朗朗不像我，小脑瓜机灵得很，随你哥，更像他爷爷。木家人都精明，也包括大姑子你。厉梅话里有话。

如瑾笑。

如瑾对厉梅素来无好感。因厉梅太多心机，当初她隐瞒离婚史，未婚先孕，嫁到木家又背着家人辞去工作，在家待产，头胎流产，为求男丁四处烧香拜佛卜算，直至朗朗出生，终于扬眉吐气，从前温婉和善，如今飞扬跋扈。谈吐间多了得意与挑衅。

厉梅常在人前叨念：朗朗是木家唯一的亲孙子，比金蛋还金贵。

话里话外都少不了夹带上朗朗。朗朗说，我让爷爷买套大房子给朗朗住，我让爷爷买大奔驰给朗朗。我让……都是朗朗的。

木家几代单传，免不了当朗朗是金疙瘩，掌中宝。厉梅俨然母凭子贵。

瑾儿，听你哥说咱公司要增资？厉梅问。

如瑾点头。

增加的股份在你名下？厉梅又问。

如瑾皱眉道：怎么？

实话跟你讲吧，我咨询过律师了，原来咱爸咱妈加你，各占股份的三分之一，现在增资的部分又在你名下，你岂不是占咱公司股份最多？我律师朋友还说啊，咱家就数大姑子你最精，平素看你不吭不哈的，谁想啊，心里算盘拨得贼快贼准。

这都哪儿的事？如瑾不快。

那天吧，我在这儿玩游戏，无意中看到股东会议纪要，都不是外人，看了没啥吧？

都是虚的，走走账而已，又不作数，写谁名儿都一样，别当真。如瑾答。

那可不一样，律师说，如果老爷子一旦没了，咱家你占大头，说了算，白纸黑字，这可改不了。

如瑾不悦：嫂子，你的意思是？

我意思是这回验资，你跟老爷子说说，把你名儿换成你哥的名儿。或者增加你哥的名儿也行，要不让你哥另起炉灶，开个分公司得了。你知道你哥自从下岗后一直在店里帮忙，没日没夜，头前搬货又把腰都拉伤了，再说他是木家独子，没名没分也说不过去，朗朗都说，爷爷偏心大姑，薄待他爸。

如瑾的哥哥早前在一家公司当司机，平日好逸恶劳，加之好赌，声色犬马、麻将牌九无一不好，下岗后，名为帮衬家里，实则亏空公司不少钱财，进公司没几年，业绩平平，车倒换了三辆，房子买了两套还嫌小，厉梅又工于心计，夫妻俩为秉钧持轴，当仁不让，可谓机关算尽。并且经常跟老爷子争执。老爷子恨铁不成钢，心急如焚骂其不孝子、败家子。因此在经济上给予把持、封锁，不敢轻易放权给他，生怕他败业倾家。

如瑾笑，她哥木人杰多会儿出过蛮力，干过重活？当年倒是她一个姑娘家经常一人搬运成吨的货从不叫苦，库管、财务、发货，连轴转，分身乏术。

我昨儿看新闻说有一小伙儿连打两夜麻将，结果给瘫了。如瑾说。

你，你这话里有话的，难不成盼着你哥有个好歹的，人家说兄妹情深，你这当妹子的不帮忙反倒挖苦算计自己亲哥，算啥？

算啥？那我倒想问问你，啥叫老爷子一旦没了，我爸还健在，你这是诅咒还是念丧经？要分家也由不得你个外人说三道四，再说，我爸身子骨硬朗得很呢，我瞧着干个十来年应该不成问题，我劝你干瞪眼、瞎操心的事别干，折寿！

厉梅见如瑾正颜厉色，有些发懵，转而喘口气说：我不是那个意思，我也是为公司好，老爷子说过你哥主外，你主内，这也算责权分明，你哥是领头羊，你是看家狗，我没说错吧？

谁是看家狗?!

我没文化，不会打比方，话糙理不糙，就那意思，木家几代单传，长兄为父，最终还是你哥说了算，朗朗奶奶也说嫁出去的姑娘泼出去的水，里外有别，我也没挤兑你的意思，我的意思是你哥主事也不会亏待你，兄妹同心，其利断金。

如瑾冷笑，厉梅 EQ 蛮高。

说话间，老父亲推门进来问：吵啥？

厉梅赔笑说没有，您知道我天生大嗓门。

老父亲问：朗朗该下课了吧？

厉梅点头称是，并说马上去接朗朗。

厉梅走后，老父亲摇头叹息：都不是省油的灯！

如瑾回：总有油尽灯枯的时候。

快了。老父亲长叹一声说。

第十一章/是你吗？贝尔蒂丝

自打那次见面后，如瑾每天都会接到江天暮来电，早晨、中午、晚上，无固定时段。

一打就是个把钟头，如瑾并不拒绝，生活寡淡，一经天暮淳厚的声音语调撩拨竟多了几分生趣。

这个男人硬朗强悍，唐突又不失礼，成熟皮囊下怀揣赤子之心，与她生活中的男人大相径庭，大巧不工，防线不攻自破。阳光、蔚蓝、笑声，久违的晴天，她嘴角上扬，微笑。

在网上他还是重明。他问她：为什么一个月里有二十五天玛格丽特戴的茶花是白的，而另外五天她戴的茶花却是红的？

她想到却是《红玫瑰与白玫瑰》，于是，岔开话题，说她也有本《茶花女》，收藏已久，可惜书页掉了几十页，可不想粘好。

他问为什么？

她说，时间印迹，这样挺好。

他笑，也好，记忆碎片，因残缺而完美。又说似乎闻到了书香，看见女子清新、安详，素手翻过书页，陈年味道混合雏菊芬芳。可望而不可即。

是你吗？贝尔蒂丝。

她神经质打断他，那本《茶花女》书页间没夹花瓣，并且她也不是贝尔蒂丝。

那么，你是屠苏。

她浑身不自在，那株草见光后，不问生死。现实和虚拟不能混为一体，她卑微，木讷，帷幕拉开，却是她退场之时。

她自认是俗世中的女人，一成不变，凡人秉命，必有一格，无以抗拒就认命吧。

她想问该怎么称呼他呢？江天暮，还是重明？

话未出口，他心有灵犀说，小时候家里人都叫他小伢儿，伢儿就是小宝的意思，到北方叫串了，就成小丫了，叫他江小丫也好，或者叫江小宝也没错。

她笑，这名字挺萌啊。

妞儿，你笑的样子挺好看。天真、妩媚。让人联想到开满雏菊的青草地。他突然说。

她涨红脸，沉默，她大可一笑了之，可经他这么一说，她忽然觉得重新有了生气。

小答喊，妈，我要泡澡！

她慌乱说，先下了。

妞儿，别以为那是一幅画，窗户就在你眼前吗？推开它，芳草地就在那儿，雏菊开了，你闻到花香了吗？

她记得他那么说。

放好洗澡水，她去卧室给小答拿换洗衣服。

卧室窗帘没拉，黑着灯，窗外，雪花纷扬。草坪、路面，石桌石凳、亭子的尖顶，在路灯下，银光闪闪。她眯起眼，恍惚看见一簇簇洁白雏菊绽放，幽香扑鼻。深呼吸。

这是属于她的花儿，芬芳！

泪珠滚动，心头烈焰烧。

那雪、那白、那疼，那?!

那是天暮带给她的感觉，异样的痛楚与伤感，虚无中迷失，清醒中冷冽。极端矛盾。

你若不紧抱过去，何以拥有现在与未来！天暮说。

过去混沌，现在茫然，未来又将是一片迷津。她叹息。

她有独特气息，只是被生活冲淡、忽略，单调乏味是她自己选的，再难熬也得坚持下去。

你可以尝试另一种生活。天暮的心意，她懂。

什么样的生活不都是活着吗？她不需要戏剧性，只想自然恬淡、风平浪静地活着。

换一种活法，得重新学习呼吸，她又不是婴儿，哭都能哭出一片新天地。她29岁，风吹花落，开始掉枝叶，回首一地残红，这么折腾自己又何苦呢？

她惴惴不安。

窗外。雪地上瞬间出现脚印、车辙，几只流浪狗嘶叫着疯抢食物。

那片芳草地不知所踪。看风景的人倏忽不见了。

她不再接天暮电话，并在网上拉黑了他，重明、江天暮从此都已似微尘，游离于她生活之外。

生活恢复常态，但愿各自安好。

关上心扉，两耳不闻窗外事。时间慢下来。

雪一直下，灰蒙蒙的天，阴沉的面孔。沉闷乏味的生活。度日如年啊。

暴风雪夜，如瑾发高烧，孱弱萎靡。

谢端照例在外应酬。如瑾强撑着给小答做晚饭。

吃过晚饭，小答做作业，如瑾昏昏沉沉地躺在床上。脑海里浮现幻境。她似枯木被丢弃在海滩上。

涨潮了，潮水没过她的脚面、腰际、胸膛。

你冷吗？孤单吗？

有声音问。

她浑身颤抖，眼泪扑簌。那声音笃定、温暖、耳熟。

妞儿，到我怀里来！

她痉挛，天暮?!

他目光如炬，鼻尖的痣清晰可见。

你在？

是的。

为什么？

因为你。

她哭出声，她冷，真的。

来吧！

天暮微笑。

她撑起身，双眼迷离，耳畔嘈杂，潮水汹涌。窒息。

妈，该听写了。快点！小答捧着英语书，出现在她眼前。

那本书蓝色封面，像一片袖珍的海。海面波光如镜，那张温暖的面孔沉下去。

妈，你哭了？为啥呢？小答伸手为她抹泪。

妈，病了。

妈，你也怕打针？

她没作声。

胆小鬼！

她苦笑，嗯，她是胆小鬼。

几天后，如瑾收到快递公司的电话，说有她的包裹。

包裹送到，包裹上只有她的手机号，没有地址，她反复跟投递员核实了几遍，确定是寄给她的。

打开包裹，是一双鹿皮短靴和一条杜鹃红流苏围巾。

寄件人叫柴火。没留地址，手机号看着眼熟。

如瑾笑，什么名儿？

那个手机号也是空号。

正在疑惑，江天暮来电，如瑾犹豫一下，接听。

天暮问柴火收到没？声音嘶哑，呼吸沉重。如瑾恍然包裹原来是他寄的。她说刚收到，又说无功不受禄。

天暮笑，你那儿又降温了，我是雪中送炭。

你怎么知道？

我每天都看天气预报，你那儿今天有大雪，下了没？

如瑾眼一热，说，还没，天气预报一向不准。

她转眼看窗外，铅灰色的天。

冷吧？天暮问。

如瑾说外面零下 24 度了，不过还行，屋里有暖气。

天暮哇一下，倒吸气说，零下 24 度是什么概念。

如瑾笑，能冻死狗。

天暮又喔的一声说，人没事就好，出去多穿些，羽绒服、围巾、雪地靴，一件都不能少。听见没？

我对极寒天气没啥概念，这回买的是双单靴，失误、失误。天暮又说。

如瑾深吸气，眼泪滑落。幸好天暮没看见，她清清嗓子问，为啥不留地址，手机号也是空号。

天暮笑，不是空号，是故意设置的，怕你拒绝。

话没说完，他止不住地咳嗽。

你病了？如瑾问。

慢性咽炎，老毛病，不打紧。天暮咳嗽一声说。

如瑾本想问他吃药了没？看医生了没？话到嘴边，天暮抢先说，别拒绝我，好吗？

她一怔，拒绝什么？

天暮笑说，靴子和围巾都是特意为你挑的，你若拒收，我没法处理。

如瑾这才发现靴子尺码正是她的号，围巾超长还可当披肩。

他怎么知道她的鞋码？杜鹃红也很衬她肤色。为什么会是杜鹃红呢？

天暮的细致入微令她动容、不知所措。

告诉我，你地址。如瑾说。

投之以桃报之以李？多俗套啊！天暮笑说。

如瑾坚持。天暮说，那先欠着吧！以后还有的还呢！

如瑾说她从不欠人情。

天暮说，现在你已经欠了，有可能还会搭上下半辈子。

欠谁？

我！天暮笑。

如瑾笑，不再申辩。他令她难以抗拒，他细腻、温暖、执着、强势、狡黠，还有些琢磨不透。她心想，那就先欠着吧，以后想法儿还上。

一定。

第十二章/金桔，这妹儿

1

下班前，老父亲叮嘱如瑾记得晚上回家吃饭，说她妈特地买了条大草鱼，要烧酱香鱼。

如瑾说，谢端有应酬可能晚上去不了，老父亲并不在意，说，带小答回去就行，好久没见外孙了，怪想的。

如瑾心想除了逢年过节，她妈是不会主动招呼她回家的，除非……

如瑾一时想不出来。她素来不讨她妈喜欢，她怀孕那会儿害喜，谢端又出差在外，她想回娘家住几天。

刚进门，她妈就对她脸不是脸鼻子不是鼻子地数落一番，说她娇气，不成器，一点苦都吃不了，还说想当年她怀她那会儿在园艺场上班，还要管一家老小，啥活都干，不知苦字咋写。生她前一天，还在地里挖坑。

退了休想过几天舒心日子，你又回来给我添堵，我这忙里忙外的，难不成是我上辈子欠你的，要我伺候你一辈子啊！冤家！她妈大呼小叫。

如瑾的妹妹金桔那时正在恋爱，与男友出出进进，丢如瑾白眼，说风凉话：送出去一个，回来俩。都嫁出去了，还回来跟我抢房住。

嫂子厉梅过来问长问短：跟谢端吵架了吧？搬回娘家住属下策，你前脚走，他后脚保不定领个新人进门，男人都喜新厌旧，你脑子里的那根弦可得上紧了。

一时间，弄得如瑾寝食难安，第二天就回自己家了。

回娘家。如瑾妈正在厨房里忙活，如瑾过去帮忙。

如瑾妈说用不着，就差鸡毛菜没炒了，油烟大，你外边坐着吧。

菜上桌，落座。

除了如瑾爸妈、如瑾和小答，再没别人。

如瑾问金桔呢？

如瑾妈说，别管她，她心烦，出去解闷了。

吃过饭，如瑾洗碗，她妈说，不用你洗，让你爸洗，洗完碗，你爸带小答出去遛弯，你只安心坐着，妈有话跟你说。

她妈端来水果，拣个大的苹果递给她：吃吧，糖心的，特甜。

今儿是怎么了？她妈态度逆转，让她受宠若惊。

还是为金桔姻缘的事，你当姐的理应操心。她妈开门见山。

如瑾皱眉，她妹金桔这些年来就没让人省过心。

她妈说，为金桔的婚事，她坐卧不宁，头发白了不少，作孽。

如瑾眼见母亲愁容满面、神情低落，心中发酸。

她点点头。

怪谁呢？

往事历历在目。她妈从小娇惯金桔。金桔两岁还在吃她妈奶，快三岁才下地走路，她妈怕金桔磕碰，在金桔腰间拴根绳儿，另一头拴她妈裤带上，边做家务边带金桔，两下都不耽误。稍有了响动，她妈就忙不迭冲过去，抱起金桔，边亲边幺乖儿、妹儿啊的叫个不停。

而她呢，被撇在一边，眼巴巴地看母女俩亲热，凑不到跟前。在如瑾记忆中她妈似乎没抱过她，如瑾四岁胳膊脱臼吊绷带，邻居逗她玩，给她芝麻糖，故意举高，她好不容易够及，还没来得及吃，就被她妈夺过去说，馋死猫，就知道吃。回身把芝麻糖塞给妹妹金桔说，大的得让小的，不懂事，让妹儿先吃。

逢年过节穿新衣，金桔穿新的，如瑾穿的是用她妈旧衣裳改制的。再大一些，如瑾跟金桔一般高时，她捡金桔的旧衣裳穿。再后来，只要添新衣，金桔两件，她一件，还是金桔挑剩下的。

如瑾渴望母女间的肌肤之亲，哪怕她妈能多看她一眼、抚摸她一下。可她妈对她声色凌厉，她的渴求还没传递出去，就被风刀霜剑抵挡回来。

那年，她五岁。仲夏午后，她妈哄金桔入眠，她则躺在墙角的小床上吮手指，盯着天花板，全无睡意。

她记得她妈穿米黄衬衫、墨绿裤子。松开发辫，黑发如瀑。她妈边拍金桔边哼唱：妹妹乖，嫁秀才，轿轿去，马马来。

她妈身上散发洗发水、雪花膏混合的愉悦香气，令她痴迷。

她睁开眼凑过去，伸手扯她妈的衣袖，她妈回手就是一巴掌：“还不睡，作死?!”

她妈名叫心慈，如瑾觉得名不副实，因为她妈对她从不手软。

她妈视她为肉中刺，当金桔是掌中宝。为什么?

小时候，金桔的床头摆满各种玩偶、洋娃娃，而她只有一个断了腿的铁皮公鸡。

长大后，金桔喜欢浓妆艳抹，穿着好轻薄露透，她则素净惯了，素面朝天、布衣布裙。她爸看不惯金桔的打扮，她妈不以为然说，姑娘家爱美是天性，捯饬漂亮点儿，人前体面。

相反，她只要穿得稍微花哨些，她妈总会叽里呱啦地数落她个没完，什么打扮得跟个妖精似的想勾搭谁?什么菜市场卖菜的就这么穿。什么打扮再花哨也招不来一只蜜蜂。人丑多作怪。直到说得她体无完肤、无地自容。刚工作，她买了件碎花长裙，她妈看见直说你怎么把床单裹身上了，太寒酸了嘿！她羞惭至极，回去换掉裙子，以后再没穿过。

少女时期，姐妹俩若起争执，不论对错，她妈总是惩戒她，边打边骂：没长幼，不知谦让，该打!

有次她被打急了，冲口喊：你不是我亲妈，是后妈!

她妈听了一愣，随后毫不含糊、噼里啪啦地狠揍她一顿：我是后妈?!给你吃，给你穿，饿着你了?冻死你了?后妈?!没良心、白眼狼，六亲不认、亲疏不分，我还后悔生你了，扫把精!

打累了，她妈把她用细绳捆在床头：饿着，看你还嘴硬!

她晕沉沉地想童话书里的情景，默念：

> 掠过天空的鸽子和斑鸠，
> 飞来吧！飞到这里来吧！
> 快乐的鸟雀朋友们，
> 飞来吧！快快飞到这里来吧！
> 大伙快来帮我忙，
> 快快拣出灰中的豌豆来吧！

直到她爸回家，她才得以解脱。她听见她爸吼她妈：常骂不惊，常打不怕。孩子再不听话，你当妈的也不能下此狠手啊！毕竟是亲骨肉，虎毒还不食子呢！

她妈反驳说这孩子三天不打上房揭瓦，两天不骂提拎甩褂，不管还得了！

她躺在父亲怀中，父亲身上的烟草味令她安心，还好有亲爸在，还好。

她妈说金桔长得像自己，如瑾看她妈年轻时照片，她妈鸭蛋小脸，杏眼，金桔大方脸细目，除了皮肤白，几乎无一相似。她爸说，心慈，瑾儿倒是像极了年轻时候的你。

她妈气恼，不像！我看她倒很像心慧，苦命相。

心慧是她妈的孪生姐姐，父亲偶尔跟木如瑾提及，说心慧姨妈去得早，去世时不满三十岁。那时木如瑾还没出生。父亲说话间，眉头紧锁，止不住叹息。

她妈似乎听不得她爸提及心慧，厉色道：陈谷子烂芝麻的事，还念念不忘，人都没了，你还贼心不死啊！

家里并没有心慧姨妈的照片，对如瑾父母而言故人已乘风，对如瑾来说，心慧，只是一个陌生清淡的名字。虚空缥缈，无足轻重。

母女间没来由的怨恨与生俱来，只能由前世冤家来解释，她没的选择，接受吧。

金桔，这妹儿姻缘不顺，可怜。如瑾妈说着哽咽。

一母生九子，九子各不同。如瑾觉得金桔姻缘坎坷与其个性有关。

对金桔，她妈并不逼嫁，说不急，好麦穗都在后头，慢慢挑。

当年，金桔跟前男友沈岳明都到谈婚论嫁的地步了，沈岳明突然反悔，撒手锏一出，直教木家上下措手不及。

沈岳明浓眉大眼，看着憨实可靠，性情温和，成熟稳重，平素对金桔也温柔体贴，人前小心谨慎，善解人意，深得木家人心。

他那时在一所中学当音乐老师，不仅弹得一手好琴，厨艺也十分了得。每次来木家，不用金桔使眼色，他立马钻进厨房一通忙活，煎炒烹炸焖熘熬炖，十八般武艺轮番上阵，一桌佳肴撑起台面，乐得未来岳母合不拢嘴。

金桔边吃边挑剔，不是说这道菜味重，就是说那碗汤还欠火候。

沈岳明并不在意，憨笑，说下次一定改正。

金桔跟她妈说：我说一他不敢说二，我指东他不敢往西，他听话我也少了调教。省心！

她妈眉开眼笑：我看着沈岳明不错，瞅着比你姐夫谢端会来事，招人喜欢。

如瑾对沈岳明的印象也不错，沈岳明看似十分喜欢孩子，那时小答三岁，他经常带小答出去玩。

有次出去玩，突然下雨，小答穿得少，他脱下外套包裹小答，自己则淋得跟落汤鸡似的。

如瑾过意不去，买了双鞋给他。他推辞半天收下，而后抱起小答说：姐，我看小答条件不错，要不让他跟我学琴，成不？免费还包接送！

如瑾笑，沈岳明果真识大体、知冷暖，金桔好福气。

金桔和沈岳明的感情也笃定深厚，热恋时，金桔也不避讳在人前跟沈岳明亲昵。

如瑾见过，金桔躺在沈岳明大腿上，脚伸着老长，让沈岳明给她剪指甲、涂指甲油。

金桔好事将近，如瑾也替妹妹高兴。谁知风云突变。她妈要如瑾从中劝和，找沈岳明问个究竟。

沈岳明表情淡漠说，我俩性格不合，我怕耽误金桔。

如瑾追问，沈岳明沉默半晌说：我没钱，买不起房，金桔虚荣，我娶不起。

话匣打开便滔滔不绝，他说，我一穷教书匠，真不是高富帅，金桔知道，但总是让他带她去商场、大酒店消费，自从认识金桔，我就成月光族了，这跟打劫没啥分别，人家被打劫了还可以报警，我是有苦说不出。他还说金桔刁蛮，可劲儿使唤他，去她娘家做回饭露一手也就罢了，没想到次次都要奏锅碗瓢盆交响曲，我这手是弹钢琴的，又不是掂锅勺的，我也有自尊，我也是个男人。最受不了的是，金桔跟我恋爱，却不避讳跟我同事交往，跟他们嬉笑怒骂的，别人以为她对象不是我，另有其人。这是哪儿跟哪儿？我没那么大度，还是散了吧！

如瑾一时不知说啥好，只说：闹归闹，你俩还是有感情的，你再考虑一下。

沈岳明摇头，说，算了，我折腾不起。

没过几天，才知沈岳明另结新欢。

金桔气不过，到沈岳明单位告他强奸，扬言除非跟她结婚，否则不闹个天翻地覆誓不罢休。沈岳明单位领导来做说服工作，如瑾妈招呼娘家人一起应对，还死活把谢端也拉扯进来。谢端看不惯金桔的做派，说强扭的瓜不甜，金桔气得直骂谢端吃里爬外，气得谢端拂袖而去。

金桔在沈岳明领导面前又哭又闹，不依不饶，以死相挟。沈岳明迫于无奈，答应跟她领了结婚证，金桔转怒为喜，问娘家要钱买了套大三居，木家又搭上装修费，金桔说：我就得砸块金砖，让他知道我几斤几两。

领证不过十天，新房还在装修，沈岳明突然提出离婚，任众人百般劝阻，也不示弱。扬言：我就是卷铺盖走人、变叫花子饿死街头，也不娶你家大金桔。后来才知道，答应领证是沈岳明使的缓兵之计，先结后离，既能逃避追责，又让金桔百口难辩，沈岳明棋高一着，金桔苦不堪言。

她妈说，没成想沈岳明如此阴险，这婚不能离，耗他个三年五载的，看谁有耐性！

双方僵持。

事情闹得沸沸扬扬，坊间流言四起，议论纷纷，说金桔恨嫁难缠，说金桔是3S lady（剩女），男方被逼得走投无路。

金桔好强，听不得风言风语，心一横，跟沈岳明离了。

离婚后，金桔抑郁，四处死告活央，对方也无回转心意。没过半年，沈岳明另娶，金桔几近崩溃。

她不过是个理发的，我有正经工作，事业编，她哪点儿能比得上我，沈岳明真是瞎了狗眼！

金桔当初在人民公园售票处卖门票，月薪千元挂零，这并不妨碍她趾高气扬，不可一世。

她常夹枪带棒说如瑾啃老，说：老吊在家里这棵歪脖树上，算啥出息？等有天树倒猢狲散，我看你们跟哪儿找食吃，反正我有正式工作，不愁活路，话说多了，我还真可怜你们呢。

如瑾反驳：都啥年月了，还分正式和临时工，我帮家里难道就成啃老了？我又不是偷懒不干活，当寄生虫，白拿钱，工作是啥？就是有付出就有所得，哪还有贵贱之分？

金桔翻白眼，说：别管那么多，反正我就是比你强。

金桔频繁去沈岳明单位找碴儿，迫使沈岳明远走异乡，从此人间蒸发，金桔仍耿耿于怀。

金桔整天念念叨叨：为啥他这样对我？他有病我花钱给他治，他没钱买房，我心甘情愿倒贴，到头来，竟是他嫌弃我？没天理啊没人性。如瑾问她：沈岳明有啥病？

金桔瞪她一眼，冷笑：性病。

你这都不嫌弃啊！

是呢，你说我倒霉不倒霉。我心地多好的一人！

不倒霉，是万幸。

呸！看我笑话，是吧?！他注定断子绝孙，不信？走着瞧！

如瑾妈想不通：我家金桔不就是爱要个小性子吗？他就张狂成那样，他真是有眼无珠，我家金桔要模样有模样，要身段有身段，活脱脱一个美人胚子，任谁娶了她，都是前世修来的福气。他说金桔刁蛮，我说那叫英气十足，他说金桔虚荣，我说那是要脸面，知廉耻，他说，金桔得理不饶人，无理取闹，我说现在是新社会，不兴童养媳那套，男女平等，想捅破天，也得瞅瞅自己那个身量，能够得着天吗？他个穷酸相，给我家金桔提鞋都不配，啐！

如瑾妈更想不通，为啥性子闷、不讨人喜欢的大丫头婚姻平顺？她跟厉梅唠叨：金桔各方面都比瑾儿强，为啥偏偏落单，金桔属羊，难不成属羊的人苦命？

之后，平息了一段时间，突然，有天金桔闻听沈岳明老婆生了个闺女，估算时日，那孩子怀上时，金桔和沈岳明还没分手。一时气恨难平，金桔瞠目切齿骂：沈岳明，你个杀千刀的，脚踩两条船还不算，还背着老娘暗度陈仓，当我是白痴啊！沈岳明，你等着瞧，这辈子我做鬼也不放过你！

金桔着了魔似的没日没夜诅咒沈岳明，连续四十多天失眠，不想竟落下病。住院诊断为抑郁症。

大病初愈，一回家，她妈马不停蹄张罗亲戚朋友给金桔介绍对象，她叮嘱家里人对外不准说金桔得过抑郁症。

她妈要求如瑾留意谢端周围的同事，非得踅摸个好小伙，介绍给金桔。如瑾为难，她妈面带愠色说：别忘了，你俩是亲姐妹，血浓于水，打断骨头连着筋，你帮妹妹等于帮自己，你看着办！

她爸说，孩子才出院，这么着急找对象，小心旧病复发。

她妈疾言怒色道：心病还得心药医，在哪儿栽倒就得在哪儿爬起来。

她爸叹气：凡事欲速则不达，急火攻心，你这是火上浇油。

你干脆把你闺女当柴劈烧了算了，省得我焦心，金桔都三十三了，再熬连渣子都剩不下了。她妈说着老泪纵横。

要找也行，但得劝劝金桔改改脾气，当年那个沈岳明，还是不错的，最后没成，怪就怪咱金桔不懂忍让宽容。

让?！为啥？你老糊涂了啊！男人没几个好东西，包括你。当初，我要是忍让，心慧……

人都没了，你积点口德成吗?

拗不过她妈催促，如瑾给金桔介绍的对象不少，但往往都是见了一回面就不了了之了。她妈埋怨如瑾敷衍不上心，如瑾说，私下问过男方，他们都说金桔盛气凌人，打扮不伦不类，不愿交往。她妈冷笑说，不识金镶玉，那叫气场！镇不住找借口，一帮龟孙鸟蛋！

金桔姻缘不顺遂，她妈心急火燎，到处求神问卜。据半仙掐算说，金桔寅月出生，乃童子之身，童子忌桃花，桃花来即煞。化解还在自身。又说金桔的新居风水不好，阳气不足，不宜居住。

金桔搬回娘家住仍不消停，喜怒无常，时常跟父母发生争执，她妈嘱咐家里人凡事都让金桔三分，还有金桔生病的事不能说出去，妹儿命苦，刺激不得。

相亲不成，金桔脾气越发火暴，打扮也更加怪异。僵尸妆扎满头小辫，丫鬟头踩巫婆鞋，猩红大嘴涂墨绿色指甲油。吊带裙配黑色网眼丝袜，露出乳沟间的黑痣。

如瑾私下跟她妈嘀咕："金桔病到底好了没?"她妈瞪她："胡豆开花麻籽黄，就不兴幺妹儿桃红柳绿塞回花姐?"

如瑾曾经托人介绍了个外科医生给金桔认识，见面不出半个钟头，男方推说加班闪人。

介绍人带话说，小伙子讨厌浓妆艳抹的女孩，说是自己工作就够血腥了，回家还要面对一张血糊儿的脸，心理压力太大。说要找也得找个清爽的姑娘。

小伙子颇对金桔眼缘，回家后金桔不停催如瑾打听小伙子的回信。如瑾如实相告，金桔听罢暴跳如雷：不就是个拿手术刀的吗？跟杀猪的有啥分别?！跟我摆谱，我还嫌他脸色发青杀气重呢?！王八羔子！

如瑾百般相劝，说：王八配绿豆，半斤对八两，你别跟他一般见识，下回姐再给你找个好的。

金桔翻眼看如瑾，冷笑：我咋觉得你克我呢？你这边介绍，那边数落人家不是，赤眉白眼的，安的啥心?!

如瑾气恼，好心当成驴肝肺，随便你！

见金桔不可理喻，如瑾不想再生事端，此后她妈只要提给金桔介绍对象，她就推说一直在留意，还没合适的。她妈看出她敷衍搪塞，虽不悦，但也不好说什么。

金桔成了老母亲心头上的一块腐肉，生生地疼，但又舍不得割去。

听天由命吧！

2

如瑾进办公室，眼见一屋子的人。父母、厉梅、金桔都在。

老父亲说金桔办手续停薪留职了，在家闲着也不是个事儿，从今儿起来公司帮忙。

金桔说：我就当解闷儿，我有正式工作，不差这一口。

厉梅撇嘴，私下跟如瑾嘀咕：金桔停薪留职，公司除了要给她原单位交管理费还得替她交社保，不差这一口?! 她说得倒云淡风轻。

她妈叮嘱如瑾：要让着妹儿，她有病。

金桔穿得单薄，问如瑾要了件羽绒马甲套上，老父亲叫金桔去银行存钱。

金桔打哈欠，脱掉马甲出门。如瑾问：你不冷？

金桔说，这叫 fashion（时尚），你哪儿懂？

回来，金桔眉飞色舞说，银行大堂经理好帅好热情喔，他瞅我半天，说我是 fashion icon（时尚达人），还约我一起喝 high tea（下午茶），除了这些，喏，他名片！

厉梅不屑，说他只对你兜里的钱热情。

金桔除了上网就是找人唠嗑，对男性客户热情有加，上了半天班攒了一沓名片。

厉梅悄悄问如瑾：小姑子是假抑郁，还是真花痴？

如瑾说：她只要高兴就成。

隔天上班，金桔打扮得花枝招展，说是下班有约。

如瑾问：是那大堂经理？

金桔笑。

第二天上班，金桔神清气爽，说昨晚金发请她去 Hilton Hotel 消费，并拿出一份理财产品介绍单，说是金发推荐的。银行大堂经理叫金发。

金桔游说如瑾：金发说这款产品跟黄金挂钩，保本，收益高，特划算，我准备买，你呢？

如瑾摇头说，时下金价跳水，投资需谨慎。

金桔执意不听，说舍不得孩子套不住狼，都说能保本，不信？你就继续当守财奴吧！

如瑾问，那个金发可靠吗？现在鱼龙混杂，先了解下再说。

金桔则说，金发是银行大堂经理，身份哪儿会作假，再说金发为人热情爽快，不是信口雌黄的人，为推销产品也犯不着请我去 Hilton Hotel 吃豪华自助。带澳洲龙虾、翡翠螺、北极贝，说着都想流口水。他这朋友，我交定了。

金桔倾尽积蓄买了保险，喜滋滋唱：一只鸡蛋能孵一只鸡，一只鸡一天生一个蛋，一只鸡蛋又孵一只鸡……鸡生蛋，蛋生鸡。咯咯！

不久，金价大跌，金桔血本无归。去银行找金发，金发早已不见踪影。

后来得知，金发是通过劳动派遣公司招聘来的，临时工。他推荐的产品是私单，与银行无关。

金桔悔之不及，气恨交加，旧病发作。

金桔死活不去医院，窝在娘家闭门不出。整天披头散发、大呼小叫：你们才有病，黑心病！为啥？我这白莲花招不来蜜蜂、蝴蝶，招来的不是苍蝇就是癞蛤蟆，呜呜！

弄得木家上下鸡犬不宁。老母亲愁眉不展，找如瑾商量：妹儿莫不是疯了吧？怎么得了?！你当姐要管的，我看还是根上的病，你帮着再介绍个知根知底的，若妹儿回转，我当你是救星。

老母亲抓住如瑾的手，老泪纵横，好不凄楚。

如瑾不忍，应承下来。

如瑾回家跟谢端提起这事，要谢端帮着在他单位踅摸踅摸，谢端不悦说，断子绝孙的事干不得！金桔有病就去医院治，找我同事当药引？亏你们能想出来！

如瑾尴尬，谢端又说，这馊主意是你妈想出来的吧？我就知道。

谢端对丈母娘颇有微词。

谢端看出丈母娘对自家孩子亲疏有别，以至金桔恃宠而骄，不可一世，人杰不学无术，无所事事，如瑾不被待见，委曲求全、亦步亦趋。

婚前，丈母娘对谢端的态度还算差强人意，婚后则冷言冷语，脸色难看。除非卑辞厚礼。若两手空空而来，丈母娘定会面色阴沉、不耐烦说：嫁出去的姑娘，泼出去的水，别老往娘家跑，街坊邻居看见笑话。

丈母娘爱打麻将，每次见谢端来，总会招呼他一起搓两把，赢钱不在话下，若输了，则撂下脸，作色道：散了吧！天黑了，我就不留你们了。

谢端不是低眉顺目之人，可面儿上还得佯装大方得体，时间长了，免不了在如瑾面前抱怨，都是亲骨肉，你妈为啥区别对待？亲人杰也罢了，重男轻女嘛，还能理解，为啥你和金桔都是她亲闺女，她对金桔厚，对你薄，八成？

如瑾回：你想撺掇啥？不管咋样，亲妈就是亲妈，她对我有养育之恩就够了，其他我也不强求。

小答出生后，如瑾想回娘家坐月子，她妈严词拒绝说，不兴这样，月婆子回娘家坐月子，娘家会有血光之灾。出月后，她妈更是推三阻四，老父亲过意不去，接木如瑾母子回娘家。结果住了不到八天，就被她妈赶了回去。说是梦见家里有不干净的东西。

谢端无父无母，工作又忙，小答出生在腊月，保姆不好找，他单位、家两头跑，劳心劳力，疲于奔命。

万不得已，他求助丈母娘，丈母娘先是冷眼旁观，后来总算答应帮忙，并很快找来一个年近七十的保姆，说是她娘家远房亲戚，并夸赞道：郝婆当了大半辈子保姆，虽然年纪大点，可做事麻利勤快，又会做饭，人也有眼色，保准替你们省心，若不是自己家人，我才不会请她出山呢！

一进门，郝婆没见小答就夸孩子生得好有福相。谢端纳闷。只见郝婆扶墙颤颤巍巍往沙发方向挪，沙发上放着个大布熊。郝婆笑呵呵，伸手欲抱。

如瑾从里屋出来，见状忙拉郝婆坐下。

多疼人的娃儿。郝婆叨念。

谢端见郝婆腿脚不便，老眼昏花，自理都困难。欲拒绝，又碍于丈母娘在场，只说，家里小，没地儿住。

郝婆连声说，不碍事，我可以住地下室。丈母娘直说，那也行。

如瑾皱眉，给谢端使眼色。

谢端说，您先回去，等我们商量下再跟您联系。

丈母娘黑脸说，过了这个村可没这个店。

郝婆赖着不走，问能不能抱抱孩子。

谢端摇头，郝婆突然号啕大哭，别赶我走，我不白吃饭，有个地方睡觉就行。

哭诉一番，原来郝婆是被儿女虐待，赶出家门，无安身之处，才求助于如瑾妈。

谢端、如瑾哭笑不得，无奈，谢端给郝婆塞了点钱，打发出门才算了事。

小答上小学时，学校就在如瑾娘家对面，学校没有食堂，如瑾也顾及不了。她就跟她妈商量，能不能管小答顿午饭？她妈这回倒没推辞，说平时可以，周末、假日不行。

小答没吃几天，就不愿意再去。说，外婆做饭不好吃，整天都是清水煮白菜。

如瑾问她妈原因，她妈说，对门顾大爷家管孙子午饭是收生活费的，吃肉要加钱。

如瑾动气又不宜声张。她答应每月按时给娘家交生活费。

没出两月，她妈又唠叨小答的学校教学质量不好，建议小答转学。

如瑾问转哪儿？

她妈说谢端单位附近的学校好。

如瑾跟谢端商量小答转学的事，谢端说，肯定是你妈不想管找的由头，没见过这样的外婆！

如此这般，令谢端对木家寒心，以致对木家家事置之不理。丈母娘讲究嫁出去的女儿过年不能回娘家团圆，说吃回头饭，会令娘家破败。谢端气恼，索性逢年过节都不去丈母娘家。

街坊邻居议论纷纷。丈母娘好面子，对外找各种借口搪塞，对内数落谢端的不是，连带老岳父也对谢端冷眼相看。

如瑾被二老训斥，找的是啥人呀?！目无长幼，不分尊卑，一点道理不懂。

她丈母娘干脆骂女儿女婿是一对白眼狼。

如瑾受委屈回家闹腾，说谢端若逢年过节不跟她回娘家，他们就散伙。谢端妥协，答应大节去，小节能去则去。礼节性嘘寒问暖，仅此。

生在这样的家，我都不知道你咋活过来的，可怜啊，你！谢端说。

如瑾答：要你猫哭耗子?！我不好好活着吗？啊?！

嘴硬！谢端笑。

谢端不肯帮忙，如瑾也不好强求。自己社交圈儿小，只有守株待兔。金桔的事暂且搁置。

这天，厉梅约如瑾去琴行。

如瑾说，小答的钢琴才买没几年，不急着换。厉梅笑，朗朗学小提琴。这家琴行专卖卡瓦伊。

如瑾问，卡瓦伊好像是钢琴吧？

琴行在大厦地下室，隔壁是西餐厅。招牌也不醒目。

厉梅进琴行，并不看琴，直奔里间的办公室找琴行老板东泰。

人呢？

东泰笑，人还没回来，先坐。

厉梅跟东泰说笑。

如瑾在琴行里转悠。琴行的规模不大，专卖钢琴。

她在一架三角钢琴前停下。

您眼光不错，这可是咱琴行的镇店之宝。有人介绍。

如瑾扭头，来人休闲打扮，长发齐肩，细目疏眉，左耳戴金属耳钉。

我随便看看。如瑾答。

不买没关系，您可以先对比下价格，这台最低三十万。男人说。

这儿有葫芦丝吗？如瑾问。

没有，你若要，可以现调货。

不，我只问问。

你是陈老师介绍来的吧？男人问。

不是。

不会是同行吧？

如瑾摇头，笑。男人打量她说，你若诚心要这台，还可适当优惠，外送一个可升降琴凳。

东泰走过来，介绍，这是我的合伙人良骥。

厉梅笑，我们回去再商量一下，合适会再来。

回程。厉梅问木如瑾，这家琴行咋样？

如瑾答，还行，只是报价比同类琴行贵。

厉梅笑，你还真想买琴啊？

如瑾说，那去那儿干吗？

厉梅问，你对良骥印象如何。

商人都唯利是图。如瑾答。

厉梅眨眨眼，笑而不语。

隔几天，厉梅问如瑾，你家钢琴该调音了吧？

如瑾说是，厉梅说她找人帮忙调音。时间定在当天下午。

如瑾说她没时间，上班呢。厉梅不容分说，我跟老爷子说好了，下午你不用上班，在家等调音师来。

下午，厉梅带调音师上门。那人竟是良骥。

没一会儿，如瑾妈、金桔也来了。

厉梅跟如瑾妈不是使眼色就是做表情，金桔则坐在那儿，左顾右盼。

金桔这回打扮较从前保守了许多，大热天穿黑色长裙，从脖子盖到脚，她进屋不换拖鞋，如瑾晓得，金桔一旦脱了高跟鞋，人必定矮半截，她有自知之明。

调完音，厉梅招呼良骥坐下休息，金桔脸色绯红，递烟给良骥。

良骥问，你看起来面善，倒像在哪儿见过，师大的学生吧？

金桔笑得腼腆，不是，我在人民公园工作，回头，你去公园玩，找我，免票。

良骥审视金桔半晌说，好，有空一定去。

没说几句话，良骥接电话，要走。

如瑾起身相送，被厉梅拦下，她使眼色给金桔，我跟瑾儿有话说，你帮着送送良骥。

几个人叮叮当当出门，如瑾问厉梅，这是干吗？

厉梅说，没看出来这是相亲吗？金桔跟良骥。

如瑾恍然，你可真有一手，这都行。

厉梅说，咱妈不让说，说都知道了金桔难堪。

如瑾想不知良骥能否受得了金桔的脾气。

如瑾的担心很快被打消，良骥回话说愿意跟金桔交往，而金桔羞答答对如瑾说，他个可真高，冷不丁看背影还以为是沈岳明呢。

三个月后，金桔和良骥结婚。

婚礼上金桔穿白婚纱，喜笑颜开。良骥精神抖擞，剪去长发，西装革履，焕然一新。

婚前如瑾妈不住叮嘱如瑾，不准跟外人说，金桔跟沈岳明的事，记着金桔是黄花闺女，初婚。

如瑾问她妈你不是说穿白婚纱不吉利吗？为啥还让金桔穿？

她妈瞪她一眼，现在时兴穿白婚纱，我闺女清清白白的，不穿白的穿啥？

金桔似乎有发福迹象，婚纱好不容易才穿进去，厉梅偷偷指指金桔肚子说，有了，看不出来吗？

如瑾惊讶，这么快？

这还快？这叫双喜临门，妈交代不准跟外人说，装得啥都不知道，记住。

装啥？不说就是了。

第十三章/杜鹃红

1

屠苏：为什么是杜鹃红呢？

重明：你说那条围巾？

屠苏：嗯。

重明：营业员建议买草绿色，我觉得显老，杜鹃红衬你肤色，你皮肤白。

屠苏：哦，还有呢？

重明：没有了，你？

又是一夜大雪。

早晨，临出门前，如瑾交代小答穿厚些，只许穿棉校服，穿羽绒服会扣分。

如瑾说校服薄，等她拿着羽绒服追到门口，小答早已没了踪影。

她返身，收拾衣柜，看见那条杜鹃红的围巾。

这条围巾她只围过一次，颜色依旧鲜亮耀眼。

为什么又是杜鹃红？为什么会是你？天暮。

她眼前闪过火焰，那杜鹃红燃起弥天大火，征服、杀戮、惊悚、血光四溅。

她被想象惊吓住，呼吸急促，心隐隐作痛，如果不曾有这抹杜鹃红，或许一切仍旧清白。然而……

屠苏：真巧。

重明：为什么？

屠苏：我曾经有一条杜鹃红围巾。

是的。她小时候，她妈有一件杜鹃红毛衣。那曾是令她亲近的颜色，尽管只有那么一次。

那年冬天，她七岁。要坐十几站公交车上学。无人接送。有次放学回家，挤不上公交车，她只有徒步回家。天气极寒，她浑身冻透，手脚刺痛。回到家，见妈妈在。她索性扑进妈妈怀里哭叫，冷。妈妈这回没有拒绝她的求助，相反，掀起毛衣，把她的小手捂在自己胸口。妈妈皮肤细腻柔软，周身散发着暖香，她如同雪花，瞬间融化。她记得妈妈那时穿的毛衣是杜鹃红色的。

上中学时，她妈把那件旧毛衣改成围巾，妹妹金桔嫌土气，就给了她。她围了多年，出嫁时想带走，却没找着。东西丢了，记忆还在。

重明：我也念旧，杜鹃红骄矜、鲜艳，丫头，你也可以美得如火如荼。另一个你，从容、热烈、与众不同。

她对着镜子围好围巾，她脸色绯红，嘴唇翕动。

为什么要改变这一切，天暮？

记忆的毒渗出，杜鹃红渐暗，一片猩红色笼罩。

怒放、燃烧、酣畅、窒息、支离破碎。

轻。暖。光泽。自然的抵达。

我感觉到了，天暮，你在吗？

那年11月，她居住的小区附近大厦火灾，殃及周边沿线居民。停电、停暖。

谢端出差在外，她想带小答回娘家又怕遭娘家人冷眼，只得待在原地挨冻。

天暮得知后，建议她带孩子去酒店住，他埋单。

她说没事，孩子已经睡了，大雪夜出门不方便。

天暮问她有热水袋吗？天然气停了吗？

她恍然，还好天然气没停，她烧水，找来暖水袋御寒。

黑暗里，她听见天暮问，还冷吗？妞儿！

她昏沉沉入睡，听天暮说，等着，妞儿，我这就来。

雪霁天晴。天暮来电，说刚下飞机，有空吗？

她惊喜交集。一瞬千里，他真的会为她而来？

她说有，鼻子发酸。

他们相识两年，见过一次，期间讯息联络从不间断，熟悉彼此的声音、呼吸甚至心跳，这些足够穿透形影。

她午休时，去他住的酒店。

她经过酒店大堂，接到天暮来电：我在1588房，别走错了。

她刚想说，还是在楼下咖啡厅见吧。

电话挂掉。她再打，无人接听。

她上楼。敲门。

门开了，没见天暮，她探探头，被拽了进去。

天暮在门后大笑。傻妞儿！

大冷天，天暮穿白色短袖T恤，衬得皮肤黝黑，身形明显清瘦不少。

她不知所措。熟悉又陌生。

房间是套房，一个小客厅，两间卧室。天暮问，参观下？

她摇头。只想在客厅稍坐片刻就走。

来电了吗？天暮问。

她说电暖都恢复了。天暮泡茶给她。

杯子上印着天蝎座三个烫金字，天暮说抱着先捂捂手。

水杯有点烫，茶色碧绿通透。天暮说他家乡产的，六安瓜片。

她拧开盖，茶香四溢。好茶。

天暮笑，你还没喝，怎么知道？

她说看色闻香就知道了。

天暮笑，你不仅有一双慧眼，还有一个好鼻子。

她笑，我怎么感觉这话怪怪的，说得我跟警犬似的。

天暮大笑，伸出手捏她鼻子，妞儿，你很可爱。

她吓一跳。

天暮拽她起来说，进去看看礼物。

天暮解释此次来纯属公干，顺便走亲访友，礼尚往来。

你在这儿有亲朋好友？她问。

他笑，点头。

她失望又觉心安，他不为她而来，理所当然，生活不是童话，没那么玄乎。

天暮推开门，她往里间看，房间不大，靠窗有张单人床，地毯上放着几只纸袋。窗帘没拉开，光线幽暗。回身刹那，天暮突然环抱住她说，妞儿，这下不冷了吧？

她挣扎。他双手用力。进退、抗拒不可自制。

她沾在他胸口，轻似羽毛。他喘息说，妞儿，你是我的。

他低头吻她，呼吸炙热，她躲闪不及，脸颊烙上滚烫印迹。

她颤抖不已，耳鼓嗡鸣，浑身酥软，她要化了。

他拥着她移向床边，白色的床单如云朵绵软、晃眼，舒卷之间放大幻觉。

坠落。救赎。覆盖。融化。蒸发。脱胎换骨。

她闭上双眼，内心撞击光芒，虚妄伸出藤蔓，交织、缠绕、齐头并进，俘获我吧！

呼吸。蜕壳。剧痛。沉重。挣脱。轻。

眼前波光粼粼，她喃喃，风是蓝色的。

他轻声唤她，开吧，贝尔蒂丝！

手机响，她惊醒。浮光掠影。积雪融化，泥浆四溅。

她推开天暮，接电话。

天暮抱紧她，别。

谢端的电话。她恍惚听他说，晚上有应酬，晚饭别等他了。

现实。真相。她即使张开翅膀也无法飞翔。

她全身赤裸躺在梦魇之中。江天暮，虚妄的男子，与她肌肤相亲、如胶似漆。

她惊惧坐起，抱紧胸膛。

天暮抚摸她，她躲闪。

怎么？天暮问。

她咬嘴唇说，为什么会这样？

天暮说，贝尔蒂丝，我得到了你。

她流泪。我不是贝尔蒂丝，是有夫之妇。她想到小答，更加无地自容。

无论什么都阻拦不住，我爱你。贝尔蒂丝。天暮说。

她抽泣，如果不来该多好。

天暮拥她入怀说，妞儿，该来的总会来。喜欢我叫你妞儿吗？

她颤抖。

他左胸有三颗黑痣，随呼吸起伏，她的泪水滴落。

他抓住她的手指，在黑痣上比画，喏，你的眼泪连在一起，画一颗心，看见了吗？我的心在你手中。

她动容。他握住她的手亲吻，宝贝，别怕，我和你心手相连。

他心跳有力，目光坚定。她泪眼模糊。矛盾怅然。

该来的总会来。为什么是这个时候？

他微笑，轻声安慰，有我在，睡吧。

她喘息，如藤蔓垂落。

快到小答放学时间，她起身，去洗澡。

天暮进来，递毛巾给她。

天暮将她包裹在浴巾里，她窘态毕露，他当她似婴儿。

洗完澡，天暮帮她吹头发，说外面冷，头发不吹干，会着凉。

边吹边笑，草枯鹰眼疾，雪尽马蹄轻。

又疼惜说，怎么掉这么多头发啊？

她笑，一岁一枯荣，不打紧。

天暮小心翼翼地继续吹，问，是睡眠不足还是缺营养？

她说，是有点累，没事，一到冬天我除了掉头发还会蜕皮呢！

天暮笑，属蛇的。

天暮捡几根头发，衔在嘴里，她笑能吃啊？

天暮笑说，嗯，甜的。你浑身上下连脚趾头都是甜的。别忘了，你是贝尔蒂丝。

临走，天暮执意带她去楼下餐厅吃饭。

没到饭点，餐厅只有他们两人。

天暮点了小米海参粥，说大补。

菜上桌，天暮挑剔说，粥不地道，小米泛白，海参腥味重，又找服务员问这粥是否用鸡汤熬制。还要叫经理来理论。

如瑾说挺好的，别较真。

天暮只好作罢，叹息说，还不是为了你吃得好些吗？

买单前，天暮招呼服务员打包，说带给孩子吃，省得你回家还做饭。

天暮带给小答一块儿童智能手表，说，要培养孩子早起习惯，你总叫他起床，多辛苦。

天暮细致周到，她心生暖意。

关键是我怕你累着。天暮说。

打车，天暮欲送她回家，她拒绝。

上车，天暮在寒风中冲她招手，他穿黑色薄棉衣，里面只穿短袖T恤，她隐隐心疼。

回去吧，外面冷。她说。

他笑，我看着你走。

车走出很远，她转头看，他还立在原地。身影飘忽。

天色渐晚，她心里星火跳闪。他笑容清晰。

如果你觉得冷，就靠近些，再近一些。

她身上依稀有烟草和古龙水的混合味道。她深呼吸，这味道令人春意盎然。

妞儿，今天我简直太幸福了！

他发短信给她。

她时间紧迫，想不了太多。回去又是旧天地。他在暗处，看不见她的悲喜。

她如卵石，随潮水涌上沙滩，又将被下一个浪头掷回海底。

能发光是幸事，恢复黑暗也没什么大不了。

瞬间的光亮能闪烁多久？他能看见吗？

2

接小答回家，热好饭菜，如瑾招呼他吃饭。

小答问饭菜是谁做的？如瑾笑而不语。

肯定不是你做的。

为啥？

比你做的好吃。

如瑾笑。小答说，妈，你应该跟人家好好学学。

人不大，嘴还真刁呢。难伺候。

天暮来电话说，知道她平安回家，就放心了。

如瑾发呆，脸发烫，脑海里全是跟他亲密纠缠的情景，他胸前那三颗黑痣，他的心跳、笑容、呼吸。

小答跑过来，摸摸如瑾脸问，妈，你又发烧了？

如瑾晃过神，摇头。

小答半信半疑说，妈，上回你发烧，脸也这么红。

是吗？

如瑾又想起天暮胸口的三颗痣，心怦怦地跳。它们如同火种。她心底的火喷薄而出。

不一定发烧就脸红，如瑾说。

小答想想说，是吗，说谎也会脸红。

如瑾笑，说谎不光会脸红，鼻子还会变长。

小答说，只有匹诺曹会那样，真孩子不会。

如瑾沉默。不知如何应答。说谎容易，圆谎难。

她下意识摸摸脸，并无异样，突然意兴阑珊，亢奋、悸动转瞬即逝，阴冷、罪恶感如杂草丛生。眼前一片荒凉死寂。她在哪儿？

半夜，谢端回来，叫醒如瑾说，早上他要出差，让她帮着收拾行李。

如瑾睡意蒙眬起身，谢端醉眼看她。

“睡衣，新买的？”谢端问。

如瑾不理会，低头继续收拾，谢端冷不丁从背后抱住她。

如瑾挣脱，谢端恼怒低吼，你还是不是我老婆？她心想过去她渴望跟他亲密无间，可他对她冷若冰霜，此刻他酩酊兴起，当她是发泄工具。令她羞愤交加、厌恶至极。最重要的是她身心已全部背离了他。

如瑾推开他说孩子在。谢端两眼赤红说，孩子睡了，别找借口。

她被推倒在床上，谢端压过来，酒气熏天。

她挣扎、躲闪、抗拒，谢端誓不罢休。

她突然说，我喊小答了。

谢端愣住，打量她，说，敢！

小答，她喊。

谢端跳起来，醉恹恹咕哝，你还真敢！

谢端去上网，说没法睡了。

她松口气，还好小答在。还好？

天暮?！午后情景回放，她心乱如麻。若是一场梦多好！

梦里缠绵悱恻，梦外波澜不惊，可现在她眼前浮现天暮的样子，他的微笑、叹息、疼惜的目光，他的声音、气息缠绕她，俘获她，她无处可逃。

欲望、诱惑、危险、美好，她想到爱情，她和天暮之间算爱情吗？

婚姻的坟茔上生出草木，虽是野生的，但总算是填补荒芜的活物。肉体与灵魂出奇一致的背叛，虚拟突破现实，她不是梦中人，活着必须接纳疼与清醒。这是代价，也是结果。

结果可能是粉身碎骨、万劫不复。

她笑，那倒也好，不用这么苦挨了。

谢端整晚没睡，天没亮，搭早班机走了。

如瑾送小答上学，回来收拾屋子，谢端的气息还在，烟灰缸里堆满了烟蒂，地上、窗台、书桌上，到处都是烟灰，纸屑、瓜子壳、啤酒罐。沙发、床上扔着他换洗衣服。内衣内裤、臭袜子。电脑没关。她看见旁边的药盒。

胃药，他得了胃病?

她皱眉，不爱惜自己的人不值得同情。

她做完家务，开窗通风，寒气吸进来，她倒感觉神清气爽。

她深呼吸，终于送走了瘟神。

为什么会憎恶?她自投罗网，咎由自取。

因为他令她绝望，因为小答她得隐忍。

若没有小答，或许会网开一面，她从此解脱，但小答不期而至，令她措手不及。

有件事，她始终羞于启齿。

她跟谢端结婚大半年，她还是处女之身。他们并不像新婚夫妻那样甜蜜恩爱，倒像一对合租客，同在屋檐下，却井水不犯河水。人前和煦晴朗，人后冷清阴晦。各自为营。谢端常不着家，她则独守空房。眼睁睁看着自己变成枯枝。

她不止一次想离婚，不再惧怕谢端烫烟洞、用拳头擂墙，歇斯底里吼叫。可她怕谢端酒后疲惫而惶恐地对她呻吟，别走，我快死了。

她日渐消瘦，回娘家，厉梅问她是不是害喜了?她局促不安地摇头。

她妈不屑说，都结婚了，减哪门子肥呢?好女一身膘，不懂啊?!

她说想离婚，她妈言辞激烈说男人再婚照样能娶个黄花闺女，女人离婚准掉价，嫁出去的闺女泼出去的水，就算能舀回来，也脏了臭了，谁还喝?

她说，又不是做买卖，我是人，不是东西。

她妈笑，结婚不是做买卖是啥?咱也不讲究门当户对、攀龙附凤什么的，小本经营至少也不能亏本，你傻啊?

她跟谢端争吵惊动了邻居。当初他们住在老房子。楼下是谢端同科室马主任家。夫妻俩上门相劝，马主任老婆车大姐说，小夫妻床头吵架床尾和，别动真格的，搭伙过日子哪有锅铲不碰锅沿的？

马主任也说，小谢刚当新郎官，榆木疙瘩脑袋，还迷瞪呢？弟妹你识大体，不给他个开窍的机会，谁给呢？再说多大点儿事，闹离婚至于吗？

见她泪水涟涟，车大姐叹气，都是这样熬过来的，等熬到稀里糊涂，哪还有火气折腾？

她心想，哪有烟火，她始终在冷水里泡着，生米怎么能煮成熟饭？

当着外人面，谢端沉默寡言，并不示弱。

临走前，车大姐叮嘱谢端换灯，说吵架砸东西，毛病不好，伤神伤身伤感情，还费钱，划不来。

谢端出门。买回一盏水晶吊灯，不言不语地安装。

谢端有吵架摔东西的毛病，见啥砸啥，家里的瓷器、玻璃器皿无一幸免，上回吵架一怒之下他把烟灰缸扔到天花板上，以支离破碎、黑灯瞎火告终。

装好灯，他对如瑾说，你看，亮不亮？

灯的外观和颜色跟原来那盏几乎一样，只是少了水晶球。他说转遍灯饰城，还好原厂家还在，老款没货了，这是二代产品。

如瑾低头不语，覆水难收，破镜又怎能重圆？

谢端做好饭，端上桌说，先吃饭，有啥事等我回来再说。

见她无动于衷，谢端又说，明天我要去青海出野外，半年。你照顾好自己。

谢端走后，她形单影只，倒也清静。

车大姐时常来她家串门，嘘寒问暖，说是谢端走前交代过要她经常过来看看。车大姐说，别看谢端愣头愣脑的，心思还挺细，怕你一个人孤单。又说，野外工作性质就这样，希望她多担待。

谢端偶尔打电话回来，话不多，只叫她一个人在家别偷懒，少吃泡面。

两两相隔，没有了格格不入、争吵冲突，反倒相安无事。时间一长，她竟觉得少了些什么，禁不住有些挂念他。

半年后，谢端回来，蓬头垢面，沧桑坚韧。

他带回一大兜草莓，说是特地给她买的，一路上颠簸，坏了不少。

他挑拣好的洗了，撒上白糖，端给她吃，自己则在一旁抽烟。

他说回来沿途有草莓地，这些草莓是他下地摘的，草莓红彤彤、草绿茵茵的，很好看。下次带她一起去。

他们结婚以来没有蜜月旅行，最远他只带她去过郊区的种苗场。

他说他亏欠她太多。

时隔半年，他面目一新。

她说那么多草莓，吃不完会烂掉，他笑，吃不完，还可以做草莓酱、草莓冰沙。

你会做？

他笑，学呗。

他去理发店理了个光头，说这样敞亮多了。

他的手皲裂脱皮，她为他涂蛇油膏，她问，疼吗？

他咧嘴笑，老皮老脸，没那么娇气。

他令她熟悉又陌生，包括他走路的姿势、面貌、眼神。他的阴郁、冷峻被阳光热情替代，冷杉变成胡杨。

她又惊又喜。

他俯身吻她，泥黄色的枝叶庇佑她，包裹她。蔽荫蒙住她双眼。短暂刺痛，他的气息在她体内蔓延散播。

托克拉克，最美丽的树。

隔阂不攻自破，彼此拥有，喜悦、满足，交融，根连。他轻松自如，她沉重喘息，天晴了？

一直就是。他不假思索答。

一切圆满，她理应如释重负。

这座城市干燥少雨，但扬沙天气、暴风骤雨也不少见。她内心太多空洞需要填补，阳光普照只在一时，未雨绸缪才不至于亡羊补牢。

她祈祷，她刚刚开始融化，给她抽芽泛绿的时间，她要枝繁叶茂，美妙如花，瓜熟蒂落。

很快，她怀孕了。

对于孩子的去留，谢端模棱两可，说，要可以，不要也行，你看着办吧。

她决定生下来。

谢端表情严肃说，你想好，孩子一旦出生就会拴你一辈子。

她说不后悔。

谢端幽幽地说，你再考虑考虑，等孩子生下来就晚了。

她笑，这还有啥可想的呢？

当然生下他，你也可以抛弃他。谢端突然说。

她说自己心没那么狠，做不出抛弃亲生骨肉的事。

都说郎心如铁，是你还差不多，她说。

他听罢勃然大怒，我永远不会让那样残忍、没人性的事再次发生，最毒妇人心，抛弃自己孩子的女人不配当妈，不配做人！

她惊住，暴风雨又要来了。

不久，谢端从野外调回机关工作，不再颠沛流离，如瑾心安。

事与愿违，工作恢复正常，可谢端的业余时间却大大透支。他不是说单位组织篮球比赛，他是主力，每天下班后要训练、比赛，就是说工作忙要加班，有应酬。等忙过这段，他会好好陪如瑾。

等篮球比赛结束，他又说还有排球比赛、乒乓球比赛，一轮又一轮赛程结束，如瑾已怀胎六月。看到别的孕妇有丈夫陪伴，如瑾心中凄楚。

谢端说，你预产期在腊月，还早，孩子在你肚子里又不碍事，别那么娇气。

如瑾埋怨，你怎么什么活动都参加呢？

谢端说，单位活动也是工作，不积极点儿，行吗？

谢端在一次比赛中摔断了手，在家休养，照顾他的担子落在木如瑾肩头。

她身怀六甲，愁眉苦脸，产检的医生说，你不算最惨的，有个孕妇老公两腿都断了，家里全靠她一人撑着，她老公上下楼她都得背着。

他除了看电视，就是睡觉，不愿出门，他说，他的手打了石膏，样子难看。

如瑾不仅要照顾他一日三餐，还得干各种家务，倍感委屈。

谢端要吃拉面，如瑾学着做，饭没做好，腿突然抽筋，疼得她直叫唤。

谢端躺在沙发上，不耐烦说，叫啥呢？又没着火，一惊一乍的。

如瑾撂下擀面杖，喊，我是孕妇，不是佣人！

她赌气回娘家，谢端非但不上门接她，连个电话都没打过。

车大姐打电话给如瑾说，没有女人的家整个一狗窝，谢端一个人猫在家喝闷酒，看电视，满地的酒瓶，问他啥都不言语。我问小木呢？他说出去遛弯了，一会儿就回来。

我真不知说他啥好，老婆都跑了，还无动于衷，没事人似的，铁石心肠的男人我见过，可没见过这样没心没肺的，何况你还怀着孩子，小木，委屈你了。车大姐说。

一周后，如瑾妈打电话叫谢端来接如瑾。谢端才出现。

谢端说，我知道你是孕妇，明天我就去医院把石膏拆了。

谢端负气去医院拆了石膏，提早回单位上班，依旧起早贪黑，不着家。

如瑾苦由心生，这个孩子来的真不是个时候。

第十四章/假如我是一朵雪花

1

隔天一大早，天暮开车带如瑾兜风。离小答放学还早，如瑾索性请假前往。

车是天暮借朋友的，他知道如瑾不会开车，他握住如瑾的手亲吻一下说，这双有魔力的小手用来摸方向盘太可惜。

如瑾笑。天暮问不是吗？

如瑾摇头。天暮说这双手不仅能写出美丽诗句，还能驾驭男人的心。

如瑾抽回手说，自己微如草芥，勉强活着已算万幸，除了生活，她背负不了太多，何况人心叵测，谁愿意做傀儡？

天暮大笑，我愿意一辈子做你的傀儡，心甘情愿在所不辞，死而无憾。

如瑾不敢相信誓言成真，打断天暮问去哪儿？

你指哪儿我去哪儿，悉听尊便。

如瑾笑，去滑雪吧。

好主意，走咯！

滑雪场在郊外，她从未去过。

如瑾问太远就别去了，下午六点她还要接孩子。

天暮说来得及。

如瑾皱眉。

担心什么？天暮问。

如瑾说会堵车。

天暮笑，妞儿，你这是给自己添堵。

天暮对这个城市似乎并不陌生，他说自己是活地图。再说又有导航。简直轻车熟路。如瑾世居此地，但去过的地方很少，又是路盲，天暮越俎代庖，她也省心。

到了滑雪场，如瑾突然反悔，说还是不进去了。

天暮问怕摔跤，还是？

如瑾摇头，天暮说来了就进去瞧瞧，不滑雪，欣赏下雪景也好。

如瑾点头。

因为不是周末，滑雪场的人并不多，天暮兴奋得像个孩子，在雪地里蹦跳。他惊呼这才叫白雪皑皑、银装素裹。他顺势扑倒，在雪地里翻滚。我来了！他喊。

他浑身沾满雪末，他大笑，头发上、鼻尖上的雪撒落。像头撒欢的熊，憨态可掬。

如瑾正出神，天暮跑过来，顺势把她推倒在雪堆上，拽着她一起翻滚，雪迷住她的眼睛，在她脸上融化，她大口大口吐着白气，开心地笑。

还冷吗？天暮问。

如瑾摇头。眼前一片朦胧。阳光。雪花。飞舞。晶莹剔透。

她张开手说，来吧！

天暮挨近她说，妞儿，我在啊！

如瑾拢神问，又下雪了？

天暮笑，妞儿又做白日梦呢。

如瑾揉揉眼睛，真是呢。铅灰色的天空丝毫没有惊喜。

只要你喜欢，每天都下雪。我就是你的那朵雪花。天暮笑着念徐志摩的诗《雪花的快乐》：

假如我是一朵雪花，翩翩地在半空里潇洒，我一定认清我的方向——飞扬，飞扬，飞扬，——这地面上有我的方向。天暮的声音轻似鹅毛，令人心动。多美好的一刻。

飞扬，飞扬，飞扬。如瑾眨眨眼，喘息。似乎闻到朱砂梅的清香。你看我有我的放心。消融，消融，消融，溶入了她柔波似的心胸！这是她年少时喜欢的诗，曾在学校文艺会演上朗诵过并因此得奖。

昨日重现，无拘无束，无忧无虑，这样的赞美诗使时光倒流，她心中的冰雪瞬间融化。

飞扬。消融。

天暮租来雪圈问如瑾敢吗?

如瑾点点头。

天暮拥着如瑾从索道上滑下，风在她耳边呼叫，她脖子上杜鹃红飞扬，她喊，我不怕!

他从背后紧紧抱住她问不怕什么?

什么都不怕! 她回答。

对，没什么可怕的，有我呢! 他大声说。

下次我还要教你滑雪。他说。

你会吗?

当然。

让你体会风驰电掣的感觉，飞一般的感觉。

我能飞?

当然能，跟我一起飞!

如瑾张开手臂，天暮在她身后作支撑，他的臂膀坚强有力，为她注入力量与勇气。

她笑，回头看天暮。他抱紧她喊，妞儿，飞喽!

她心一紧，身子陡然变轻，肉体打开，灵魂飞升出去。

飞翔令人蓬勃有力，她感到体内迸发出激情与热度，视野辽阔高远。自由、放任、洒脱、酣畅、欢愉。渴望得以实现。

有翅膀真好! 若翅膀没了，我得找个洁白的词儿，落下去，风一样。她祈祷。

回程。又下雪了。如瑾望着车窗外纷扬的雪花出神。

天暮说他闺女小雪花也喜欢雪。他说她两岁了，说话已然像五六岁的孩子，口齿伶俐，冰雪聪明。

提起女儿，天暮兴致勃勃，充满骄傲。

如瑾说小雪花，这名儿好听。

天暮说他女儿出生时，正赶上那年的第一场雪，她妈妈说雪花像天使，纯洁、晶莹，每下一场雪就是一次新生。她妈妈叫小霜，霜降那天出生的，她说霜降之后立冬，立冬后，就到小雪了。

天暮轻笑，表情微妙。

如瑾失落，除了几次网上闲聊触及他的家庭，她对他的真实生活几乎一无所知，他虽已离婚，但生活实质不变，她没离婚，触角却伸出婚姻之外。有些屏障一旦跨越，不仅引火烧身，还会殃及池鱼。

他们无法做到心无旁骛、无所保留，至少她做不到，尤其是他提及前妻和女儿时的神情，令她尴尬、抗拒、失落。这样的爱情没有希望，她感到茫然、恐慌。

如果不见，她还是屠苏，他仍是重明。一东一西，既孤立又相连，虚妄、神秘，各善其身，安之若素。也就无所谓忐忑、纠结、沮丧、暗室亏心、无地自容。

两条苦藤纠缠，注定结出苦果。

她低声说挺好的。

天暮扭头问，你好像情绪不高啊？累了？

她说，有点儿。

天暮说，看样子你挺瓤，很少出远门吧？这儿来过几次？

她说这是头回来。

天暮笑，我，走南闯北，你，足不出户。动静结合、强弱搭配、阴阳互补，可谓佳偶天成。

她默不作声。

天暮问，你都去过哪些地方呢？

她笑，她最远去过郊外种苗场，还是婚后，谢端骑车带她去的。他们没有蜜月旅行。

她记得路上有卖老玉米的，谢端买了一个老玉米，跟她分着吃，玉米颗粒饱满，香甜软糯。

见她不吱声，天暮古怪地瞟她一眼说，你不会连城都没出过吧，妞儿？

她反问奇怪吗？

天暮笑，谁娶了你既省钱又省心。

她苦笑，生活就在这方寸之间，只要有回旋余地就好。

谢端说过等他退休以后，带她出去旅游，退休？遥远虚妄，她能不能活到他退休还两说呢。

天暮敛住笑说，我不要你这样，每个人都该有飞的权利。老待在笼子里会变傻。等结婚，我要带你去西藏、呼伦贝尔、丽江、马尔代夫、欧洲。你想去哪儿就去哪儿。

结婚？她愣住。一切仿佛白日梦。

离婚再嫁？她还没想过。那她跟天暮算什么呢？出轨、偷情、红杏出墙、男盗女娼，想到这些字眼儿，她羞耻、追悔。她到底想要什么?!

妞儿，别用道德约束爱情，爱让一切美好，包括我们。问问你内心，难道不需要这样的美好吗？天暮说。

她咬嘴唇，想象的美好不能驱散顽固的负罪感，他们的爱与美德无关。她没那么洒脱。

我会娶你的，放心。天暮安慰她。

别，她说。她想到小答，快到放学时间，小答在等她去接。

她的婚姻千疮百孔，可没到坍塌的时候，她还得硬撑着，怕伤小答，更怕遇人不淑。

你说了不算，等着吧，很快你就会成为我的新娘。

她摇头说，孩子要放学了，快点儿，好吗？

天暮说，我明白你的心思，一切不是问题，相信我。

离学校还有两站路，她执意下车，天暮停车说，我在这儿等，一会儿送你们回家。

她慌乱说不用了，你早点回去休息吧，都累了一天了。

天暮说，那好吧，有事电话联系。

到学校，没接上小答，小答班主任说已经过了清校时间，让她去值班室找找。值班室大爷说，刚才倒是有三四个学生在值班室等家长来接，后来都陆续被接走了。

她心急如焚，打电话问小答同学，都说没见小答。

打电话回家，也没人应。

有学生家长安慰她说，还是先回家看看，现在孩子都主意大，没准已经回家了。

她回家，进门看见小答的鞋子，这才松口气。

小答说他去送连翘了。连翘是他同桌，比他大两岁。

她问小答，连翘比你大，还让你送啊？

小答说，连翘说下那么大雪，一个人回家，她害怕。

她妈没来接她？

她妈加班。

那她怕你就不怕啊？万一路上遇到坏人咋办？

我不怕，我是男生。遇到坏人，我就跑。

那你咋回来的，没迷路吗？

我边走边看风景，就回来了呗。

回来就好，饿了吧？

小答点头，她连忙去做饭。

小答问，妈，你摔跤了吧？

她摇头。小答摸摸她的衣服说，妈，你骗人，你衣服都湿了，头发也乱了。以后你别接我了，我自己回家。

她说不行。小答说，我都七岁了，我们班好多女生都自己回家，她们笑话我说那么大了还让妈妈接，还是男生。

她说，她们比你大，你还小，妈不放心。

小答说，我个头不小了，你可别跟我们班同学说我多大，要是有人知道我小，会欺负我的。

她笑，小答长大了，有自己的心思了。如果她再婚，小答能接受吗？

晚上，小答临睡前习惯泡澡，她放水时，发现浴缸底裂了。

她说浴缸该换了。小答说，不准换，房子里的所有东西都不能换。

为啥？

因为我在它们就得在。

家里要换的东西太多，沙发、灯、桌椅、地板，坏的坏，残破的残破，断裂的断裂，墙上到处都是小答的涂鸦，也该重新粉刷了。她曾经跟谢端提过房子重新装修的事，谢端说先凑合住着，等小答高中毕业再说。又是一张远期支票，不知何时才能兑现。只有等待这个词精准无误。

看小答执拗，她不再说什么，孩子念旧，也没错。

第二天如瑾办事回来，路过天暮住的酒店。她站在酒店对面的广场上，举头四顾。

雪后，酒店的玻璃外墙，被阳光照耀得喜庆炫目。门口车辆进进出出，穿红色制服的门童迎来送往。谁会记得她是谁呢？

如瑾甩甩头，准备抽身离去。

天暮来电话了，他说上来吧，看见你了。

如瑾说，看错了吧，我上班呢。

天暮笑，军绿色棉服，杜鹃红围巾，你今天穿啥自己不知道啊？

如瑾一惊，环视四周，广场空寂，除了扫雪的环卫工人，路人，并没看见天暮。

我在上面呢，天暮哈哈大笑。

如瑾望天，天空蓝得透亮，不见一丝云影。

天暮笑，傻妞儿，你在桥上看风景，看风景的人在楼上看你呢，哈哈。

如瑾盯一眼酒店窗户，笑。

她说，只是路过，这就走。

天暮说，上来暖和一会儿，我保证不碰你。

如瑾犹豫一下，上楼。

天暮虚掩着门，等她。

进门。见天暮衣冠整齐，如瑾靠窗坐下。

天暮在收拾东西，说等会儿要出门谈事。他指指吧台上的纸盒说，待会儿走时，把这个带走。昨晚他们送来的，葡萄，我记得你爱吃。

天暮习惯用“他们”代替他的亲朋好友，也是一种距离，他没必要跟她说明白他们姓甚名谁，适当保留挺好，她很清楚虚拟与真实的界线。

如瑾沉默。看着天暮忙活，他整理完行李，又去铺床，她笑，有服务员，还自己收拾？

天暮说他有洁癖，凡事喜欢亲力亲为，还爱瞎指挥，呵呵。

如瑾说那都是缺乏安全感的表现。

天暮笑，我这人就这样，喜欢安排事，照顾人，劳碌命。他靠近，捧起她的脸说，妞儿，我要照顾你一辈子。

他眼神热烈，呼吸急促，她发现他嘴角起了泡，躲闪道，这儿冬天特干燥，要多补水。

他愣住，松开她，笑，小鬼妞儿！

你不是要出门办事吗？时间来得及吗？她起身问。

他说，好吧，这回放过你，不过临走，还得抱一下，不然几天见不着你，我会失魂落魄的。

他拥住她，她窒息。

要去哪儿？她问。

他说去日不落的地方。

嗯？

边境。

手机响，天暮说他们来接我了。

下楼，天暮让如瑾先走。

走出酒店，如瑾回头，见天暮正往一辆黑色越野车上放行李。

她的心空落落的，她总在抗拒与接纳之间挣扎，现在他走了，她并没因此而平静，反而更加忐忑不安了。

天暮发短信给她，妞儿，天冷别挤公交车了，打车回去。

那辆黑色越野车呼啸而过，卷起层层雪末。她倒吸口凉气，停下。

她目送它远去，车后窗蒙着霜，她看不见天暮。

她张张嘴，车转过路口，消失了。

2

天暮每晚都会打电话给如瑾，欢喜之情溢于言表，他对这个边陲小城偏爱有加。他说这儿安谧静好，人也朴素自然，如此境地，似乎能触摸到心灵的边界。还说，他到达第二天正巧赶上白虹贯日的奇观。

她好奇。白虹贯日？

他说，就是天上同时挂着三个太阳。

她惊讶，三足乌？

他大笑，后羿已死，你信鬼神？

她说从小喜欢看神话故事。传说向来美好。

他说，日晕是日光经冰晶折射引起的，光学现象而已，不过古人说这是大凶之兆。

凶兆？

嗯，好奇吗？

她说不，忧心忡忡问，你几时回来？

他笑，妞儿，你好像开始关心我了。

她没心思开玩笑，一再说办完事，早点回来。

他笑，我算过命，说我能活到八十八，还说我老伴能活到八十五。

老伴？

天暮大笑，说你呢！

我不是你老伴。

我说是就是。

呸！凭啥你就比我寿命长。

哈哈，承认了吧，天命难违，老伴。

她想，若能活到那把年纪，还不知自己老成什么样了，而那相伴终老的人又会是谁？

天暮给她一片虚拟前景，姑妄听之也好，若深信不疑，似乎太过天真。

他是她命里的星火，一闪而过，终归会化为灰烬。

她伤感，或许她会孤独终老。

她岔开话题问你那儿冷吗？

他叹息道，妞儿，你像绷紧的弦，时刻跟自己使劲儿，放松些，别那么理智，好吗？

她眼泛泪光说，好。

四天后，天暮归来。

天暮在电话里说，妞儿，今晚你会来吗？我想你了。

天暮语气炽烈，她则沉默不语。

他们的关系甜蜜而危险，她觉得虚拟与真实碰撞会产生错觉，原本活在心里的人，要真实相对、相守，她难免慌乱，一切出乎她预料，一发不可收拾，他不断说要娶她，这更令她乱了阵脚。

她想对他说，这几天虽然记挂他，但却轻松了许多。时间、距离能隔绝一切，久而久之，彼此就淡忘了。她想说，她不能接受他的感情，至少目前如此，他们都有各自的生活，她虽然不幸福，可让她旦夕之间与原有的生活决裂，选择新生，她还没准备好。她想说就当什么也没发生，从哪儿来回哪儿去，后会无期。

天暮说，如果你不方便就算了，我明早的飞机。

他真的要离开了。她突然一阵心痛。他最终会遁入茫茫人海，无影无踪，与她毫无瓜葛。她则继续孤独、冰冷、困守、痛楚、忏悔，这些都是舍弃的代价。

为什么要错过、割舍？她试图寻找另一种结果，或者说是一条生路，如果相爱，这些禁忌又算什么？他给她温暖，那是她所渴望的，她心里的种子要发芽、开花、结果，她按住胸口，她的心有如鹿撞。

别。她说。

什么？

等我。

晚上，等小答睡了，她出门。

临走前，她特意没关卧室的灯。小答睡得很熟。万一他半夜醒来找她，看见她卧室的灯亮着，至少不会太害怕。她回头看卧室的玻璃门，又去小答卧室门口，听见小答的鼾声，才放心出门。

她不断提醒自己，早去早回。不能耽误小答第二天上学。

经过酒店大堂，她总觉得有双眼睛在盯着她，服务生、前台小姐或者闲聊的客人？她不敢回头，晚上 10 点之后，她从没出过门，何况去酒店私会。她屏息，脚步刻意轻捷。

见到天暮，她忍不住落泪。

天暮拥住她问，妞儿，怎么了？

她哭着说，鬼鬼祟祟的。我是坏女人。

天暮连忙为她拭泪，你不是，你在我眼里完美无缺，是我让你为难。

他越是安慰，她越伤心，她哽咽说，人无完人，你骗我。

天暮笑，妞儿，可有坏人啊，最坏是我，该打，所有的错该我承担，若遭天谴都冲我来，与你无关。

她用拳头捶他，都是你！

天暮任她捶打，抱紧她说，是我，都是我，我错了。

她打到手疼，抬手看，手背出现瘀青。

你这是服软啊？骨头那么硬。

哈哈，要不我去醋缸里泡会儿，等骨头变软，任你发落。

她破涕为笑。他亲吻她，妞儿，你真孩子气，下辈子给我当闺女吧？

下辈子你是佃户。

你呢？

我？地主婆。

地主婆不好，地主家二丫头还不错，跟佃户江小伢儿私订终身，历经磨难，终于共结连理，皆大欢喜。全剧终。

呵呵。

哈哈。

天暮有种魔力，能让她支离破碎，又令她接近完美。

她如花朵般在他手中盛放，他沉醉于她的色彩、质地，细枝末节以及每个微小的变化。他低头吮吸她的露水、芬芳，虔诚而热烈。她舒展蕊心，迎向他。

她听见沙沙的声响，类似翅膀抽离躯壳，飞跃枝头的声音。知了，知了。

那只光亮的蝉旋舞低鸣，知了，知了。

金色的蝉翼驱散眼前的黑暗，光笼罩她。炫目。

妞儿，你是我的。

嗯？

Liberator。（救星）

你也是我的。

救星。

她伸手触摸，那束光在她手指上跳闪，蔓延，迅速征服了她。

带我走。她含泪说。

好。

她闭上眼，跌落下去。冷清的山谷正纷纷扬扬地飘着雪花。她是其中的一朵。洁白、柔软、轻。

第二天早晨，如瑾送小答上学。

小答问，妈，昨晚你出去没？

如瑾说，没。

小答说，他做梦了，一个人在一条很长的路上走，没有灯，黑黑的。

如瑾问，你醒了？

小答说，醒了，又睡了。

没找我？

没。

为啥？

害怕。

如瑾心里隐痛，自责。她见了光，却把孩子推入黑暗。

害怕就喊妈，有妈在。她说。

嗯，我喊了，可你没答应。你房里的灯亮着呢。

可能是妈累了，睡着了，没听见，以后喊大声点儿。

嗯，我想也是，想着想着就又睡着了。

如瑾想哭，身子发沉，头晕得厉害。她天蒙蒙亮才回家，激情燃尽，奄奄一息。

她是鬼，黑夜过去，白日里还要伪装成人，她看见自己裙裾后的尾巴，浑身战栗，现在还要接受盘问，她一时慌乱不堪，她恨不得找个地缝儿钻进去。谎言是树枝上红彤彤的果实，要使劲摇，才肯应声落地。她不会撒谎，她那颗果子是青涩的，小风一吹就巴巴地离了枝儿。

到学校门口，她叮嘱小答好好上学，听课别走神。小答点头，走出几步又回头问，妈，昨晚你到底在不在家啊？

在，当然在。快进去吧，别迟到。她强装笑颜。

看小答跑进校门，她呼口气，跺跺脚。天真冷，脚冻木了。睫毛上结了霜花，她揉揉眼睛，雾气沉沉的，阴天，看不见有飞机飞过。天暮走了，她没去送。

天气预报说今天有雪。

晚上，谢端出差回来。

以前出差，他都是空手而归，这回却大包小包地带了不少东西。胎菊、杭白菊、罗汉豆、盐水鸭，光丝巾就有十几条。

谢端说，记着明天上班给你爸捎几盒胎菊。

如瑾边收拾，边问，带这么多丝巾干吗？

谢端说，你妈、你妹、你嫂子、还有你，不多，你先挑喜欢的，剩下的给她们。

如瑾说，眼下不时兴戴丝巾，再说这些丝巾尺幅又小，颜色自来旧。

谢端不悦，就你事多，不稀罕就撂下，回头我送人。

如瑾说，送车大姐两条，没准她喜欢。

谢端气哼哼地说，怪不得呢，我看你最近没少去她家串门子吧？好的不学，尽学这挑三拣四的毛病！

如瑾没好气地答，听车大姐说，年底处里有几个老人退休，位置空出来了，你当科主任有几年了，不是一直想调职吗？

谢端咕哝，找他有用吗？提副处，局领导说了算，他只是个正处级。

你是他调回来的，这科主任，也是他帮忙提的，现在该找还得找。谁让人家上头有人呢？

可就因为这个，我才不想找他，他逢人就说我是他调回来的，对我有恩，这些年我也没少受他的窝囊气，他说一我从不说二，他干鸡鸣狗盗的事我不但要装聋作哑，还得帮他欺上瞒下，就差骑在我脖子上拉屎了，我受够了。

他们说的他，是车大姐老公马千里。

我也受够了，若换从前，我能搭理车远道这样恶俗货色？谁让我嫁给了你，你说说这些年，你多会儿出面办成一件事情，还不是每次都是我卑躬屈膝地去求她，看她脸色。还有她家那个小崽子，不长个子，专长心眼儿。就知道仗势欺人，对我呼来喊去，颐指气使的，我忍得牙花子都疼，一家子浑蛋王八蛋，恶心透了！

你不愿去拉倒，我没大志向，安于现状挺好，你别动不动就提这些事，好像我逼你去的，好像我欠你啥似的！

是我欠你的！

如瑾撂下话，扭身出门。

谢端在后面喊，要不再多带点儿东西，两条丝巾能拿出手吗？

如瑾去车大姐家。

两年前车大姐家搬进了马路对面的处长楼，他们不再是邻居，可来往不能中断，如瑾心事重重，这回的确是她亏欠谢端。她咬咬牙，他亏欠她那么多，也没见他还。

车大姐看起来形容憔悴，落寞地说，串个门子，还带东西，你也太生分了。

她接过丝巾，瞄一眼说，这丝巾是摊儿货吧？

如瑾说，谢端出差带回来的，具体在哪儿买的，她没细问。

车大姐冷笑，好不容易带点东西回来，还是摊儿货，他这是在敷衍你呢！像这样的货色，小商品批发市场十元三条，还能还价。

如瑾说，不会吧？我看着质地还不错，男人买东西都粗心大意，又常被人忽悠，他难得出差带东西回来，能上心就行。

车大姐说，也是。看花色还成，我原来有条差不多的，我家老爷子死时，我给他包头了。

如瑾不寒而栗，你要不喜欢，我回去再拿几条，你挑挑。

车大姐说，算了，你替我谢谢他，他知道买礼物哄人了，倒真长进了不少。想当年，他刚来单位那会儿，半点人情世故不懂，跟着马千里出差，他像甩手掌柜似的走前面，马千里大包小包地跟在他后面，分不清谁领导谁了。

如瑾疑惑，车大姐向来张口闭口我家老马，这会儿怎么又直呼其名了。

车大姐问，小谢这次回来还有啥变化？

如瑾说，还是老样子。

车大姐笑，我怎么感觉他有点儿做贼心虚的意思。

如瑾说，他哪敢？你知道他是不做贼也心虚。

车大姐叹气，是呢。要是马千里有他一成也好。

如瑾问，又出啥事了？

车大姐冷笑，没啥，你希望我俩出事吗？

如瑾摇头，后悔说错话，起身告辞。

车大姐突然问，你手上的玉镯儿，哪儿买的？

如瑾说不是买的，是她的陪嫁，她们两姐妹一人一个，家传的。

车大姐盯着玉镯仔细端详说，我原先也有个一模一样的，我奶奶传下来的，可惜后来不小心给弄碎了。这玉镯品相不错，羊脂玉吧？

如瑾说，她不懂玉。

好东西难留啊！她叹气。

临出门，她叮嘱如瑾，做家务、洗澡的时候，都要记得把镯子取下来，尤其是洗碗的时候，仔细收着，玉比金贵，碎了心疼。

第十五章/天生怨妇

如瑾与车大姐本是泛泛之交，只因她是马主任的夫人，碍于情面，又考虑到谢端的前途，如瑾才与之不咸不淡地来往。如瑾能顾全大局，是那种识时务的女人。

车大姐有个男性化的名字，车远道，年轻时贵为老局长千金，个性张扬，口无遮拦，火气十足。据说虽然她家庭条件优越，但追求者却是凤毛麟角，原因不外乎两个：一、她为人嚣张跋扈，口无遮拦。二、她长相丑，龅牙、小眼、高颧骨，雀斑脸。背地里众人都叫她乌鸦，提起乌鸦无人不晓。车远道这个名儿渐渐被取而代之。表面上，大家对她还是十分客气礼貌，年轻的叫她车大姐、嫂子，年长的叫她小车，同龄的则省去了她的名字，保留姓氏，管她叫车。

她学历不高，高中毕业，仰仗父亲鼻息，在处机关打字室工作。

马千里是车局长钦点的乘龙快婿，马千里穷学生出身，长得四四方方，虽说个儿矮，但志向远大，加上踏实能干，又通世故，毕业没两年，就调回机关，任党办秘书。据传，当年车局长的夫人特地托人去处里人事部门查新来的学生档案，经过几番筛选，再经车局长过目，马千里脱颖而出。

马千里对车远道一见倾心，说她既泼辣又伶俐，人长得也面善，亲切得很。后来在他俩婚礼上，马千里他娘曝光，众人无不惊叹，车远道和马千里他娘相貌简直如出一辙。

原来如此。冤孽!

当初车大姐并没看上马千里，嫌他长得矮，乡巴佬一个。死活不愿意，可兜来转去，还是没找到称心如意的，灰心丧气之际，马千里及时出现，如春风拂面。车远道毫不犹豫地答应跟马千里交往，没过两月，两人结婚了。

车大姐曾跟如瑾提过第二次见马千里的情形，说，这厮其实没那么丑，个儿虽矮，眼睛还挺大，贼亮。像牛蛙，我就喜欢吃剁椒牛蛙。

时光荏苒，人到中年车大姐迅速蜕变成怨妇。多疑、敏感、刻薄、纠结、苦大仇深。她常念叨，女人嫁错，这一辈子就算毁了。接着她必定不忘声讨那个毁她的人——她老公马千里的斑斑劣迹及其深重罪孽。前尘过往，罄竹难书。从酒后无德、乱性、婚外情，到变态、家暴、教子无方，道德败坏最后盖棺定论，这个杀千刀的！她咬牙切齿、眼神凌厉，道尽，方喘口气说，老娘，现在就想弄死这个禽兽、畜生、龟孙子！马千里，你不得好死！

这些话她可以麻利儿地说上千遍万遍，可旁人若作同情状插言说句马千里的不是，她阴恻恻回，天下乌鸦一般黑，各人自扫门前雪，管好你家那一亩三分地。该除草除草、该打药打药，小心提防点儿，别哪天结出个歪瓜裂枣，哭都来不及！

若更有甚者劝她实在过不下去就离，她会勃然大怒道，少给老娘下套，老娘离了，还不定便宜了哪个小贱人呢！

有人背着她说她心理变态，她得知后，骂，我还真是变态呢？咋地?!

隔天旁人劝慰她的话就传进马千里耳朵，个中意思完全变味，据知情人透露，车大姐每次跟马千里吵架总好引用别人劝慰她的话，再火上浇油以壮大自己的气场，说谁谁说你马千里丧尽天良，谁谁说这样的男人千刀万剐也不过分，如此这般地演绎，以示她有强大后盾，她身正马千里影子斜，告诫马千里群众的眼睛是雪亮的，没有不透风的墙，得罪了她，就等于得罪了大多数。吵归吵，闹归闹，只要马千里一番哄劝，甘拜下风，她立马收起雷电，微风细雨放言，其实我家老马也不容易，没日没夜地出去应酬把身板都搞坏了，我这狗脾气是该改改了，谁都欺负老娘耳根子软，谁的话我都信，差点儿被你们这帮孙子给带沟里去！

车大姐义愤填膺的同时，不忘对马千里吹耳边风，于是乎那善意的旁人成了众矢之的，夫妻俩同仇敌忾，一致对外，旁人莫名其妙被骂得个狗血淋头。她吐苦水，我照理安慰几句，也没说啥歹话，怎么我就里外不是人，这夫妻俩真真是……不说了。

明眼人说，夫妻俩床前吵架床尾和，就算后院起火，房子烧没了，人家还是夫妻，谁让你没脑子，说话也不掂量掂量，那两口子，一个神经，一个蛮横，能惹吗？

哎，这不黑风双煞嘛?!

若是那些话是马千里的下属说的，结果更是悲惨，要么被流放野外，要么没几天就穿上小鞋，寸步难行。

马千里夫妇之间的争执，一般没人敢劝，尤其是他的同事下属，夫妻俩的冲突愈演愈烈，见传话没用，车大姐就招呼来邻居、马千里的同事，甚至街边卖鲜牛奶的来家里坐镇评理。车大姐说，她这是要用人民战争的汪洋大海淹死那个老狐狸。她所谓的汪洋大海就是社会舆论，众口铄金，积毁销骨的道理，她懂。她说群众不光有雪亮的眼睛，还有透明的口水，一人吐口，就能淹死他。车大姐运用神兵战术出奇制胜，光摆个阵形就足以让马千里哑口无言，百口莫辩。

当年，如瑾初来乍到，不明究竟，她对旁人背地里都叫车大姐乌鸦很好奇，叫一个女人乌鸦可见对其厌恶的程度。乌鸦，不祥的女人。

两家楼上楼下住着，低头不见抬头见，每次碰见车大姐也最多打声招呼，谢端提醒过她少跟车大姐来往，有关车大姐家的传闻她也听了不少，多一事不如少一事，她懂。

车大姐对她倒是热情有加，经常招呼如瑾去她家坐坐，如瑾应承说，有空一定去，也免不了邀请车大姐来家玩。

车大姐笑，谢端这小子真有福气，娶了个知书达礼的老婆。

有天晚上下大雨，谢端出野外，如瑾一个人在家。

车大姐打电话给她，说包了茴香馅的饺子，招呼她去她家吃。还说，如果不来，就让小帅给端家里去。

如瑾见推辞不了，只得下楼去她家。

车大姐把饺子端上桌，招呼如瑾吃，自己却未动筷子，叹气说，看见你，我就想到我年轻那会儿，你说，女人为啥要结婚呢?

如瑾说，两个人在一起过日子，有个伴儿不寂寞。

车大姐大笑，屁话缭绕！跟我当初一样傻，你没结婚前，不是照样一个人活得好好的吗？扯上他就不寂寞，好过了?

如瑾笑，我没想过，说不好。

车大姐说，瞧瞧叽叽歪歪说半天也说不出个子丑寅卯。那就听我说，说白了，婚姻就是个阴谋，男人骗女人上贼船，让你给他洗衣做饭生孩子，把你变成没人要的黄脸婆，免费保姆伺候他一辈子，合情合理地糟践你。

如瑾笑，听着怪瘆人的。

车大姐说，瘆人？后面还有更瘆人的，要是这条船上哪天再多上几个女人，你咋办？就不说多几个了，多出一个你也受不了，男人的花花肠子有几根，你数过吗？傻妹子。

如瑾听得不安，说，我才结婚，我……

车大姐脸色阴郁地说，想弄清男人有多少花花肠子，你就得长一百个、一千个心眼，不想自己吃亏，就得时刻提防他们犯事。

犯事？

嗯，男人应酬多，常在河边走难免不湿鞋，不上河边走也不可能，你只有去河边盯着。趁浪头还没打过来，把他们拽上岸。

嗯？

他们过十二点不回家，那肯定是到别处踩场了，KTV、桑拿，还有别的见不得人的地方。

车大姐说，马千里超过十二点不回家，她就出去满街找，直到找到他，闹得他舒心不了，打马回家。

如瑾问，你这样不累吗？

车大姐说，累。没办法，为孩子，也为自己，万一那老蛤蟆在外面染上个啥病，传染我和孩子咋办？不能给他点火的机会，防患于未然啊！傻妹子！

如瑾说，谢端还行，在野外，没机会，也没土壤。

车大姐撇嘴说，会有的，只要是男人根上都带泥。她说，听马千里说，年底会调几个技术骨干回机关工作，其中可能有谢端。

谢端老实本分，希望能影响马千里，她说。

如瑾说，他就算调回来，也是个小科员，影响马主任？

车大姐说，他总能当个眼线使吧？我可在马千里跟前说了谢端不少好话啊。

如瑾想谢端能调回来也好，他不再颠沛流离，她也不用孤单寂寞。她说，如果谢端能调回来，有事姐你就吩咐。

车大姐笑，瞧你这机灵劲儿，别叫姐，到时候咱们就是战友，战友！要统一战线，共同对敌。光守株待兔不行，要扛枪上阵，冲进贼窝，杀他个片甲不留！每月我会把谢端实发工资多少，还有奖金、福利啥的都告诉你，把住经济命脉，三头六臂，先断了他手脚，防止他狗急跳墙。

车大姐说话那劲儿像极了抓耳挠腮的母猴子。如瑾听得心慌意乱。

乌鸦，为啥别人管她叫乌鸦？

如瑾似乎闻到了火药味，既然知道婚姻是战场，终究要两败俱伤，干吗还结婚呢？

如瑾私下问过谢端，照车大姐所说，马主任简直就是衣冠禽兽、下三滥，这样的人是咋混进革命队伍里的？

谢端正色道，她的话你也信？她嘴上就没个把门的，闲得没事干就好嚼舌根、添油加醋，当搅屎棍，唯恐天下不乱。要是你有啥事要昭告天下，就跟乌鸦说，还得加上句，这事你可别告诉别人。结果肯定不同凡响。亏你跟她黏糊了这些年，你也不想想，既然马主任那么罪大恶极，天理难容，她为啥不离婚，弃暗投明呢？要我说她就是极度的变态。怨妇变毒妇的节奏，她家的事情谁掺和谁倒霉，一个巴掌拍不响。你自个儿没脑子就别掰扯别人家的事！

如瑾想，也是，夫妻俩能有多少深仇大恨，搞得如此鸡飞狗跳震惊四座？

车大姐说，马千里酒风不好，每次喝完酒就回家闹腾，折腾完她，又折腾孩子，弄得鸡犬不宁。还说马千里脾气暴烈，经常借酒撒疯，她稍有顶撞，会招来他拳脚相加。说，自从她父亲去世后，马千里更加肆无忌惮。

没有我们车家，也没他马千里的今天，如今我爸不在了，他变着法子反攻倒算，他就是只大尾巴狼，我这是引狼入室，悔不当初。

如瑾没见车大姐身体发肤有何异样，倒是经常碰见她儿子马小帅鼻青脸肿去上学，车大姐哭诉说，看见了吧？他糟践我也罢了，这样对小帅，我跟他拼命的心都有！

谢端说，子不教父之过，那孩子手贱，偷家里的钱，从小不学好，换了我也得狠揍！

小帅家教不好，如瑾知道，她和谢端新婚不久，小帅来她家玩，提个棍棒，在沙发上边跳边抽，嘴里叫唤，青青的草，红红的花，我唱歌儿骑大马。如瑾阻止。他抄起木棍指着如瑾虎着脸喊，什么马？大马。什么大？天大。什么大？如瑾说，你不是说天大吗？

什么大？小帅又问，如瑾摇头。

笨死了，我最大，知道不？！小帅笑。

为啥？

因为我叫马小帅，我爸说象棋里车比马大，一个车顶两个马，帅是老大，是霸王！

你爸没告诉你吗？帅再大也没啥用，还不是照样被卒吃。

我说最大就最大，你敢跟我顶嘴，我，我抽你！

马小帅举起棍棒在如瑾眼前晃悠。

如瑾忍无可忍呵斥，下来，一边玩儿去。

小帅不惧不怵，冲如瑾嚷，我就不，你不让我在这儿玩，我就告诉我爸，让我爸把谢端叔叔调野外当合同工，累死他，让你心疼一辈子！

虽说童言无忌，但句句话不忘仗势欺人，令如瑾目瞪口呆。

谢端听了，冲过来，一把揪起小帅，倒提着往门外扔，马小帅吓得抱住谢端腿就是不松手，哭号，妈妈呀，快来呀！

车大姐闻声赶来，见状，气得浑身直哆嗦，又不好指责谢端，上去甩了小帅几个巴掌，没轻重的兔崽子，咱家没沙发吗？你跑别人家跳！跳坏谁赔？放着家里真皮沙发不跳，跳人家布沙发，没眼力见！

如瑾连忙说，没事，小孩子调皮。

车大姐停下手说，那倒是，这孩子虽淘气，可心眼儿好。你对他好，他就对你好。你不待见他，他还不搭理你呢。小帅，回家，要玩出去玩，跳沙发？你真没地儿玩了！

谢端私下说，三岁看大，七岁看老，车大姐教子无方，恶果还在后头呢。

如瑾跟马千里接触不多，除了几次饭局。起初看言谈举止，马千里倒也爽快，每次见他，如瑾礼貌地称呼他，马主任。那会儿马千里还是马主任。马千里听了则笑着摆手，叫马哥，老马哥，哈哈！

后来几次发现马千里酒后是话痨，几杯酒下肚就开始以老大自居，无处不抬高自己，贬低别人，时不时地炫耀下自己的功德，令人反感的是，他好痛说家史，从头至尾，没完没了，还不让人离席，越说越亢奋，话题无外乎是他如何奋发图强、卧薪尝胆，出类拔萃、德才兼备、最后威望素著、功德无量的。言外之意跟着大哥就对了。直到酒店打烊，他还意犹未尽，咱挪地儿继续说！下一站可能是棋牌室，或者是他家。不顾看客们两眼发直、哈欠连天，反正今晚必须把话说完，话不说完是万万不行的。呵呵，闲话不表，书归正传，各位看官，请了，请了。

马千里好热闹，逢年过节，会招呼单位上上下下同事到家里小聚一番，车大姐嫌人多麻烦，总免不了抱怨，可最后还是随了马千里的心思。

比起车大姐人前人后数落马千里的不是，马千里倒是大度，人前直夸车大姐利索、能干、识大体。车大姐说马千里天天应酬夜不归宿，恐其有二心，追踪逼问未果，有次去酒店大闹，当着众人掀翻桌子，马千里并不动怒，反而说是自己不好，为工作疏于照顾家，应该回去好好检讨。

隔天，车大姐找人哭诉，说昨晚马千里兽性大发，家里的窗玻璃又被他砸碎了，还要把她扔下楼，她哭号，有天她莫名其妙地没了，准是马千里干的。

每隔一段时间，都会有送货员往他家搬东西，电器、家具什么都有，旧的去，新的来，迎来送往。明眼人一看就知道，老马家又闹腾了，收破烂的老头头前从他家收了个八成新的茶几，说茶几面板两了，这回收的还是茶几，全新、红木的，坏的还是面板，你说寸不寸?

两口子一阴一阳，拆东墙补西墙，这边落井下石，那边风云再起，公说公有理婆说婆有理，这方唱罢那方登场，好不热闹。

对这对奇葩的夫妻，如瑾无甚好感，处里职工说马千里长着一张阴阳脸，对待上级跟哈巴狗一样，对待下级就像比特犬似的。也没人同情车大姐，都说这夫妻俩是雌雄合体，谁打谁都是在打自家的脸，左右搏击擒来擒去什么也没逮着，纯属闲得蛋疼，隔靴搔痒，给大伙儿制造谈资、笑柄。

尽管车大姐四处喊冤，但马千里照样一马平川、春风得意马蹄疾，从科员到科长到时下的马处长不过十来年的工夫，无人能撼动他这匹金戈铁马。

谢端同学，处党办主任薛恍说，夫妻俩吵架正常，乌鸦那样闹腾没实质意义，既没说明马千里有任何违纪问题，也够不上他道德败坏，这也算她的聪明之处，那她想说明什么呢？她那是撒娇呢，尽管有点过火，这叫雷震式撒娇，怨妇嘛，想表达对丈夫的不满，必须也是怨妇式的，她是说，我寂寞，没人陪，你不陪我，就是你的错，你不陪我让我寂寞到老到死，就是犯罪，是罪孽！再说明白点，就是我爱你，离开你我怎么活?!女人都有做怨妇的潜质，就像你渴望表达，没准你能成为作家，你不断控诉，没准能成为人权斗士，你寂寞难耐，又没出轨的机会。那么那个喋喋不休的怨妇就是你了。有因必有果，只要不伤及无辜，管他们闹个天翻地覆呢。作为看客，隔岸观火，乐和乐和得了，说不定人家越闹感情越黏糊，黏一块儿，更不分彼此了。

谢端如期调了回来。

车大姐和如瑾那条统一战线到底也没建立起来，如瑾性格使然，身子又单薄，要她跟着车大姐冲锋陷阵也实在难为她，打瓶酱油还行，要她扔个手榴弹，自己遭殃不算，兴许连车大姐都会被炸得血肉横飞。车大姐三番四次要如瑾陪她去马千里他们应酬现场搅局，如瑾总推说有事敷衍了事。气得车大姐直骂，熊样儿，又不是叫你打擂台，有我在，你怕啥?!

如瑾心说，我又不是杨排风，你也不是穆桂英。乌鸦，切!

如瑾背地改口叫车大姐乌鸦。这样也好，简单、贴切，乌鸦!

乌鸦为此心怀不满，如瑾曾听人说，乌鸦说，谢端那么聪明的小伙儿怎么找了个木头疙瘩媳妇儿，傻呆呆，干巴巴的，一点儿嚼头没有。还背地里说，看如瑾胯窄胸平一定不会生养。

等如瑾怀了孕，车大姐又说，要孩子等于搭上女人半条命，傻！等着瞧，苦日子还在后头!

乌鸦眼中似乎只有她儿子马小帅，其他人都不是好人。

如瑾心说，眼光浅薄点儿对乌鸦这样的怨妇也好，不然多大的地儿都能被她折腾得乌烟瘴气。

可她不折腾又怎么活？有些女人生就怨妇的形态和资质，与之匹配的男人，要么掐断她的根脉，令其重生，要么助长她的气焰，任其突变成凶煞十足的悍妇，指着男人鼻子吼，你丫一天不死，老娘就折腾一天，你丫要死也得死在老娘手上，死了也让你丫鬼都做不成，乖乖滚回来看老娘，老娘不折腾死你!

谢端说老马也不容易，其实车局长去世时，老马还是个科员，车家对他帮助并不多，后来的升迁全靠老马自己，相反车远道弟弟的工作还是老马出面解决的。女人好强应该有资本，啥都没有，还争强好胜，那就是不自量力，神经错乱。

乌鸦继续做孤胆英雄，如瑾想对她敬而远之已不再可能，乌鸦说，谢端和马千里如今是一根绳上的蚂蚱。如瑾觉得乌鸦高看谢端了，连谢端自己都说马千里目中无人，他怎么容忍谢端跟他并驾齐驱呢？谢端自嘲说，自己如草芥，马千里眼皮底下草木葱茏，根本顾不上瞅他一眼。

人在屋檐下。只要井水不犯河水就行，如瑾想。

每次有应酬，只要谢端跟马千里同往，乌鸦就会给如瑾打电话，告诉她谢端他们应酬的去处。提醒她12点以前，一定要给谢端打电话，催他回家。如果手机关机，他们准是去了不该去的地方。

如瑾刚怀孕，妊娠反应强烈，没心思计较这些。就算谢端不按点回家，她也懒得追究。

乌鸦说，没有不偷腥的猫，何况你在孕期，你不盯守，早晚失守。

如瑾怀孕五个月，谢端去异地出差。

有天乌鸦来电话让如瑾去她家，那会儿两家还住楼上楼下。

乌鸦神秘兮兮地问谢端昨晚是不是喝多了？

如瑾说，好像是，他昨晚来电话时，听声有点儿喝大了。

乌鸦笑，有件事不知当讲不当讲？

没事，说吧。

那我说了，你可别伤心。

嗯。

我听老马说，谢端昨晚请甲方吃饭，喝多了。后来又去了哪儿，我也没听清，只说，因为那儿全市扫黄，没去成。听明白了吗？

嗯？

你傻啊！就是说他们原本要去那种地方，结果因为扫黄没去成。说明白点儿，谢端有贼胆了，兴许以前就有，你没发现，又兴许贼心贼胆全有了，就差做贼了，再兴许都做贼了，你还不知道。

如瑾面红耳赤，故作镇定说，回头我打电话问他。

乌鸦安慰她，我也是瞎猜，你别当真。好在没去成，也别跟他计较，现在知道了吧？男人没几个好东西，你打电话问他可以，可千万别告诉他，这话是我跟你说的啊。

如瑾打电话问谢端昨晚的事，谢端说，喝多了，回酒店就睡了，哪儿也没去。

如瑾把乌鸦的话重复说给他听，她哭泣说，你对得起我吗？

谢端说，无中生有，我知道是谁告诉你这些，昨晚我只打过一个电话，给老马的。乌鸦又兴风作浪了。你怀孕哭坏了身子，最高兴的是谁？你想想我是那种人吗？

如瑾哽咽说，谁知道呢？

谢端怒气冲冲说，你中毒了，乌鸦是怨妇，你也是。

我就是，我有毒，你就不怕我毒死你？

死了倒干净了，就怕天天被你这样折磨，生不如死。

她心痛，若她骨子里真有毒，那倒好了。至少可以以毒攻毒，不再受制于人。

都是为了你。她号啕。

我说十句你都不信，别人说一句你就信以为真，这说明啥？我是你丈夫啊，你里外不分。

丈夫？你还知道你是我丈夫啊，你让我受尽委屈、寂寞。

没人让你忍受，你偏听偏信，没主见，咎由自取！

谢端挂断电话。

如瑾凄楚地想，自己何其可怜。谢端不体恤她，她也摸不透谢端的心思，距离让他们之间产生巨大沟壑，沟壑用什么来填塞？各种怨气不满悲愤追悔暗涌起伏。

怨妇有毒？

没有天生的怨妇，上天造就男人和女人，男人造就怨妇，怨妇有毒，女人在暗处刮骨疗毒，疼啊疼！

回家。谢端问丝巾，乌鸦收下了？

嗯，说是摊儿货。如瑾说。

咋这样说呢？一条一百五还算摊儿货？她眼真高。

你就抠门儿吧！一百五在乌鸦眼里可不是摊儿货吗？人一顶貂皮帽子就千把块。

我就说拿不出手吧，你还非要去。谢端沮丧地说。

是我想去？我就那么死皮赖脸吗？如瑾没好气地说。

那，那事她怎么说？

没说。

为啥？

我没问，她也没说，看样子她情绪不高，好像她又跟老马闹腾啥了。

哦。

我就不明白，她到底想要啥，处长楼住着，锦衣玉食的，还闹腾啥？如瑾说。

你又不是不知道，换了你闹得更凶。

谢端话里的意思，如瑾清楚。两年前，老马跟财务科的出纳小吴搞过婚外恋，被乌鸦捉奸在床。那回乌鸦动了真格的，打得小吴没处躲，还跑去局纪委申诉，正赶上局里机关重组，局领导人人自危，顾不上为她申冤，除了劝解几句，敷衍了事。并且都以为乌鸦小题大做，无理取闹，乌鸦的坏名声起了反作用。老马对外称，他老婆有躁郁症，躁狂发作，说话漫无边际。众人对老马深表同情，老马，不容易啊，这些年你是怎么熬过来的？

还是老马识途，当即悬崖勒马，跟小吴划清界限，小吴迅速被调离。对内，老马跪在乌鸦面前声泪俱下忏悔说自己马瘦毛长，马不知脸长，活该落得个人仰马翻的下场，求其原谅，并保证洗心革面，唯老婆大人马首是瞻。最终老马化险为夷。虽说因为此事暂时不能提副局，但总算留得青山在。他说自己没啥野心，处里上千号人要他管就够操心的，再多他就心有余而力不足了。

乌鸦没原谅他，但也不肯离婚。

乌鸦说是为了儿子，后来乌鸦跟如瑾说，她每月就那么点儿工资，现在的孩子好攀比，要求高，她一个人养不起小帅。女人经济不独立，就得咬牙忍着。女人结婚，既失身又失自由，再被孩子、男人两座山头压着，迟早得失了血气，没了血气得用财气来补，财大才气粗，满身铜臭总比空有节操气竭喉长强。

没别的辙儿？

两条路，离婚苦熬，不离也是苦熬。既然都要苦熬，为啥苦我一人呢？死也要找个垫背的！别站着说话不腰疼，总有一天你也会跟我似的，不信，走着瞧！

如果你突然暴富呢？

那还用说，老娘早就把老蛤蟆扫地出门了，不，没那么容易，要先打折他蛤蟆腿，扒他的皮，撕他的肉，拆他的骨，五马分尸了他，以解老娘这半辈子心头之恨。

你不是把持着家里经济命脉吗？如瑾问。

都是共同财产，要是真离婚了，一劈两半，老娘苦守半辈子的江山，一夜之间还不知跑哪个小蹄子名下呢？凭啥让别人坐享其成，为了这个，我也得忍，忍！

乌鸦背着老马到处投资，转移财产，银行，信贷，房产，金店，到处都有她的手印，身子印，她悄悄对木如瑾说，存款一定分散，就算离婚，上法庭，也叫老蛤蟆取证都难。

老蛤蟆狡兔三窟，我非凿个千佛洞，也让他找不到北。

原来吵完闹完，还能听见乌鸦呱呱叫几声，而今整个人完全暗淡下去，笼罩在阴郁里，羽毛掉光，邪气没了，再也聒噪不起来了。好结盟的毛病没变，言语间动不动就把谁谁拽进她的阵线。我们被那帮龟孙欺负，就是因为太善良了。

这话大可以这样翻译：我没法不善良，因为我不自主，无能为力。

乌鸦约如瑾逛街，疯狂地选购皮草、首饰，买来很少见她穿戴，她说搁那儿，看着都安稳踏实。

她伸出两根手指说，我又买了两公斤金子。

如瑾觉得，乌鸦也像蝉，马千里是她寄居的那棵大树。她习惯了吸吮这棵树的汁液，换别的树未必适合她的口味，再说她早过了身轻如燕的年纪，用她的话说，老娘飞不动了，吊这棵树上，混吃等死，咋地？

乌鸦的举止言行招来不少猜疑：暴富，还是财产来源不明？

薛恍说，怨妇快变毒妇了，纸包不住火，老马家有好戏瞧了。

老马约薛恍、谢端夫妻几个去他家。

酒过三巡，他指着脚上的袜子给大伙儿看，瞧瞧，这袜子补过两回了，这回又破洞了，还得补，这些年我都是这样缝缝补补过的，我敢说，处里干部没几个像老哥我这样清廉的。

乌鸦在一旁抱屈喊冤，屁话缭绕！你咋不说，我一套内衣穿十年呢？跟你就没过过一天好日子，穷酸相的！

衣架上的皮草不见了。

两口子口径一致。出人意料。

薛恍事后说，这不是此地无银三百两吗？老马糊涂！

为了升迁的事，谢端一筹莫展、如坐针毡。头几天他说局里基本定了，而后几天他又说变化比计划快，如瑾问他胜算的机会有多少？他说没数。

下班，他拒绝应酬，闭门不出。人日渐消瘦。除了抽烟，就是唉声叹气。

如瑾问他什么，他摇头说，可能要功亏一篑了，武艺调回来了。

武艺是他大学校友，比他低一届，却年长他两岁。武艺比谢端晚来处里一年，业务比谢端差，但善于处理人际关系，左右逢源，深得上级器重，没几年就升任项目经理，这些年他在基层工作的经验为他加分不少。这回提副处，武艺是半路杀出的程咬金。用谢端的话说，龟兔赛跑，自己当自己是兔子了，以为武艺还在爬啊爬，谁成想，眨眼工夫，人家已爬到他前面了。

武艺的老婆又甚是精明，据说她跟局里人事处处长的夫人是表姐妹。

我怎么能落武艺后面？当年在学校他是出名的混子，如今竟跟我相提并论，什么世道?！谢端叹气。

如瑾说，我想上级自会心中有数，结果还没出来，你犯得着杞人忧天吗？

你一介女流，懂什么？其中的门道跟你说了也白说。

如瑾说，不行，我再去找乌鸦问问。

没用。老马虽说是正处，可提副处还得局领导说了算。

难道你忘了处里有推荐权？

谢端不吱声，继续抽烟叹气。

如瑾约乌鸦逛街。

乌鸦要买首饰，挑来选去，没见中意的，乌鸦说，这些个玩意没一件像样的。

她瞥瞥如瑾手上的玉镯说，黄金有价玉无价，玉还是老的好。我那玉镯子要是没碎多好！

如瑾手上的玉镯是结婚时她父亲给她的，说是她外婆传下来的，还说如瑾这只玉镯带糖色，金桔那只略带粉色，叫花开富贵。你这只玉镯原来叫丹凤朝阳来着，心慧嫌不好听，非说那糖色的纹理像只蝉，我说就叫金蝉脱壳吧，她说不好，我问那叫啥好呢？她思忖说，玲珑望月。我问这跟蝉好像没啥关系啊？

她笑，那蝉叫玲珑。

父亲端详玉镯的神情充满柔情，心慧？蝉？

玉有灵性，养人，好生戴着保平安。父亲说。

如瑾思前想后说，姐，你要是喜欢这玉镯，就拿去好了。

乌鸦嘎嘎笑，真的吗？你家祖传的宝贝，给了我你不心疼？

如瑾取下手镯说，又不是啥稀罕物件，我平常不喜欢戴首饰，姐是爱玉之人，人说好马配好鞍，好汉靠金砖，姐，你收着，我也放心。

乌鸦喜出望外，忙不迭接过玉镯，仔细端详：看着倒是又干净，又通透，是籽料吧？嗯？我看不假，咯咯！

回去的路上，如瑾跟乌鸦提起谢端提副处的事情，乌鸦说，听老马说武艺为人狡猾，不可靠，他们要是真成了上下级，很多事会横生枝节。

这事包姐身上，老马说了，处里有推荐权，他会向局领导力荐谢端，还说谢端老实可靠，没啥坏心眼，谁挤兑谢端就是跟我老马为敌。乌鸦说。

如瑾赔笑，我在处里没啥亲朋好友，这些年我把你当姐，姐，你费心了。

傻妹子，一家人不说两家话，你等着瞧好事吧！

如瑾心上的石头一半落地。欠他的，总算要还上了。唉！

第十六章/人间四月天

1

冬去春又来，人间四月天。

天暮说，山上寺里的玉兰花开了。

如瑾叹息，我这儿前几天还下雪来着，不知道春天多会儿才到呢。

她没见过玉兰花，小时候家里五斗柜上摆过一个灰蓝色的花瓶，花瓶里插着几枝灰扑扑的塑料花，其中稍微白净点的，大朵开的，就是玉兰花。她妈嫌玉兰花招灰不耐脏，索性换了几枝红色的绢花，把玉兰花丢给她说用水洗洗，拿去玩。

她把那枝塑料花泡在肥皂水里，隔天捞出来再瞧，花瓣还是灰扑扑的。金桔说玉兰花像死人脸，龇牙咧嘴的，真难看。

塑料玉兰花瓣上挂着露水，当然也是假的，摸着疙里疙瘩的，她反驳说，好像你见过死人似的？好像你见过真的玉兰花似的！

绰约新妆玉有辉，素娥千队雪成围，天暮说，妞儿，来我这儿，我们一起去看玉兰花。

她婉拒说，忙。

天暮说，玉兰花可以吃，而且很好吃。馋了吧？

如瑾笑，好看的东西有毒，吃了，你也不怕中毒。

天暮笑，玉兰花养眼又养生，知道辛夷吗？就是玉兰花的花蕾。

辛夷是中药，她好像听说过。

来吧！看看玉兰花，也顺便看看我。

如瑾被天暮逗笑，似乎闻到玉兰花的清香，看见天暮一脸孩子气地笑。

她说，就算去了，玉兰花也开过了。

天暮没应声，似乎没听她说话。等一下，电话别挂。他说。

电话里吱吱啦啦地响，脚步声、喘息声，她突然听见一个奶声奶气的声音，妈妈呢？

声音越来越清晰。天暮在一旁说，妈妈在这儿，雪花儿，来，叫声妈妈。

妈妈。如瑾吓了一跳，小女孩在电话里叫她妈妈。

如瑾不知所措答，嗯？

这不是我妈妈，妈妈呢？小女孩说完倏地跑开了。

为什么这样？如瑾问天暮。

天暮说，我想和你在一起。

在一起？如瑾问得飘忽。他闺女那么小，再小的孩子也要妈妈疼。小答也刚八岁。

在一起？说起来容易，做起来那么难。

如瑾岔开话，说，闺女快三岁了吧？

天暮说，嗯，听出来了吧，小嘴多伶俐。

如瑾说，是啊，真没想到，都那么大了。

天暮打断她说，我要跟你在一起，我等不及了，妞儿。

她呢？如瑾迟疑一下问，是的，他前妻。

我管不了她，我只要跟你在一起，跟你，听见吗？妞儿！天暮说。

我们都有孩子，孩子离不开妈。如瑾说。

我申明我跟她早离了，我是自由的。

可我不自由，我还没离婚，就跟你在一起？如瑾说着越发惶恐。

你可以离婚，现在，马上，立刻！

天暮咆哮。如瑾发呆。

发生了什么？

天暮喊，不管发生了什么，我只要跟你在一起就行了。

爸爸，我要喝天堂水，妈妈说，我病了要多喝天堂水。

小女孩跑过来说。

等一会儿，宝贝，爸爸在打电话。

是跟妈妈打电话吗？

嗯。

不是的，电话里没有妈妈。不是妈妈。

是妈妈，现在爸爸是在跟妈妈说话呢，宝贝，别吵。

那你跟妈妈说，小雪花听话，喝好多天堂水，让她赶快回家，我想妈妈了。

如瑾对天暮说，先给孩子喝水吧，有事等会儿再说吧。

挂掉电话，她感觉心被锋芒刺痛，那锋芒来自天暮的女儿小雪花，那个柔软稚嫩的声音极具杀伤力，她碰触到他的生活，瞬间被它挡了回来。

天暮再来电话时，声音低哑疲惫。他说，韩霜走了。

韩霜？他前妻。

天暮说，韩霜最近迷上了传销，一心想发家致富，整天跟一帮五迷三道的人在外面瞎折腾，连孩子也不管了，满脑子都是如何推销产品、发展下线、提高业绩拿更多的提成。每月她花很多钱购入产品，除了销售给别人，自己还服用，你若说没经过医学检测的产品，吃多了别有什么副作用，她反倒蛊惑说，我们这是高科技，基因产品，你懂吗？是灵丹妙药，老少咸宜，能起死回生，不信你试试？吃死了有公司，吃坏了我伺候你。我怎么劝说都不行，前几天，她说要跟人合伙成立工作室，问我要钱，我没答应，她翻脸离家出走，说男人全都靠不住，凡事还得靠自己。最可恨的是，她还给小雪花服用她的产品，说能提高孩子免疫力。孩子生病，她不给孩子吃药，而是服用他们的保健品，说是可以排毒、助消化，包治百病。孩子这几天发烧，吵着喝天堂水，天堂水是她们公司的保健饮品，我问过医生，说这种饮品不适合孩子饮用，喝了会上火。

那保健品你吃了吗？如瑾问。

吃过。

为啥？

不吃她会闹。

如瑾听天暮宣泄，心里五味杂陈。韩霜的冷冽，天暮的温情与恨意，他们不只藕断丝连、拖泥带水、他们失去名分，却难舍难分。一切没那么简单。

你不知道她有多顽固、多执着、多，多，糊涂，简直就是个疯子！天暮说。

被洗脑是那样的。如瑾说。

她以前不是这样的。天暮说。

那是怎样？

以前她是有点任性，但热情、天真、爱幻想，反正不是现在这样。天暮说。

被生活掏空的女人，现在需要新生活填充。如瑾想，天暮所谓的以前的韩霜是多久以前的韩霜，现在又是多久之后的现在，天暮对以前的韩霜不乏依恋，对现在的韩霜又充满恨意，剪不断理还乱，而他当她木如瑾是什么？备胎，还是打发寂寞的傀儡？她当他又是何物？香烛、美酒，抑或重获新生的救命稻草？

她当自己是孤岛，当他是星火，而这盏星火却摇曳不定，令她惶惑不安。

孩子睡了吗？如瑾问。

嗯。

沉默一会儿，如瑾说，她会回来的，别担心。

有什么可担心的，由她去。天暮说。

如瑾笑。

来我这儿吧，天暮说。

如瑾说不去了，春天那么短。

天暮说，不短啊，到五月才立夏。

如瑾清清嗓子说，我这儿天气无常，别看今天还下雪，说不定明一早就立夏了。

神了。天暮笑。

如瑾说，是啊，就像有人活着，突然就死了，有人死了，突然死而复生了。

妞儿，你神道了？

我睡了。

如瑾忘了说晚安，挂掉电话，她手颤抖，眼前模糊一片。

泪水滚落。雪停了，又开始下雨了，这雨夹雪的天气。

2

春节后，谢端提副处，得偿所愿。同时得到提拔的还有武艺，他和谢端平级，也算皆大欢喜。

谢端对如瑾饱含歉疚说，回头，我再买个更好的玉镯给你。

如瑾摇头，不用，工作上自己当心就行。她本想说，这是最后一次帮你，以后你好自为之。

可看到谢端愧疚的表情，话到嘴边咽了下去，她生就不是绝情之人。

答谢宴上，乌鸦拿谢端开涮，说男人人生三大幸事，升官发财死老婆，你现在差两步就齐了，兴奋不？

谢端说，这回提副处全仰仗老马哥和嫂子帮忙，我是沾了你俩的贵气，至于发财，我可没那运气，死老婆？哪敢想啊？嫂子，不信，你问问老马哥，他敢吗？

谢端春风满面，话语间多了底气。

如瑾想谢端是人逢喜事精神爽，她呢？恐怕是屋漏偏逢连阴雨。

谢端应酬越来越多，家也越来越空落。

谢端说再忙都是为这个家。三年来，他们搬了新房，买了车，处里的新楼也即将竣工，还能分他们一套。谢端说人就得往高处走，会当凌绝顶，一览众山小，一点儿不错。

乌鸦问如瑾谢端变样没？如瑾说还那样，闷葫芦终归变不了冲天炮。

脾气呢？如瑾想说见涨，可想想还是说，还那样。乌鸦多事，如瑾不想小题大做。

是我看走眼，还是他深藏不露、道貌岸然？乌鸦疑惑。

如瑾笑，不晓得。

乌鸦说，罢了，我没工夫猜度这帮坏蹄子，瑾儿，出来，陪姐血拼去！

乌鸦只要一提血拼，如瑾就知道乌鸦家又闹腾了，用乌鸦的话说，许是我上辈子欠他们的，家里一老一少两个蹄子，老的才消停，小的又撺将起来，惹是生非，我这日子多会儿才是个头啊?!

乌鸦的儿子马小帅这些年早恋、斗殴、辍学，没个正形，令乌鸦再度焦头烂额。

作孽啊！我如今落得五鬼缠身，想破都破不了。

子不教父之过，他爹呢？

指望他？还不知在哪个妖精洞里逍遥呢。就算管，他丫不是屁话缭绕，就是一根棍棒打到底，小帅不经打，打坏了，老了我指望谁去？

如瑾不愿多言，忠言逆耳。小帅这孩子也算她看着长大的，旁人捧杀、乌鸦宠溺，迟早结出恶果。

乌鸦自有一番道理，小帅小学没毕业就学抽烟，她非但不管教，反而买烟给他，说与其让他暗里抽，不如让她看在明处，说抽烟总比吸毒强，小帅早恋，她说早知道早体会，长经验，不会走她无知无畏的老路，小帅打架，她说，别人先动手，你不还手，下次别人还欺负你，必须一次把他们打得落花流水，下次看谁敢动咱！

如瑾对乌鸦歪理邪说不以为然，但表面上不置可否，老马现在升副局了，有些话不说也罢。再说丢车保帅，她没那么愚蠢。

乌鸦说，她看娱乐八卦，某名媛中年得子，喜滋滋地跟媒体说她命好，终于有两个男人疼她宠她了。

呸！我看着就恶心，装啥13呢？背地里还不知怎样跟人当牛做马呢？贱命一条还往脸上贴金，骗谁？贱人！

乌鸦叽叽呱呱地泄愤，如瑾说没人疼就自己心疼自己呗。

乌鸦笑，还真是呢。不光要心疼自己，还得让老蛤蟆心疼，他不是心疼钱吗？我今儿就雪花银子大把大把砸出去给他看，听响儿，他不心疼死才怪！

按乌鸦的说法，爱就是个屁，放完就没了，钱可是万能的，能保平安，也能解怨气。

如瑾怎么看乌鸦都像只无头苍蝇，嘤嘤嗡嗡，瞎碰瞎撞的没有地儿可落脚。

自己像啥呢？如瑾自问。

蝉？她没有那么清高，就算清高也是在以前。

乌鸦还能飞，而她，还没蜕掉壳，翅膀呀光亮呀，还都子虚乌有。现在她就是个不伦不类的怪物！

天暮每天都会给她打电话，有时一天几个，她拒接，她想等他那股热乎劲儿过去，自然会冷却，会淡忘。

他们身上都有各自生活的烙印，旧的抹不去，新的接踵而来。疼，层叠相加，时间久了，麻木了，也就顾不得问寂寞何物了。

天暮会说，因为寂寞相爱也是爱，每个人都有孤独寂寞的时候，只有寂寞时才能听清彼此的心跳。

她怎么说？她会说，那么远，我，感觉不到你的心跳，你的寂寞。感觉不到你，还能爱吗？

不如去做梦，梦见寂寞，梦见他。梦醒，一切成空。

梦是黑白的，下着雪，有个女人从雪里长出来，手里抱着个襁褓冲她诡笑，他欠我的，还没还干净，又欠了你的，怎么还？还有小雪花，这么多债，你让他怎么还？他的痴就那么点儿，用完了，怎么办？我跟你赌，等雪停了，他就会回来，我跟小雪花等着呢！

女人剥开襁褓，婴儿脸露出来，白得刺眼。

我拴的线还在他手上呢，他又能飞多远？男人玩累了，自然要回家。他有亲情，怎能放得下？无名无分又怎样？骨血融在一起，谁能分得清谁是谁？

你早该知道宿命难违，人生不过尔尔。

看不清女人的脸，雪铺天盖地，女人身影轻薄，如雪片，被风卷起，飘落，消失不见。

人生不过尔尔。如瑾醒来，嘴里默念这句，脸冰凉，心头苦楚。

他们都在围城之内，有形无形，真真假假地活着，惶恐、唐突地相爱，踌躇困惑，超出道德范畴，彼此无法承诺，那又怎样走下去？

纸包不住火。有八卦说，某少妇出轨十四年，最终还是东窗事发，家破人亡。

天暮在网上留言，你怎么这样狠心？如瑾想说，你就当我死了。迟疑一下，她回，保重。

天暮说，你没资格对我说保重。

为什么？

因为我们永远不会分开。

嗯，都没在一起怎么分开？

别折磨我，妞儿，给我时间，我会证明没什么能阻止我们在一起。

无须时间证明，我能预知将来。

什么将来？

我们不会有将来。

你不是女巫，就算是，在爱面前，巫术也会失灵，我爱你，爱你！

她能感觉他敲键盘的力度，脸绷得紧紧，眼睛直勾勾地盯着屏幕，他在等她。

她停下，努力回忆那个梦，女人、婴儿，雪。脑子里空白一片。

答应我，妞儿，给我时间，我会处理好一切，等我，好吗？

她心里飘起雪，记起他念，假如我是一朵雪花，翩翩地在半空里潇洒，我一定认清我的方向飞扬，飞扬，飞扬，这地面上有我的方向。

浮光掠影。他是那一刹那的光亮。

她轻声说，好。

3

还要等多久?

如瑾不会这样问，她纠结，如果天暮的执着与狂热到顶点，执意要跟她在一起，她该怎么办?

在围城里待久了，习惯了城内风光，无论它背后如何残破陈旧寂寥，难免留下爱恨、纠葛以及印迹，就算她可以冲破牵绊跟他走，但到了城外就真能柳暗花明了吗?若不离开，还是一成不变，得过且过，生活一潭死水，虽危机四伏，可也掀不起惊天巨浪，她能轻易地预见未来，平静枯燥地活着，哪怕内心孤独痛楚，表面倒也风平浪静。她经不起太多风浪，因为她感觉自己老了。

天暮每天都会告诉她事情的进度，头一句话，别急，用不了太久，我们就能在一起了。

如瑾越发不安。她提醒天暮考虑清楚，别太着急，不行，维持现状也好。

天暮质问:维持现状?你是要我跟韩霜，还是跟你维持现状?

如瑾语塞。她到底要什么?在干吗?!她憎恨自己。

哪儿来回哪儿去吧。如瑾咬牙说。

然后呢?

就当什么也没发生?

然后呢?

我们还是朋友。

天暮大笑，妞儿，你还是舍不得我。

如瑾说怎么会?眼泪已在打转。

我不会再见你。如瑾吸鼻子说，掩饰她的伤感。

你说了不算。天暮叫嚣。

那你就看看吧，我数三声挂电话，一，二……

你说啥就是啥，我听你的，行了吧？天暮服软说。

如瑾抽泣，真的从此陌路了？十年生死两茫茫，他怎么不阻止她？

这辈子你都别想离开我！天暮突然说。

这是她要的那句话。

天暮说，韩霜回来，他跟她摊牌，搬出来，在外面租房住。

如瑾问韩霜的反应，天暮说，当初离婚是她要离的。他净身出户，她能说什么？

这是好的开始。我自由了。天暮说。

如瑾不安，他们原本可以维持现状，或许还有回转的余地。她起了反作用，令他们彻底解体。

我跟韩霜离婚，跟你没关系，不是你拆散了我们。天暮打断她的思路说。他对她明察秋毫。

等我安定下来，就来接你？

啊？如瑾心想这么快？

妞儿，你逃不开的，认命吧！天暮语气坚定，不容分说。

如瑾左右为难，天暮说过他不会逼她离婚，个中意思，她明白，谁也不想背负骂名，他似乎在暗示她，你们离婚与我无关，她是那枚被风吹落的果子，他恰巧路过捡到了她。他是无辜的。

道貌岸然！她心说，可并不想揭穿他。到如此地步，她没资格指责任何人，她感到混沌杂乱，什么时候才能舒坦释然？

她不要谢端给家用，拒绝跟他亲热，谢端纳闷，你这是要另起炉灶？

如瑾有苦难言，瞬间变动，让她变成了一个罪人，她逼迫自己赎罪，不论过去谢端如何不是，他至少没做什么苟且之事，是她对不起他。

苟且？她又觉得这样形容她和天暮有些过分，相爱有错吗？爱情与道德无关，想到天暮的话，她心里松快了些。

一定要修成正果，一定。她不断对自己说。

一切都有时限，她越是等待越是焦灼，越是提心吊胆，喜怒无常。

那天，小答考试没考好，如瑾打了他，这是她头回动手打小答，小答边哭边用受惊的眼神看她，以前这种眼神表现在谢端的拳头之下。小答哭个没完，她让小答住嘴，小答痉挛一下，喉咙咕隆咕隆响，脸憋得通红，倒吸口气，还是止不住，哭声断断续续，压抑、惊恐、无助。

死孩子，你号丧啊！她吼。

小答抽噎说，不许叫我死孩子。

她嚷，我就叫了，死孩子！

小答泣不成声，你咒我死，好，明天你就见不着我了。

她发狠说，要死现在就去死，死了我还省心呢！

谢端看不下去，说，他又不是头回没考好，你过去不打，现在下狠手，就能把他打有出息了吗？

谢端安慰小答，这回不行，下次努力，别死啊死的，你才多大啊？天地之下不言生死，咱大老爷们要拿得起放得下。

小答哭诉说，我在三维世界活腻了，我要去二次元世界看看。

谢端笑，啥叫二次元世界啊？你别像你妈那样神道！

如瑾吼，我这叫新账老账一起算！我管孩子，你这时候出来唱红脸，安的啥心？

谢端搂住小答说，走，爸给你辅导功课去，看见没？你妈凶起来多吓人！像个疯婆子！

谢端带小答去书房，回头看一眼如瑾说，跟中了邪似的，更年期提前到了？

如瑾顿时泄气，想到小答的眼神，忍不住掉泪。

她这是怎么了?!

天暮说等他的事情了结，她再提离婚，谢端？这些年他们闹过几次离婚，都不了了之。有次还去了法院，可在填写离婚申请时，她先退缩了，表格中有一栏写着孩子的归属，那时小答不到两岁，想着小答就要成为单亲家庭的孩子，她实在下不了决心。

乌鸦劝她，谢端除了肉些，没啥大毛病，女人的底线是男人变心出轨，谢端没出轨说明他没变心，就算变，心率的波动范围也在每分钟60到100，任他也出不了啥幺蛾子。这点比马千里不知强多少倍，你也别太较真了。管住他下半身，还想要人家全部，你又不是他妈。再说就算是，儿大也不由娘，别太贪了，哦哦，我怎么觉得这关系挺乱啊？

谢端变没变心，如瑾不清楚，可他有心吗？

她心绪不宁，害怕谢端察觉分毫，又恨不得他一清二楚。

谢端照旧早出晚归，没事人似的吃喝玩乐，当她是影子。

那晚，谢端应酬回家，借酒劲儿说，如果哪天你要离婚，我也不拦着，但有个条件，小答得归我。

见她不吭声，谢端又说，那就说好了，我是他亲爹，孩子是自家的好，我就不相信天底下哪个后爹对他有我好，我绝对不会让我儿子受那样的委屈，绝对不行！

如瑾见不得谢端酒后滋事的样子，多说无益，索性起身回房。

谢端跟过来，敲门喊。

看我不顺眼，这日子就别过了，躲我？你可别忘了，一天不离，咱俩还是夫妻！你给我把门开开，开开！

谢端咣咣地砸门。如瑾躺在床上，牙关紧咬。

你开不开?！我，你信不信？我把门给卸了?！

你不怕吵醒小答，不怕楼上楼下听见，你就卸吧！

话从如瑾牙缝里蹦出来，有种你把我也卸了！

门外窸窸窣窣，如瑾听见柜门开合，金属撞击的声音，拖鞋吧嗒嗒扫过，门把手吱嘎了一下，她闭上眼，来了！

妈，你们在干吗啊？小答在对面屋喊。

好儿子，你咋醒了？你妈那屋的锁坏了，爸在修锁呢。谢端说。

咋那么吵啊？

是动静大了点儿，惊着我小儿子了，是爸的错，来，爸哄你睡觉。

这还是家吗？这就是她的生活?！如瑾躺着没挪窝，她浑身颤抖，吸吸鼻子，把泪水逼回去。

如果她屈从，日子还能这样稀里糊涂过下去，可谢端对她来说是噩梦、是鬼，太多的阴影加剧她的痛苦、愤怒，这种日子一天她都过不下去了。

隔天，如瑾对谢端说，咱们还是离婚吧。

谢端先是一愣，而后漫不经心地说，好好的，又找事。

如瑾固执说下去，离婚后，孩子归我。

为啥？

小答打小就是我带大的，你平时应酬多，没时间管孩子，对他成长不利。这些你比我清楚。

你还动真格的了?！谢端瞪着她说。

嗯，不说别的了，你同意就行，你看是走法院，还是签协议，上民政局？如瑾心平气和说。

你，有病是吧？到底咋地了，你要离婚？谢端抖索着点烟。

没啥，觉得过得不舒服，忍不下去了，这还不算理由吗？如瑾冷然说。

好，我知道你看我不顺眼，可我也没犯啥大错，你动不动拿离婚来吓唬我，是不是有点儿过分？谢端气恼说。

过分的是，我没法说服自己跟你再过下去。

我说过我是不会跟你离婚的，你多说没用。谢端扭头抽烟。

昨晚你说同意离婚。如瑾说。

我多会儿说过那样的混账话?！谢端喷口烟说。

你红口白牙说的，不认账，你还算是男人吗？如瑾咄咄逼人。

我那是说如果，如果，再说还有个大前提，小答归我，我不跟你在这瞎咧咧，你想离就自己离，我不奉陪。

谢端说罢，扭身出门。

如瑾气得直哆嗦，边翻箱倒柜找结婚证，边气哼哼地唠叨，你不答应，我也能离得了婚，你就等传票吧！

结婚证没找到，放哪儿了？明明放在书房写字台最下面的抽屉里的，还上了锁，竟然不翼而飞了。

如瑾气鼓鼓地找乌鸦，乌鸦听罢呱呱地笑，谢端学贼了？这恐怕是老马教他的，上回他俩闲聊，我听见老马跟他说，如果小木跟你闹离婚，你就跑，跑不了就先把结婚证藏起来，没结婚证离不成婚，到哪儿都不受理。

没别的办法了？如瑾问。

有啊，先补办结婚证再离婚，可是谢端不去你也拿他没辙儿。你这架势像是箭在弦上，急啥？吓唬吓唬他就得了，你还真要离啊？你不会是有外遇了吧？

乌鸦察言观色。如瑾不自在地说，非得要有外遇才离婚吗？

这可不是，先生蛋再孵出小鸡崽儿，一颗红心两手准备，才是聪明女人。乌鸦说。

啥鸡生蛋蛋生鸡的，听不明白。如瑾说话间，脸发烫。

乌鸦笑，你是揣着明白装糊涂，谁也不傻，嘿嘿！

谢端有意躲着如瑾，如瑾给他打电话，他拒接，到他办公室找他，他不在，守在家里等，他连家都不回了。她不可能到他单位堵他，怕外人说她坐地炮，不通情理，来回几天如此折腾，她身心俱疲，气竟然消了大半。

乌鸦招呼如瑾去她家，说老马有话找她谈，老马要跟她说什么，她心里清楚，推辞说要带孩子还是不去了，老马打电话说，小答又不是三岁孩子还要你带啊，你不来就是不给老马哥面子。你车大姐做了一桌菜就等你了，带小答一起来，赶紧地。

如瑾不好搏老马情面，但并不想带小答去他家，她做好饭，看小答吃完，叮嘱小答做功课。小答问，妈，你要出去吗？

嗯，你先做作业，等我回来签字。

他呢？小答突然问。

他好几天没回来了。是出差了吗？小答又问。

如瑾不知道怎么回答，这孩子嘴上不叫谢端爸，心里还记挂着谢端这个爹，可不嘛，血浓于水，夫妻之间就算打打杀杀、剑拔弩张，可面对自己的孩子，再大的冤仇都得暂且放下，再说她跟谢端之间哪有什么深仇大恨？过去她对谢端怨多于恨，现在全被愧疚替代。一个巴掌拍不响，如果他过去多关心点儿她，他们的婚姻也不会沦落到如此田地。

是我不对，可他就没错吗？

如瑾在路上想，该来的总要来，大不了一拍两散，倒也痛快。

到乌鸦家，如瑾看见谢端也在。看样子他憔悴了很多，眼袋秃噜，胡子拉碴，像是老了十岁。

落座。老马忙着说和，谢端，还不向小木敬酒赔个不是？咱当男人的要有男人的胸襟，跑不是办法，兵来将挡水来土掩，老婆都到你跟前了，你还不接着啊？

老马转脸又说如瑾，妹子，老哥把你不当外人才说道几句，常言道，好女人要入得厨房，出得厅堂，我可听你车大姐说你饭做得不咋样啊。要想留住男人的心，先得留住男人的胃，你车大姐这点做得不赖，不是我夸自己老婆，她那利索劲儿没几个女的能比得上，当然也包括你，没事多跟你大姐学学，下次，老哥可要尝尝你的手艺长进了没？

如瑾不悦，心说，我做饭再难吃，小答不也养得白白胖胖的，谢端也没被饿得骨瘦如柴，我家吃喝拉撒，关你家屁事？咸吃萝卜淡操心！

乌鸦见如瑾黑脸，笑着打圆场，老马，你就别难为她了，她真能做一桌子菜，你也下不了嘴，闻味儿就知道她不是当煮饭婆的命，人家咋说也是个闺秀，不好和我这老妈子一概而论的。小谢，你说呢？

谢端吭哧半天，说，全是我的错，当着老马哥、车大姐的面，我向你赔不是了，我保证今后一定改过自新，恳请你督促我。

乌鸦在一旁说，瞧小谢的态度多好啊！夫妻俩哪有隔夜仇，芝麻点儿事就闹离婚，让人听了笑话，妹子，你就别僵着了，来！咱今天也来个杯酒释前嫌，一笑泯恩仇！干了，干了哈！

如瑾想说强扭的瓜不甜，何必呢？话到嘴边，乌鸦硬是把酒杯推到她的嘴边，还没等她回过神，酒被硬灌了下去。

咳咳。从喉咙到脏腑火烧火燎地疼，如瑾咳嗽得眼泪直流。

咱妹子就是心软，瞧，几句热乎话就被感动得稀里哗啦的，谢端，今儿，你说的话我可替咱妹子记着呢，下不为例，不然，我看不过眼，你马哥也瞧不起你。

回去的路上，谢端和如瑾一前一后地走，一言不发。快到家门口，如瑾停下，扭头看谢端。

谢端犹豫片刻问，我还上去吗？如果你心里不舒服，我还是回办公室住。

这几天你都住办公室？如瑾问。

也没，想去单位招待所来着，可怕别人看见说闲话，昨晚在网吧猫了一宿。谢端有气无力说。

如瑾见他穿一件条纹衬衫，衣衫单薄，四月末，在这个城市还是春寒料峭的天气。她有些不忍，记起那晚他离家时没穿外衣。

咋不穿厚点儿？如瑾问。

我抗冻，再说这衬衫是拉绒的，挺暖和。在办公室待着又不出去，不够还有工装呢。说着他打了个喷嚏。

你就不知道回家拿啊？如瑾忍不住说。

没时间，也，也不敢。

你怕啥？

怕你，怕你跟我闹。

那去商场买啊？

没带钱，钱在包里，没带。都搁家里了。

你就不会向同事借点钱啊？没钱你这几天怎么吃饭的？

不好意思跟人借，吃饭有饭卡。谢端局促说。

行了，回家吧。

如瑾说罢，扭身开门，心里不是滋味，这个家还是他们俩的，他不回这儿还能去哪儿？

4

如瑾跟天暮说，她想离婚。

天暮说，再等等，最近一大堆事儿，弄得我焦头烂额，等我处理完再说，好吗？

天暮的话令人心寒。

为什么？如瑾问。

有些事我没来得及告诉你，韩霜带着她父母、小雪花，还有我父母来找我了，她这回马枪杀得我措手不及。

韩霜？

是的，两家老人都劝我们复婚，之前我们隐瞒了离婚的事情，外人甚至双方家里人都不知道。权宜之计，我在政府部门工作，离婚会影响仕途，她则是为自己留回转余地，现在她搬救兵看来是想扭转乾坤，老人们说夫妻还是原配好，女人任性耍小性子不是大毛病，你是男人要有担当，韩霜也低声下气求饶，说她错了，要我再给她改过的机会，小雪花哭着唱《世上只有妈妈好》，还说白雪公主的后妈是恶毒的王后，她不要后妈，后妈坏。天暮无奈地说。

如瑾能想象出那样的情景，老人斥责，韩霜哀求，小雪花哭闹。

她心乱如麻。

要不你还是回去吧。如瑾说。

妞儿，我在孤军奋战，可你却打退堂鼓，我需要鼓励，斗志，勇往直前，而不是临阵脱逃，懂吗？

她懂，但又能分担点儿什么呢？

你什么都不用管，只要静静等待就好。

天暮解释说，这样做是为保全你的名声。

我可以离婚，那样一切会变得理所当然。如瑾说。

不行，我说过等我先了断完再说。天暮说。

如瑾不明白，天暮既然是单身，谈何了断，事情哪有那么复杂？除非……

你要相信我，我所做的一切都是为了我们将来着想，事情没那么简单，我以后会向你解释。

天暮的说法模棱两可，但语气仍旧果决。如瑾思忖，他可能真有苦衷。换言之，他上有老下有小，中间还横着个不肯罢休的前妻，局面混乱，分身乏术，如此境地，她再质疑、猜度、捕风捉影，实在说不过去。

如瑾说，好生跟她讲，千万别动气。

天暮说知道了，我就怕你着急。

如瑾的确焦躁不安，但她说，等结婚那天，床头插满雏菊，各种颜色的。没真的，假花也行。说着，她竟有些神往了。

没问题。得在房间每个角落铺满雏菊，而且必须是真花，每朵雏菊都得是娇艳欲滴的，像你，也像我们的新生活。贝尔蒂丝，我会永远忠于您，您的仆人，江小丫儿。

如瑾乐不可支，你怎么不说至死不渝呢？

现在对我来说，生比死神圣，你令我重生，为你我要好好活着，因为将来把你拽到我身边，那可是个力气活。天暮笑。

将来有多久？如瑾黯然，十年、半辈子，还是来世？

当晚，如瑾收到天暮的短信：你别离了，我离婚的事被人告了。

如瑾目瞪口呆。

她给天暮打电话，没人接。如坐针毡。

三天后，天暮回电说，好事多磨，别担心。

他声音嘶哑，语气低沉。

离婚是夫妻双方的事情，都啥年月了，还有如此好事之人。没多大事，你也别担心。如瑾安慰说。

你不懂。天暮叹气。

离都离了，就算别人说破天又能如何？如瑾抱不平。

我现在处在关键时期，眼看单位提职，竞争激烈，婚姻状况不可小觑，再说那封匿名信上写我有外遇逼迫妻子离婚。领导找我谈话了，说事态严重。天暮沮丧地说。

如瑾手心冒汗，他所说的，有些她能理解，但大多数对她而言则是骇人听闻。离婚又不是血案，搞得惊天动地的，眼看要殃及他的前程，怎么办？

她飞快地想，但怎么也赶不上他的步调，他们根本就是不同圈子里的人，突如其来的变故产生不同思维效应。她觉得小题大做，他呢？垂头丧气、如临末日。

如瑾脑海闪过一个念头，她问匿名信是谁写的？

不知道。匿名信，匿名信，你傻啊！天暮咆哮。

你不是说你们离婚的事情外人不知道吗？

没有不透风的墙。你不知道啊？！

天暮不耐烦，他头回跟如瑾这样说话。如瑾心惊，但还是忍不住问，是韩霜吗？

不会是她，她的脾气我了解，再任性犯浑，也不会干这种伤天害理的事情。

不好说，女人也会冲动。

她不是那种人，我相信她。

如瑾噎住，喉咙火辣辣地疼。他相信她。韩霜。

咱俩的事暂且放放，我现在顾不了太多，因为生死攸关。天暮语气凉薄。

如瑾的心收紧，似乎看到了她在他心目中的确切位置。关乎他生死的不是她，不是他们的感情。

她说知道了，你忙吧。

她去卫生间洗脸，镜子里的女人两眼空无，苍白凄楚，她想好在天气转暖，好在是在屋里，好在她身后没人，不然一阵风过，或是有人用手指轻轻冲她一戳，她冷不丁就栽下去，摔个落花流水，哦，落花有意流水无情，唉，漂吧。

几天后，天暮跟她说，调查组进单位了。他是被调查对象之一。

如瑾不解，离婚还要调查？

天暮说每年都有例行干部考核，今年阵势有点大，是祸是福还不好说。

天暮唉声叹气，他说万一我有事，你要好好照顾自己。

如瑾说，你都离婚了，再说离婚是你前妻提的，就算有过错，也不在你。

离婚只是个由头，他们要查的是经济问题，懂吗？有可能我会因此惹上一身腥臊，唉，都怪我平日清高自傲，树敌太多。天暮叹息。

如瑾对天暮的工作所知甚少，只得安慰，身正不怕影子斜，会没事的。

天暮苦笑，妞儿，你可真天真。欲加之罪何患无辞，你懂吗？

那晚，天暮留言给如瑾，祸不单行，事情到了这个地步，我已没资格让你等了，好好把孩子带大，好好照顾自己，如果有缘再见，我会抓住你永不放手。

如瑾问天暮为什么这样说？

他支支吾吾说，等孩子们长大，我去找你。

明白了，如瑾问：你和韩霜又在一起了？

天暮说，还没。韩霜为我的事情上下奔忙，她有个叔叔在纪委。

哦，既然如此，你也保重。如瑾轻声说。

她累了。除了无谓的担心焦灼，她帮不了他什么。她这边下雨，他那边日出，她不能总用想象感受他心里的阴晴变幻。

天暮来电说，我后悔了，我不敢想象跟她睡在一张床是什么样的情景。我做不到。

你们曾是夫妻，又不是没有同床共枕过，何况孩子都这么大了。如瑾说。

那也不行，你的样子、味道、声音，虽然都离我那么遥远，但我能感觉到什么是刻骨铭心，我不能失去你，你是我的精神支柱。

一个女人为你生孩子、与你患难与共、甚至为你而活，这足以说明她有多么爱你，你唯一能做的就是珍惜，而不是跟一个陌生女人说这些混账话。如瑾嚷。

陌生？哦不，我当你是至宝。我和你已经融为一体，现在我为你而活！

如瑾怔住。

我要为你而活！谁敢拦着，我就跟谁拼命！天暮大声重复。

从来没人对她说过这样的话，她生来为别人活着，现在有人竟要为她而活？

别。

她声音轻得只有自己能听见。

5

人间四月芳菲尽，山寺桃花始盛开。

如瑾的心还是天凝地闭地不见晴天。

早上，天暮来电话说，单位刚开过会，他们几个马上要被隔离审查了。以后对外断绝一切联系。

如瑾问，现在还可以打电话？

天暮苦笑，我把手机卡藏在袜子里带出来，趁收拾东西，给你打个电话，算告别吧。

如瑾心情沉重，天暮叮嘱她把手机号换了，网上的聊天记录也必须删除，黑了我吧，过会儿我也会那样做，我不希望影响到你。

最后，天暮跟她说保重，并催促她，记得换手机号，越快越好。

如瑾去通信公司，走到半路又折回来，为什么要换号呢？他们之间没有利益往来，感情的事情？那又如何？有事来找她好了，关键是如果换了号，天暮联系不上她怎么办？

如瑾至今还记得那天的天气，沙尘暴席卷了整座城，路上行人稀少，她被风刮得东倒西歪。

她挣扎着朝前走，心中暗暗祈祷，我没那么容易倒下，天暮，你也是啊！

滚滚黄沙过后，暴风骤雨接踵而至，这座城市需要一次彻彻底底的清洁、洗刷，当她醒来，雨过天晴，一切焕然一新，花红柳绿，夏天来了。

繁花似锦、落木萧萧也不过转瞬之间，她失落、仓皇，天暮从此音信杳无。巨大的空虚让她无所适从，那个常青藤似的男人，在她心底生根，盘根错节，相互缠绕，如今他黯然垂落不知去向，叫她如何呼吸，怎么活？

大年夜，她凌晨过后上网，恍如五年前。

天暮的头像让她产生幻觉，她总觉得他一直亮着，只是离她有点远而已，他依稀在黑暗的海上航行，她能辨别出他的声音、气息、光亮，他说，谁无暴风劲雨时，守得云开见月明。她心怦怦直跳，莫名的冲动让她痉挛、忐忑，他越来越近，云开雾散，她就要触摸到他了。

妞儿，我回来了。

这是她盼望的，当然，好的，她禁不住泪流满面。

给我你新手机号码。

嗯？这出乎意料，在她的幻想中没有这句。

快！

她愕然。窗外鞭炮炸裂，烟花璀璨夺目，她捂住耳朵。

妞儿，你在吗？

她拢神，真是他，天暮回来了。

她说还是老号码，他说他换了新手机，没有她的通信记录。她哑然，看来她的担心是多余的。

妞儿，你还好吗？

电话接通，他的声音愉快、洪亮。她颤抖。她怎么能好呢？这大半年几乎每天失眠、满脑子都是他，为此六神无主，张皇失措，早上她发现了七八根白头发。

她说，我，还那样儿。

弹指间，他们相识五年。彼此辉映、依傍、交织，铭刻、掠过、重逢，时光流逝，怎能一成不变？唯有对他的牵念不变，她已无可救药地爱上他，失去他，她失魂落魄，如同行尸走肉。

不会变小老太太了吧？他笑。

那又何妨？人都会老的。

你必须年轻，因为你是贝尔蒂丝。

天暮的语气还是那样不容置疑，怎么会？她是活生生的人，又不是照片、影子。

如果我真老了，你失望吧？她问。

老了也是我的妞儿。

她喉中骨鲠松动，心头热流涌动，你在哪儿？她哽咽。

天暮说在回家的路上。

家？

他解释，他刚出来，连夜往家赶，机票、火车票没订上，开车回去。

她明白，他是回老家。天冷路滑，别打电话了，注意安全。

他说好久没听见你的声音，想你了。

她想说我也是，可冲口的却是，为什么那么赶呢？隔天回去不好吗？

天暮沉吟说，一大家子人在等我。

家人？

嗯，上有老下有小。父母弟弟妹妹，他迟疑一下说，还有她们娘俩。

她木然。哦。

我这次能出来，多亏韩霜找她叔叔疏通。

他那儿其乐融融，她这儿仍旧孤清冷寂，两种气氛情景交融，瞬息万变，猝不及防，她被压得透不过气。

好好开车，我挂了。她喘息说。

不是你想象的那样，就算是，我也会跟她解释清楚，这大半年，我念念不忘的人是你，我们已经骨血相融，谁又能让我们分开？

天暮急促地说，她泣不成声。

等我。天暮说。

外面传来巨响，惊心动魄，大半夜仍有人在庆祝新年，心悬起来，盘旋、跌宕，她捂住胸口，等待坠落的声音。啪！

三天后，天暮来电话，如瑾听出他的醉意。

天暮坚持说他比任何时候都清醒。他笑，留神，天上掉馅饼喽！

如瑾劝他早点休息。他喃喃自语，当初要离的是她，现在要复婚的也是她，当我什么？砍断我双手，又甩张饼给我，妞儿，你希望我跪在地上，垂下头，接受她的施舍与恩赐吗？

如瑾莫名其妙，问，谁施舍你？

天暮反问，有人施舍过你吗？

如瑾说为什么要别人施舍，靠自己不好吗？

天暮笑，如果韩霜是你该多好。

如瑾皱眉，我是我自己。

你俩还真有点像，都挺自我，她浓烈，你清淡，她若毛峰，你似毛尖。

如瑾气恼，说，我对你们夫妻俩的事没兴趣，还有我只喝白水，不喝茶。

天暮叹气，你就那么没自信？她没心思回答，感触良多，他真当她是影子、备胎、韩霜的。

天暮如实说，韩霜要求复婚，理由是，雪花儿成天吵着要爸爸，他是迫不得已。韩霜说，她叔叔可以通过人脉帮天暮调职。

我会给你幸福生活。韩霜说。他苦笑。

天上掉馅饼，你还不接着？如瑾说。

的确诱人，时不可待，我知道，我再想想。

没手，嘴还在，你最好跪在她面前，求她行行好，直接把饼塞你嘴里，多省心！如瑾尖刻地说。

天暮大笑，我又不是狗，妞儿，小脾气上来，气场挺足啊！

管不着！

管不住那还了得，上房揭瓦，揭竿而起？想干吗？别忘了我是你男人，这辈子管定你了！

新的愤怒还未升腾上来，天暮却偃旗息鼓举手投降，如瑾张着嘴，捏实的拳头松开。

去死！她笑。

平静下来，天暮问：你肯等我吗？

如瑾不解。五年还不算等待吗？

天暮说，他跟家里人提到了她，全家人都极力反对，尤其是他母亲。她因高血压引起脑梗，才出院，他不想激怒她。韩霜跟他母亲之前婆媳不和，可如今韩霜却一反常态。对婆婆恭敬孝顺，不辞辛苦照顾病中的婆婆，深得人心。他妹说他中邪了，置亲生女儿不顾，反而帮着别人养儿子，他母亲催促他复婚，说小雪花是我江家孙女，我不会让她受委屈，韩霜知错能改，还是好媳妇，你必须对她负责到底，你说一千道一万，想把那狐狸精领进门，等我死了再说！

狐狸精？幻觉消失，如瑾无地自容。

我没敢说实话，只说你离婚独自带孩子生活。我需要时间说服她。我母亲有病，我不能太过激进，万一有个差池，我于心不安。天暮说。

你母亲说得没错，人要有良心知廉耻，受唾骂的是我，我没离婚，还跟你生拉硬扯到现在。荒唐而无耻。真正的爱情是高尚的，我们这算什么？肉欲、贪婪、自私、巧取豪夺。我需要忏悔，而不是说服别人接纳我的有罪之身。如瑾强忍不快说。

天暮诡秘莫测，他手里到底有多少张底牌？每一张都足有千斤重，压倒她轻而易举。韩霜、小雪花、他母亲，一波未平一波又起，男人要女人等待总会搜罗很多借口，而女人等待男人不需要任何理由，有爱已足够。如瑾冷笑，女人眼中只有爱是多么不幸，搭上时间、年华，甚至性命，换来却是无止境的等待。其实他不用这样迂回反复，直截了当说，他们没有结果，她反而释然。可他说，再等等，好吗？就差一步了。

她向往光，却一直活在黑暗与光明的边缘，混沌的世界令她一再恍惚，耀眼夺目的光带来刺痛，就算能蜕去壳儿，她的翅膀也无法伸展。她变不成蝉，最多是一只半蝉半蛹的怪物。她吸口气，终于认清自己，胆寒、心惊、卑怯已不再重要，可还得闪着泪光跟他道别。

她说，这次不说再见了，保重。

就算翅膀没了，你还能飞，因为有我在。天暮喊。

关掉电话，她发呆，四下死寂。

为什么没人放烟火？干吗要放烟火？该死的早死了，应该烧包袱皮贴蓝签，念往生咒。

我已为鬼，可以辜负，可以灰飞烟灭。

6

过完年，小答十一岁。他又长高了，鞋也大了一号。他忧心忡忡对如瑾说，再过两年我会变声、长胡子、喉结突出，跟我们班其他男生一样，怎么办呢？

如瑾说，别担心，那说明你长大了。

小答说，我不想长大。

如瑾问他为什么？他磕磕巴巴说，妈，你会离开我吗？

如瑾一惊，为啥这么说？

小答说，听他说，孩子长大一定要离开父母，好男儿志在四方，黏着爸妈的人最没出息。他还说，假如有一天你妈不在家了，你要听爸爸话。咱爷俩相依为命。

浑话！

如瑾气恼谢端怎能跟孩子说这些没脑子的话。

妈，我校服没洗，被扣操行分了，你原来都是一天洗一回的，还有好几天的作业你都忘签字了，你好像，好像不关心我了。

小答的话刺痛她，她搂住小答说，妈，怎么不关心你？你提醒得对，妈一定改。

她最近不知怎么了，头疼健忘、心不在焉、无精打采，像害了热病。她了结了跟天暮之间的一切，换了手机，不再上网，生活恢复平静，她本是平庸无趣的女人，循规蹈矩，才能万无一失。

小心翼翼的日子，令她郁郁寡欢，生气全无，她跟谢端本来甚少交流，现在她在他面前几乎变成了哑巴，这还不够，他最好当她完全不存在最好，这样她才会心安。可是她还会呼吸，会在黑黢黢的夜里坐在那儿发呆惊吓到晚归的他，他惊魂未定嘟囔，活见鬼了！她无动于衷，是呀，她虽是人形，但心中有鬼。鬼撞见鬼，有什么好怕的。

她饱受煎熬，但在小答面前，她提醒自己还是个母亲，即使痛不欲生，她也得强打精神极力和颜悦色，佯装行若无事，她的妥帖出现纰漏，小答可怜巴巴地看着她，她说，妈永远不离开你。

小答喘口气笑，我就知道他是唬人的，他总唬人，他以后说啥我都不信。

你爸逗你玩呢，没吓唬你。她说。

上次他带我去庙里，到了跟前又不让我进去，说庙里住着个老婆婆是树妖变的。会吃小孩的。

你最后进去了吗？

没敢，他说树妖鼻子很灵，闻到孩子味儿就伸出舌头，这么一卷，孩子都被生吞进肚子里了。他说，树妖的舌头有这么这么长，随便就伸到庙门外。小答比画说。

如瑾想，她若是树妖，非得把谢端这个鬼先卷了去，扔下十八层地狱，锯毙。

夜深人静，格外清醒，任何细微的声音一旦传递到如瑾耳中，就变成了犀利的嘶鸣、裂响。最小也是嘀嘀嘟嘟的声音。

她起身五次，开关手机五次，开关电脑五次，一直未合眼，心力交瘁。

你会后悔的。那声音斩钉截铁。天暮？

她换了手机号，但却保留了天暮的号码，一刀两断她做不到，温暖与悔恨绝非一时兴起，将近六年的时光磨砺的痕迹，哪有那么轻易就被抚平，他存在过毋庸置疑，她追忆留恋亦无可厚非。

在她的记忆中，几乎都是他光亮的一面，那些晦暗不清的被她不自觉地滤去。回忆美好，这算是一种安慰，她对他没了怨恨，他变得简单纯粹，她制造出他，他是她的另一种药。

就差一步，你后悔吧？

她摇摇头，你在我心里。我们永远形影相随、息息相通。

你在自欺欺人，你辗转难眠，焦虑不安说明什么？

说明我的药直达痛处，说明我的灵魂正从躯壳里挣脱出来，像蝉那样。

你丢下我，害得我好苦。

我们一起苦。

她闭上眼，脏腑翻江倒海，药真苦，再苦也不能说。

早上，她接到天暮电话，吓了一跳。他怎么知道她的新号码？鬼吗？

她屏住气，不接，铃声一直响，她的心起起落落，他出现，很快就会消失，消失？她百感交集，铃声高高低低，像他的脚步，远了远了，她再也按捺不住。

我快死了。更令她吃惊的是天暮的声音，几乎是喉管爆破出来的，喑哑、低沉，失去音色。

怎么了？她惊叫。

他咕哩咕噜说着，短促艰难，她一句都听不清，你病了？她急促问。

嗯，我快死了，妞儿。

他重复，她像挨了闷棍，怔住。

电话里有人催促他，他干咳一声说，我去了。

整整一天，她又深陷在惶恐之中。

她打电话、发信息，他都不回。他出现消失从没有征兆，她无法预测终局。

提心吊胆的日子挨到第十天，他从她的怅惘里冒出头。他活着，热情蓬勃，声音高亢，之前的委顿、孱弱无影无踪。

难以置信。她问，十天前，你给我打过电话吗？

他笑，记性真好，都具体到哪儿天了，我给你打电话问候一下，不行吗？

你怎么有我的新手机号？她问。

梦里偶得。

不说，好，我挂了。

他笑，你记性那么好，难道不记得自己那天深更半夜给谁拨电话了？

她翻查通信记录，暗叫，见鬼了。十天前凌晨三点十七分，她鬼使神差拨了他电话。

你不快死了吗？怎么又活过来了？她赌气地问。

因为心愿未了。

什么心愿？说出来听听。

我死了你活在世上孤苦伶仃怪可怜的，所以我得把你带走。跟我一起下地狱，走吧！

她倒吸凉气，江小丫儿，积点儿阴德行吗？青天白日，装神弄鬼，小心五雷轰顶。

他笑，好，你上天堂，我入地狱，行了吧？

呸呸呸，我还没活够呢，要死你先死。她发狠说。

还真是呢，我得先走一步了。

他声音发颤，如果，如果我很长时间不给你打电话，或者你某天打这个号码提示是空号，说明我可能就不在了，没人再骚扰你，你就安心了。

她觉察到天暮语气里的悲凉，你怎么了？告诉我！

他沉默。她嚷，你不说，是要急死我吗？

我得了绝症。

再说一遍，我这儿信号不好，你说你得了什么？

电话里嘶啦嘶啦响，天暮沉默。

绝症？刚才她隐约听见他说，可是没反应过来，后知后觉，震惊、意外，这不是真的。

你骗人！她心急火燎地说。

诊断结果刚出来，我不想瞒你，人之将死其言也善，信不信由你。

她不断追问，真的吗？会不会误诊？是不是你看错了。

怎么会有错？去了几家医院都一样的结论，你以为你是谁？比医生还高明?！他突然发火说。

具体是什么病？是癌症吗？她问。

不是，是怪病，绝症，不治之症，英文名很长，说了你也不清楚。医生说最多能活两年，为我祈祷吧！

生命哪有那么脆弱，医生的话也不能全信，也许有别的办法，我上网查查。

好了，就你懂得多行了吧，我很烦你这毛病，刨根问底儿，你就算知道了，能治好我的病吗？他火冒三丈，不可理喻。

你有病！

我真有病，你走吧，别烦我，走啊！他咆哮，她委屈落泪。

这是你说的?！别后悔，后会无期！

她颤抖不已，这是怎么了？他要气死她才甘心！转念想，从未见天暮如此失态，他莫非真病了？

天暮打电话来向她道歉，妞儿，我错了。

错哪儿了？

都错了，妞儿，别折磨我，我又发烧了。

她问他去医院了吗？他说白天上班，晚上在医院。

怎么不请假？

走不开。

他说这烧烧得奇怪，每天下午六点准时发烧，早晨六点又准点退烧，十来天没间断。

高烧不退？她心提起。她劝他还是专心住院，给单位请假吧。

他说不碍事，死在工作岗位上算因公殉职，孩子能享受到高标准抚恤待遇。

乌鸦嘴！你还没死想那么远干吗?！为了小雪花你也得好好活着！她强忍住泪，歇斯底里地喊。

昨晚我梦到小雪花站在我床边喊，爸爸，你别睡着了，睡着了就看不见小雪花了，爸爸，快醒醒啊！

他哽咽，妞儿，这辈子我最对不起的人是你和小雪花，我没法尽到做父亲的责任，我没法兑现我的承诺，没法跟你在一起，这是老天对我的惩罚，我不该不知死活地介入你的生活，没有我，你至少家庭完整，生活平静，是我搅得你不得安宁，晚节不保，我多恶毒多蠢！

不是的，没有你，我孤单冷清，你给我温暖，让我看到光，你是我的救星。可我不是好女人，不知取舍，不懂拒绝，我是祸水，如果不是我举棋不定，你也不会惹祸上身，没有我，你可以跟韩霜复婚，一家三口其乐融融，没有后来的波折，也不会生病，我是罪魁祸首，老天应该惩罚我！

胡说！跟你没关系，我跟韩霜的事情是陈年旧事，我离婚时还不认识你，不是为你，听懂吗？你再说下去就是无事生非，没人会领情，你以为你魅力有多大？一个平凡的小女人，老天怎么能看上你，你就别自作多情了！

不论他怎么软硬兼施，刚柔相济，她都不在乎，血和泪一起往上涌，她哭得脸颊通红，两眼生疼。这么快就要失去他，她心碎绝望。她抽泣说，都怪我。

你这个女人……他叹气说，真幼稚可笑，哭得让人心烦，你说你……他停顿，别哭了，我还没死呢，傻妞！哭哭哭，再哭下去，想淹死我啊？

她从来没如此伤心，哭得昏天黑地，他是她心底的萤火，眼看就要熄灭，她又将被推入万丈深渊，这比坠落黑暗更可怕，他已跟她的灵魂粘连一起，失去他，她变轻、失重、消沉，迅疾枯萎。他不到35岁，血气方刚，阳光温煦，前途光明灿烂，此刻他却跟她说曲终人散、人生无常、生死两茫茫。

我去你那儿。她说。

别。

偏要去，没商量。

妞儿，你实在是，唉！傻妞！

傻就傻吧！她管不了那么多，她想能多陪他一秒是一秒，只要看见他，她才会安心。就算以后人生惨淡，想起他的样子，也是一种慰藉。

请假。订机票。打电话给谢端。她固执从容。

谢端诧异，去那么远干吗？她谎称出差。谢端问，以前你好像没出过差，怎么今天？她不耐烦说，不信，你问我爸。谢端噤声。她知道他不会问她爸，他没那个习惯，也没那个胆儿。老岳父不怒而威，谢端对他心存敬畏，一般情况下，他不会打扰岳父清静，她出趟远门，天不会塌下来，再说如瑾的为人他了解，一个家庭妇女又能出啥幺蛾子？

谢端执意要送她去机场，时间匆忙，她没拒绝。

路上，谢端问要不要买些特产，她说不用，谢端又问，去几天？有人接吗？住哪儿？钱带得够吗？她说，有事自然会给你打电话，问那么多干吗？

关心下不行吗？谢端反问。

她没作声，心里焦灼，又堵车，会不会误机？

时间来得及，你头回出远门，路上当心，有事打电话回来我找人帮你。谢端说得轻描淡写，她听得心猿意马，天暮说会接她，她想象他的病容，她拒绝他来接，可他说我担心你走丢了，听我的，我是地主儿，说了算。

她笑。谢端问笑啥？她恍然，说，没事。

到安检口，她让谢端回去，谢端说我看着你进去再走。

过安检，她回头，见谢端还立在原地，冲她招手，表情肃穆。她胡乱地挥挥手，转身走进去。

他穿灰色大衣，瘦削颓唐，那件大衣是几年前她给他买的，袖口有了毛边，他穿衣服挺费，尤其是袖口、胳膊肘，一件衣服没穿多久，总会被他磨破，她总说他骨头咋那么硬还带尖，他笑，说明你没把我喂好。你又不是猪，喂你?！她说。

她摇摇头，谢端的身影怎么还在。

凌晨时分，飞机即将降落，从舷窗俯瞰，灯火阑珊，繁华点点。如瑾拢神，这是梦？

天暮在出口等她。

接过行李，天暮带她去停车场，取车。他们一前一后走，天暮不时扭过头说，跟上。天暮走路速度极快，她跟得气喘吁吁。

上车，她喘息问，走那么快，赶着去投胎啊？

天暮笑，嗯，跟你一起。

她气得拧天暮，天暮抓住她的手，亲吻说，妞儿，我以为在做梦呢，你再掐一下，让我感觉这都是真的。

天暮的手滚烫，额上沁出汗珠。

你还在发烧？她问。

没事，你是退烧药，你来了，烧就退了。天暮松开她的手，他外面罩着羽绒马甲，鼓鼓囊囊的，人胖了不少，现出双下巴。

你真病了？她问。

药到病除，你妙手回春。他笑。

他开车，她在一旁打量。他脸色灰白，嘴唇脱皮。嘴角、下巴上起了很多水泡。

到底什么病？她叹气问。

别提这个，煞风景，我陪你多玩几天，你说想去哪儿？他蹙额。

我是来看你的，不是来玩的。她说。

你别把我当病人好吗？我正在努力忘掉自己是个病人！你不停问，我很不舒服。

她想说只有面对，才能战胜疾病，可见他面露愠色，不得不噤声。

她委屈，她不顾一切来看他，他竟不领情。

到酒店。办入住，他执意不让她交钱，我是男人，听我的。又是这句。

房间在十九层，无烟区。上电梯，找到房间，他开门，她跟着进去。

门关上，放下行李，他拥住她。妞儿，别生我气，你知道我心情不好，我怕离开你。

她哭泣，用手拧他，大骗子！哪儿有你这样的病人?!

他笑，那病人应该是啥样的?

反正不像你这样。

她还想说下去，他低头亲吻她，她战栗，好了，妞儿，今晚，我是你的病人，用你的芬芳来治愈我吧！他声音轻似鹅毛，痒从她骨肉中膨胀出来，天暮，她轻叫。她第一次叫他天暮，熟悉又陌生。嗯，妞儿，我在，别离开我。

那晚，他近乎疯狂地对她，异样的痛楚与难以名状的快感，令她窒息，她的肉体被他点燃，黑暗陷入火海，地狱之火让她亢奋战栗，他把光、呼吸烙印在她的肌肤上，炽热、惊恐、茫然漫过她全身，他从危险、死亡中逃脱，我不能死，不能！

半夜，她醒来，发现他已不在身边。窗外黑漆漆的，楼道里电梯上下咣当当响。

空气里有股腐败的味道，她重新闭上眼睛，他从哪儿来，又回到哪儿去了?

第二天，她一直睡到日上三竿。服务生敲门问她是否要打扫房间。她如梦方醒，陌生的城市，她只是过客。

中午，天暮来接她，问她睡得还好吗?她说，糊里糊涂都忘了在哪儿了。

天暮笑，昨晚还不如叫群蚂蚁神不知鬼不觉把你抬家去，省得我来回跑。

家?

天暮说，真希望我们有个家。

她有家，不在这儿，那个家只是一个空房子，除了小答，没什么值得她留恋的。我们的家?她真有点向往。

你好好养身体，我等着。她刻意回避那个病字，她觉得心里敞亮很多，没有过不去的坎儿，天暮会好起来的。

吃过饭，天暮开车带她去山上。

春寒料峭，寒风凛冽，山陡路滑，天暮却是兴致盎然，不停给如瑾讲路过的风景典故。

他说他经常来这儿，夏天山路两旁开满了五颜六色的野花，别样风情，美不胜收，他笑着唱，山上的野花为谁开又为谁败，静静地等待是否能有人采摘。我就像那花一样在等他到来，拍拍我的肩我就会听你的安排……

听天暮如此说，车窗外灰蒙蒙的山色忽然有了活力，如瑾似乎闻到花香，眼前花朵次第绽放，春天美好，她不愿在等待中枯萎老去，良辰美景怎能辜负？

车在半山腰停下，如瑾跟着天暮下车，天暮帮如瑾拉起风帽。

去山顶。天暮说。

你能行吗？她问。

天暮反问，你能行吗？

实际上，天暮爬山比她轻捷矫健，他走走停停，在前面等她，她累得呼哧气喘，大汗淋淋。

他笑，没劲儿了？不行，就到此为止吧。

她知道他在激她，说，小看人，看谁最先爬上山顶！

他笑，当然是我，哈哈！是我们。

到山顶，天色渐晚。

走到护栏边，天暮仰起脸，深呼吸，风吹得他衣服发出刺刺啦啦的声响，如瑾喊，上车吧，会着凉，你有……她吞下半句话，天暮无动于衷，他昂着头，嘴巴开开合合，呼出大口大口的白气。如瑾靠近他，他突然双手拢嘴，冲对面的山谷大喊，妞儿，天黑了，回家吧！我们一起回家！

回声激荡，影影绰绰听见有回音，天黑了，回家喽！

如瑾笑，荒僻之地竟有知音人。

你是谁？是鬼吗？天暮问。

你是谁？是鬼吗？山那边回应。

是啊，我们是鬼。

嗯嗯，我们都是鬼！

天暮大笑，转过脸，如瑾看见他眼角的泪痕。

她走上前，握住他的手说，带我回去吧。回哪儿？回家。

回家？

回酒店，点餐时，天暮特意要了老母鸡汤、米饺，他说这是家乡风味，不知道为什么，最近总是梦回故里，家乡山水如画，亲人笑容温暖，自己还是那个牛背上的孩童，如果时间重回，我一定珍惜。

吃完饭，天暮说我还得去医院，就不上去了。

他满脸通红，手抖得厉害。他又发烧了。

她要跟他去医院，他不肯，说，你也想生病吗？两个病秧子连一起只能结苦瓜，你还嫌不够苦吗？

如瑾送他上车，看车走远。她黯然神伤，他们在一起真的那么苦吗？

隔天，她就要回去，她跟天暮在一起的时间有限，每天她掐着钟点等他到来，在一起时，他的目光也从未离开过她，只是话越来越少。

回去那天，他送她去机场，一路上谈笑风生。令如瑾摸不着头脑。

快到安检口，他突然叫住如瑾说，让我好好看看你。

如瑾笑，又不是没见过。

他捧着她的脸，柔声说，还没见过你穿裙子的样子。

她低头说，下次吧。

他叹气说，不知道还会不会有下次，见一次少一次，我说的是真的。

妞儿，回去多吃点，你看你都变柴火妞儿了。如果下次还能再见，我得好好称称你多重，少一斤，我不轻饶你！

她悲上心头，背过脸说，下次再见你还这么胖，我就不理你了。

候机时，天暮打来电话说，你走了为什么不回头？我一直在后面看着你呢。

她动容，你还没走？

他说他在回去的路上，沉吟一下接着说，妞儿，对不起，这几天委屈你了，我驴脾气，你多担待，我把你当至爱，不跟你发脾气还能冲谁呢？你不离不弃，我很感动。可是我不能承诺你什么，我现在这样，谁黏上我谁倒霉，我是为你好，懂吗？

她说不懂，也不想懂，谁让你招惹我来着？你活一天我就骂你一天，你死了我会骂得你从棺材里蹦出来，看你还敢不敢整天死不死活不活地瞎念叨了？

他笑，不敢了。

他说自从病了，每天都阴暗无比，你给我带来了晴天，谢谢，妞儿。

她说，我就要每天出大太阳晒到你老眼昏花，找不到北。只能跟我走。

天暮笑，小的，遵命。

飞机穿越云海，阳光炫目，如瑾从白日梦中醒来。

她默念：绽放。多么美好。凋落。以羽毛之轻，道声：亲爱，珍重！

第十七章/晚露

小区门口新开了一家水果店，白底红字的招牌：果的国。

噱头砸在水果上，立刻变身果中权贵。身价也高出许多。蜜瓜叫金皇后，葡萄叫拿破仑，荔枝叫妃子笑，苹果叫黄元帅，还有总统李、皇帝柑等等水果王族。

王侯将相江山美人极品奇葩，如瑾转悠半天，没见有啥身份低微、价廉物美的水果。

晚露？这是橙，还是橘子？她指着一盒水果问店员。

店员笑，嫁接的。说，挑丑的，越丑越好吃。

丑八怪，身价却不菲。

青青黄黄、坑坑洼洼的外表，畸形的身子，看着怪可怜。名字却动人。晚露。倒像是在哪儿听过。

晚上，谢端应酬回家，说口渴，扒拉桌上的水果吃。

他问，这是橘子吗？

如瑾答，嗯，说叫晚露来着。吃了不上火，还可以解酒。

好好的，买些丑货回来吓人，黑更半夜的，你安的啥心？

谢端撂下晚露，转身去抽烟。如瑾觉得他是明显找碴，自从上回她出了趟远门回来，他更是变本加厉，有时喝多了会嘟囔，我连老婆都放出去了，还有啥舍不得的?!

不吃也别糟践，毛病！如瑾捡起摔在地上的丑橘骂道，它的皮已绽开，露出朱红的瓤和雪白经络，仍唇齿相依。橘瓣似心，如瑾不禁心痛，晚露，这名儿听起来越发楚楚可怜。

晚露，我见过你的。

谢端的姑姑曾经提起过这个名字。晚露，死了。谢端说过。

橘子吃完，剩下皮，人死了，名儿还在。给水果取个死人名儿，真邪气！

第二天，如瑾发现昨天买的晚露都被扔进了垃圾袋里，气不打一处来。

成天给小答说浪费可耻、节约光荣，你这算啥？叶公好龙，三头两面？

她唠里唠叨半天没人理，拢拢神，再看，谢端提垃圾袋下楼了。

有种，连饭都戒了，看你还死硬！

晚上她又去买了几个晚露，给小答吃，小答爱吃，吃完还要，她说，够了，吃多了伤胃。

谢端在一旁看着气恼，拍桌子吼小答，你，馋死鬼啊！还不去做作业！

小答吓得大气不敢出，溜去写作业。

你吼啥吼？吃几个橘子，犯得着跟孩子发这么大火吗？想练内功，有气冲自己发！如瑾说。

谢端不吱声，对着桌上的橘皮愣神，沉默一会儿，一片片地拼起橘皮，又一片片分开，而后捡起橘皮撂进垃圾袋，起身出门，嘴里咕哝，这么丑，还敢叫晚露，晚露是你叫的吗？

不过一个名字而已，冲了他八辈祖宗似的。一脸肃杀相，凶给谁看呢？有冤诉冤，有仇报仇，谁欠你，找谁去？不要命的！

她边收拾碗筷边嘟囔，脑子里忽然冒出一个念头，晚露究竟是谁？

她想谢端的姑姑一定知道晚露是谁？

谢端的姑姑自从那次来过她家之后，音信杳无。谢端说，年前，姑姑住进了老人院，联系起来不便。若追问谢端晚露是谁，看脸色就知道，他不愿意旧事重提。

似乎晚露从此成谜，既无可解，则无须解。

我见过你的，晚露。如瑾耳边一直重复这句话。

如果晚露还活着，是什么情形？如瑾迫切地想。

不是说死了吗？还动这种念头，她对自己穷追不舍感到吃惊、懊恼，晚露出现和消失对她有什么影响？对一个根本不存在的人怀有好奇之心，说好听点，是百无聊赖，难听的，谢端会说，吃饱撑的没事干，无事生非！

谢端回来，带回两个火龙果，叫小答吃，说少吃橘子，上火，还是火龙果营养价值高，排毒养颜，抗衰老。爸爸给你削皮。

谢端说话轻言细语，判如两人，小答盯着他点点头，眼神充满恐惧，半天支支吾吾地说，昨天考数学了，我没考好，下回我一定努力考好，还有今天我迟到了，老师扣我操行分，还有下午大扫除，我跑了，我是忘了，不是故意跑的……

小答鸡叨米地说，谢端不耐烦呵斥道，有完没完，我又没问，你唠叨啥？找揍啊?!

小答吓得缩脖弓背，如瑾看不过眼，说，你这时阴时晴的，前后两张脸，搁谁都受不了，下雨还有天气预报呢？你来回变脸，想吓唬谁？

谢端语塞，过一会儿，把削好皮的火龙果细细切成小块，插上牙签，端给小答说，吃吧，爸不怪你。

他摸一下小答的头说，爸对你严厉是为你好，你长大会明白的。

谢端难得这样对小答，如瑾看了奇怪，难道又是因为晚露？

如瑾曾问天暮，你有初恋吗？

天暮说，算有吧，现在想起来会一笑了之，都是青春期荷尔蒙作祟。那女孩是我中学同学，圆脸，眉心有颗痣，笑起来挺喜气，像年画上的人儿。

不是韩霜？

不是，我跟韩霜是介绍认识的，纯属媒妁之言。

那你爱过吗？

说不清，但现在我清楚，正在爱，刻骨铭心地爱。

嗯？

我爱的是个琐碎的妞儿，不断问我的过去，爱过谁？把我从回忆里捞出来，又扔回去。形势不容乐观，我得想想，下一步她要干吗，兴风作浪？好吧，我等着被她拍死在沙滩上。

如瑾笑，不想说就算，反而倒打一耙，把我说得跟个河妖似的。

天暮跟谢端真是不同。天暮机敏善变，不着痕迹。谢端呢？

她说不好，他犟得跟驴似的。不开口也罢，冷不丁一出声，准呛得人七窍生烟。

武艺说，谢端为人正得有点混账，不张扬、不浮华、不近女色，是个三不男人。他说，谢端上大学时就那样，人闷得要死，人长得也周正，可只要有哪个女孩对他刮目相看，他不是退避三舍，就是敬而远之，他要是长张雷公脸也说得过去，偏偏生就玉树临风的架势，却把自己当电线杆子使，真费材料，说他是假正经，好像也不是，根正苗红吧，他无父无母，又无从可考，那是啥？真不好说。

如瑾觉得武艺说法夸张，谢端也没少应酬，吃喝牌九，他哪个也没少沾。根本不是清心寡欲之人。

在外人眼里，谢端是汪清水，在她看来，清者自清，再清澈的潭水底下也有淤泥，刻意做给别人看才是真虚伪。她看到混浊的谢端，却看不到他心底有多少层淤泥。

他岂是深不见底的人？

谢端最近有点异样，应酬减少，下班准点回家，还帮着如瑾做饭，晚饭后，去小答房里盯着小答做作业，如瑾疑惑，他倒说得云淡风轻，给公家干活啥时候有个头？不如得空多陪陪孩子，再过十来年，我就退居二线了，这些年对小答是关键，你说呢？

周末，谢端带小答去博物馆，回来带回一盒蝴蝶标本。

小答兴奋得直眨眼，妈，瞧，闪蝶、凤蝶、枯叶蝶，还有鬼美人，你喜欢哪个？

他给我买的，这回他真是破费了。

小答说的他，是谢端，小答不叫谢端爸爸有几年了。

不能这么叫，没长幼，除了你爸谁会对你这么好？如瑾说。

你呀。

我是谁？连妈都不叫了啊？

爸妈就是个代号，我心里知道还不行吗？

那我也不叫你名字，叫你哎，那谁，行吗？

行，反正我的名字不好听，长大我自己改个好听的。

你叫谢翔宇，有啥难听的？

还是王一飞那样的名儿好听好记，我想叫谢，谢十三。

还二百五呢？翅膀硬了，你！

小答伸伸舌头，抱着盒子跑了。

第二天，谢端早起出去买了一些水果、糕点，说要去看病人。

晚上，回家。他显得心事重重，烟抽得一根接一根，如瑾敲厨房门说，少抽些行吗？我咽炎犯了。

里面没人应声，烟从门缝里漫出来。

如瑾把阳台窗户打开，转身，见谢端从厨房出来，身形疲惫，眼睛发红。

他问小答睡了吗？如瑾说还没有。

他去小答房里，半天没出来。

如瑾听见他跟小答说，你真幸福，有妈疼。多好啊！

小答睡了，他出来说，这孩子睡觉不踏实，一惊一乍的。

如瑾说，是那样，最近他还老说腿疼，可能是在长个儿吧。

谢端说，回头去超市多买些牛骨头，我给他炖汤补补。

谢端表情凝重，自言自语，短了谁，也不能短了孩子。

他看如瑾一眼，低头说，你能答应我件事吗？

啥？

无论发生什么，咱俩也不能离婚。就算要散伙，也等小答上了大学再说。

如瑾沉默。

听见了吗？他问。

哦。

那晚，谢端一宿没睡。如瑾早上起来，见他在厨房忙活。

热乎乎的早餐端上桌，葱花饼、小米粥、开胃小菜，外加培根煎蛋，有声有色。

谢端招呼如瑾叫小答吃饭。

小答不爱喝粥，要喝牛奶，谢端说，小米粥养胃，五谷杂粮最健康，牛奶喝多了会转基因。

小答问，会变成牛吗？

谢端笑，你想吗？

小答受惊似的摇摇头，埋头稀里呼噜喝粥。

如瑾埋怨，孩子正长身体，多喝牛奶补钙，促进骨骼生长，你瞎说啥？

谢端笑，我又没让他不喝，他还真听我话。

父子俩，不听你的听谁的？如瑾瞪眼说。

谢端眉开眼笑，嘴咧得连后槽牙都看得到，如瑾奇怪，谢端这是咋的了？

太阳打西边出来了？

第十八章/小蝉

七月，植物园里荷花开了。

傍晚，去那儿纳凉的人也多了。孩子们也爱上那儿的空地上玩轮滑。

吃过晚饭，小答吵着要去植物园，说是他们几个小伙伴组成了轮滑队，在那儿训练。

去植物园的路，车多红灯又少，小答每次出门，如瑾都提心吊胆。这回，她执意送小答过去。

小答嘟囔，我都 11 了，要让王一飞他们知道，还不笑我孬?

如瑾假意说，天这么热，妈也想去那儿乘凉，不行?

小答无奈说，好吧，可咱们要保持距离，你离我远点，行吗?

如瑾笑，到地方再说。

还没到植物园门口，眼见一群滑轮滑的孩子一溜烟地往回跑。

小答喊，王一飞，今天不训练了?

队伍里有个孩子答，植物园关门了，咱们换地方!

在哪儿?

小区广场!

小答听音，顿时脱了缰，风也似的跟着他们跑了。

如瑾纳闷，还不到 10 点，怎么就关门了。

正巧碰见汤一品的老婆，小蒋，推着婴儿车往回走。

她说，植物园停业整修，说是要清理池塘里的淤泥。两周后才恢复营业。

现在找个空气清爽的地儿真不容易，居然还限时，真是的! 不是说荷花出淤泥而不染吗? 清掉淤泥，还有荷花吗? 小蒋悻悻地说。

如瑾安慰，又不是斩草除根，就算没了荷花，不是还有别的花嘛! 九月植物园还有菊展呢，到时你家宝儿都会下地走了。带着来玩也没这么辛苦了。

小蒋说，我怎么听说孩子越大越难带呢？我神经衰弱，想想，熬人哪！要说落下这毛病，都怪对门，天天打打杀杀的，搁谁住他们家对门都倒霉！

琳琅？如瑾想想也有大半年没见琳琅了，就问小蒋，他们还吵啊？

小蒋说，说来奇怪，有几个月没听到对门动静了，心里更躁，听不到那响动更睡不着了。

除了琳琅，连阿良都不常见，最后一次见阿良还是去年秋末。

如瑾带小答补习回来，见阿良独自坐在楼下，跟前放着鸟笼。黄叶秃枝，阿良半个脑勺空着，所剩无几的碎发白得惊心。

秋风萧瑟，寒鸦栖复惊，那对鹦鹉在笼子扑腾，尖叫，你，怕冷吗?冷吗?！冷吗?！

阿良像块风干的木头，无动于衷。

如瑾上前问，还不回去吗？我眼瞅这鸟儿像是冻坏了。

阿良阴白着脸，半天，抖索出一句，它们毛厚，不怕冷。

小答蹲下身，用树枝逗鹦鹉。鹦鹉也人来疯似的，嘎嘎啾啾。

说话，说话啊！

两只鹦鹉闪闪躲躲，就是不开口。

如瑾说，小心，别把它俩戳着了。

小答没趣说，不说人话，没意思，走了。

转身之际，只听鹦鹉鸡猫子似的叫，傻瓜，天堂见！

阿良一惊，起身夺过小答手里的树枝，冲着笼子使劲儿抽。

谁是傻瓜?！谁跟你天堂见?！该死的！让你不说人话！

小答急了，冲上去，抱着笼子，躲得老远。

如瑾劝道，鹦鹉学舌，你别跟鸟儿斗气。

阿良呼噜气喘地说，终归是畜生玩意，不识好歹，让它们滚，滚远点，别让我再看见，不然，非拔光它们的毛！

这对鹦鹉是琳琅养的，怎么不见琳琅?

如瑾忍不住问，琳琅呢?

阿良听了怒目圆睁，跳将起来，让你跑?！今儿，我非得拔光俩小畜生的毛不说！

如瑾惊得阵脚大乱，连忙说，要不这样，你若嫌吵，鹦鹉让小答带回去养两天，等消停了再给你送回来。你看，行不?

阿良摆摆手，也罢，就送给小答了，省得我看着心烦。

鹦鹉带回家，养在阳台上。如瑾叮嘱小答，记着按时喂鸟儿。

雨天。小答说，有只鹦鹉不吃食，是不是病了?

如瑾去看。还真是的，那只鹦鹉耷拉个脑袋，窝在笼子里，打哆嗦。

她问小答怎么回事?小答说，昨天我给它们水喝，结果一哆嗦，全泼它身上了。

如瑾找了药棉、碎布头，铺在笼子里，又取药，喂鸟儿，可怎么也喂不进去，索性就把药碾成粉，搁鸟的小水槽里，她想它渴了自然会喝。

第二天，再去看，发现那只鹦鹉像蒲扇似的扑倒在笼子里，双眼紧闭。鹦鹉死了。

小答伤心了一整天，抱着死去的鸟儿哭个不停。

谢端说服小答，到楼下找个僻静的地方把鹦鹉给埋了。

如瑾踌躇，该怎么跟阿良交代。祸不单行，第二天，另一只鹦鹉也死了。

如瑾去鸟市买了一对鹦鹉还给阿良，阿良并不责怪，反而哈哈大笑说，好，死了倒干净，这鸟儿你拿回去，我不要。

鸟儿死，笼在。那鸟笼十分精致，雕花绣眼，连水槽、鸟碗都是细瓷浅浆的。

这大半年，如瑾看着鸟笼不时会想起琳琅，影影绰绰看见琳琅纤长手指在鸟笼间起落。

若是琳琅知道，她的鸟儿死了，她不得有多伤心呢?

她知道了会来找如瑾问个究竟。不对，那天如瑾带鹦鹉回来没跟琳琅打招呼，那可是她心爱的鸟儿，都快一年了，她竟然问也不问一声。

该不是她又离家出走了?

如瑾想想感觉蹊跷。

晚上，楼下老张敲门，问如瑾，你家厨房水闸是不是没关?都漏到我家了。

如瑾赶忙去厨房，水龙头是关着的，地下一大摊水，厨房顶上湿答答地还在滴水。水是沿着煤气管道间的缝隙流下来的。

原来是阿良家在漏水。

她上楼敲门，里面没人应声，只好打电话找物业。

好一阵儿，见阿良气喘吁吁跑回家，他执意不让物业进他家门，如瑾听见他在楼道里吼，有啥看的，这是我家，你们都给我出去，水管坏了我修，淹了别家，我赔，我赔！

水很快不漏了，如瑾想可能是阿良出门忘关水龙头了，没啥大事。

这些天，小答他们都在小区里玩，小区路窄车多，行人也多。

如瑾问小答，你们咋不去植物园玩？不是说植物园开门了吗？

小答说，植物园里有股子怪味儿，熏人，王一飞说那是死人味儿。

如瑾说，胡说八道，你见过死人吗？

小答说，王一飞见过，他说他爷爷死时，他去过火葬场，那儿的味跟植物园的味一样一样的。不信？你问他。

如瑾下班回家，见她家单元门口被人群围得水泄不通。扒开人群看，一辆警车停在楼下。

单元门敞着。阿良被两个警察带了出来，晃眼儿间，上车，警车呼啸而去。

人群嘤嘤嗡嗡地散去。

如瑾看见汤一品两眼空空，戳在那儿。

阿良，怎么了？如瑾问他。

他好半天才回过神说，晓得不？植物园池塘里发现了无头女尸，阿良，阿良他老婆，晓得不？

啥？

阿良是嫌疑犯，弑妻。晓得不？

汤一品瞪大眼，用手在脖子上划了一下，他嘴哆嗦得厉害。唾沫星子喷了如瑾一脸。

琳琅死了？阿良杀了琳琅。

啊?！如瑾惊得汗毛倒竖。

凶宅啊。这地儿没法住了。汤一品摇头说。

琳琅死在家里？

不晓得，我家那口子睡觉轻，一点儿动静就醒，她都没听到响动，你说奇不奇？你说会不会是下毒？悄没声的，等人死了，再挪出去扔池塘里，可也不晓得，他一个人，还是个瘸子，那么大的人，他怎么弄走的？我想啊，他是把尸体肢解了，一点一点运出去，也不对，你剁过骨头，晓得那响动，当当当！当当当！哦哟，吓死了咧哎！

汤一品龇牙咧嘴说，他痉挛一下，自顾自走了。

走出没多远，他又退回来，嘴歪眼斜跟如瑾嘀咕，我想啊，准是用锯子锯的，一点一点锯，嗞啦嗞啦嗞啦！

如瑾魂不附体，琳琅的脸支离破碎，血光四溅，浓稠的血腥味弥漫。

如瑾弯下身，对着一棵歪脖树吐了出去。

谢端回来说，听说楼上出了命案，以后街坊四邻还是少来往，人心叵测，防人之心不可无。

他又说，处里的新楼明年竣工，到时咱们搬走，省得住这儿沾染晦气。

如瑾无精打采。晚饭没吃，睡觉时，反锁了门。

第二天，周六，谢端说要带小答出趟远门。如瑾没心思问他们去哪儿？她昨晚睡得不踏实，噩梦连连。

待他们走后，如瑾打开电脑。

她收到一封奇怪的邮件。火星文的提示，垃圾邮件？删了吧。

正要删除，她看见那个惊悚的名字，琳琅。

整篇邮件乱码，邮箱杀毒引擎提示安全。

折腾了一下午，到晚上，打开邮件。

邮件真是琳琅发来的，内容太过凌乱，断断续续的，每段末尾都带省略号，如瑾看得不知所云。

琳琅，想说什么呢？

好奇与恐惧，带来亢奋，直到凌晨，如瑾还是无法集中心神。

临睡前，她不断去回忆琳琅的音容笑貌，这也变得徒劳，合上眼的一瞬，琳琅与黑暗一起覆盖下来。

来吧，琳琅。

我之前叫小蝉来着，我妈说生我时，赶上三伏天，蝉声叫得欢实，我又爱哭，弄得她心神不宁，她说就叫小蝉吧……

我 12 岁，爸妈离婚……

我跟我爸去西北，弟弟跟我妈留在老家。我爸做生意赔了钱，又打伤了人，坐牢了……

我妈改嫁，她说拖个弟弟就够累赘了，她不要我。那年我 15 岁……

我辍学挣钱养活自己，钱难赚啊，所以……

我在香水暖场，香水是夜店，刚开始只是陪酒、唱歌，后来……

我没觉得自己赚的钱不干净，既然做了这行，就没啥挑三拣四的。我文身、嗑药、醉生梦死。我姐们儿娜娜说，留着青春干吗用啊？与其让时间糟践自己，不如自己作践自己，反正到头都是人老珠黄嘛，那就来点儿痛快的！来玩的都是鬼，鬼世界哪还分贵贱？色鬼说，婊子无情，说你呢，你他妈鬼头鬼脑，嚣张个毛?！畜生，我呸！嗨，告诉你，那个死胖子用酒瓶砸我来着……

我转了多少场，记不清了，客人夸我唱歌好听，哎哟妈呀，这倒是条生财之道……

我在 COPY 做歌手。经常坐冷板凳，我还没开口唱，台下就有扔啤酒罐的，他们管我叫鸡猫子 MM……

酒吧来了新乐队，叫石头剪刀布。那块布长得很舒展，脸还带变色，我喊他布哥，他的脸立马红得像红旗。我给他脸色，他额头冒汗，脸色泛白，像块湿答答的绒边毛巾……

布哥说我声音好听，跟珠子落在玉盘里似的，嘿嘿，就是名字不好听，改叫琳琅多好，嗯，好啊……

爱上那块布。童初问为啥爱？我笑啊笑，因为你是一块布呗……

童初送书给我，《茶花女》，我说我看客人脸色就够了，看书干吗？他有板有眼地说，我希望你不要浪费生命！瞎活！娜娜说，时间就是用来浪费的，我说，我说啥好呢……

童初问我为什么一个月里有二十五天玛格丽特戴的茶花是白的，而另外五天她戴的茶花却是红的？不就是她大姨妈来了吗？我哈哈大笑，还说我瞎活呢？连这儿都不知道，童男子吧？他脸比红布还红……

童初的理想是当流浪歌手，我说，现在富人才流浪，穷人流浪那叫流窜。他要带我一起去，我说，两个穷人出去转悠只能大眼瞪小眼，两眼泪汪汪……

他真走了，撂下我……

我的心比石头还硬，有啥呢？人各有志，没谁还不活了？我不哭不闹，我喝酒、抽烟、我要唱，他们说我那鸡猫子嗓子带哭腔，很沧桑，很性感，嘿嘿……

阿良说跟我走吧。我笑，你多大？他说 30 多，我大声笑，大叔，你顶都快秃了，才 30 多？你猜我多大？我 21 了，你想吃嫩草，吃口，尝尝鲜就得了，干吗还种草啊？他说，头回听你唱歌三年前，七夕，你穿紫色的短裙，头上别个白发夹，唱《情人的眼泪》，你没掉一滴泪，我却哭了。你在这儿几年，我就等了几年，你多累多辛苦，我看得出来，跟我走吧，我保证以后不让你辛苦。这小老头真够拧巴，说得我，我呀……

美瞳。指甲油。石头珠链。超短裙。鹦鹉 。老头儿。一年又一年……

老树枯藤昏鸦，阳光雨露鸟鸣……

结婚？他有老婆。生子？跟谁？他就是只老蛤蟆，他当我是啥？酒后发泄的工具，鸡拔光毛，还是鸡，他骂个没完……

他又打我了……

皮草。保养。美白。牙齿。琥珀。绳。养花。见客。换发型。冰箱。霜。微信。话痨。黑眼圈。西红柿打卤面。拖鞋。蜻蜓。弹烟灰。寻人启事。忙。真的。好吧。泪。失眠。抑郁症。d. requiem 。意思是？飘。葵扇。耳朵。舍不得，守。去。可以。明天。大雪。不见。不散。怨妇……

童初……

为什么走了又回来？童初……

我们一起疼，疼，要死了，要死了……

走吧，走吧，我们，去鬼天堂……

现在，你可以绿了，

因为，我要发芽了，

现在，你可以吹了，

因为，我心里痒了。

一起疯长、一起绿。你是我，我是你。

变回原形，找到鬼天堂。

傻瓜，天堂见。跟我一起穿过黎明。

迎着光，燃烧，化成灰，像蝉一样唱。

傻瓜，天堂见，我们都是活在昨天的鬼。

左眼光明，右眼漆黑，反正就要散了，没什么可怕，

反正已经爱了，没什么可怕，

反正天就快亮了，我们又要遇见了，

反正，我们又要在一起了。

天知地知你知我知，鬼知道，

……

如瑾惊醒。谁在唱歌？

琳琅？

电脑没关，邮箱空了。

阿良再也没回来。汤一品嚷嚷要搬家，四处看楼，逢人便说，阿良把琳琅的头埋在花盆里了，哇呀呀，我每晚都梦见那颗头在我眼前晃来晃去，她睁着眼，眼里冒着红光，张大嘴，咬我，哎哟哟，要命的哟！鬼在找替身，你们不搬走，早晚会搭上性命。

如瑾看见汤一品在楼下烧纸，嘴里念念有词，阿良媳妇，我是去物业投诉过你家，就一次，你大人有大量，别放在心上，我这就给你赔不是，再说投诉你家的又不是我一家，你要找也该一块找啊，别光盯着我一人，你家楼上老李，小孙，还有楼下谢端，谢端家那口子你认识的，你找他们去，行行好！

半个月后，如瑾在包子铺碰见汤一品。他说明天他搬家。大三居换小三居。

如瑾说这么快啊？汤一品反问不快行吗？

如瑾见他精神萎靡，脸如死灰，心领神会，说，也好。

汤一品临走，低声对如瑾说，别买这家的肉包子，要买就买素的。

为啥？

他家肉包子都是血脖肉做的，有毒，你晓得的，嗯？

汤一品手在脖子上一抹。

如瑾吓得丢下包子，落荒而逃。

第十九章/水华

还有几天小答钢琴过级考试。如瑾督促他练琴，可小答赖床不起来。

小答说他肚子疼，如瑾让他吃药，他不吃，说贴个肚脐贴就没事了。

家里没有肚脐贴，如瑾去药店买，走时叮嘱小答，乖乖躺着，有事就给妈打电话。妈，不走远。

等她买完药回家，发现小答不在。

这孩子?！她火急火燎出门。找了半天也没见踪影。

回家，见冰箱门开着，里面吃的喝的被扫荡一空，小答的房间乱得跟羊圈似的，课本、作业都丢在地上，可就没见书包。

她打电话给钢琴老师。老师说，没见小答。

电视正在播拐带儿童的新闻，这更让她坐立不安。

外面风雨交加，如瑾顶风冒雨，四处呼喊小答的名字。

她记起小答小时候常去车库躲猫猫。

车库在小区深处，前后有楼房隔着。她在那儿没找着小答，转身回去，突然听见一阵狗叫声从对面一楼的窗户里传出来。

那扇窗被爬山虎封得严严实实。

柳丁，别叫，被人听见，你会死的。小答？

她按那家门铃，没人应声。

她站在楼下等。

小答出来，看见她就跑，她追上去，揪他耳朵，死孩子，长本事了？敢骗人了？

小答疼得直咧嘴，可并不松口求饶。

我不是死孩子！我没骗人！

好，你没骗人，咱就上人家家里问问去，走！如瑾拽着小答按门铃，门没开。

这是谁家？她问。

小答干眨巴眼不说话。

不说？好，回头我告诉你爸去，你是三天不打上房揭瓦，啊？！

花婆婆。小答不打自招。如瑾心说，小兔崽子，欺软怕硬！

说！

妈，你不知道小区现在禁狗吧？花婆婆的那些狗被物业给处置了，还好那天柳丁不在，不然花婆婆一个伴都没了。

柳丁？

就是那条大花狗，你见过的。花婆婆给气病了，她又没人管，我送吃的给她。我说的都是真的，没骗你，妈，你千万别告诉他。

他是谁？

他就是他，你又不是不知道。

我不知道，再问你一遍，他是谁？

他，他是那个，他是，我爸。

如瑾笑，你也有怕的人！

如瑾让小答再按门铃，门开了。如瑾问刚才为啥不开？小答鬼笑，秘密。

如瑾打开单元门，见一楼左边的门开着，门口蹲着一条大花狗。

柳丁。

狗会开门？如瑾问。小答笑，这不算啥。柳丁可能耐了。

咱家有口罩吗？小答问。

怎么？

给柳丁戴上，它叫得太大声，被物业逮住就麻烦了。

屋里陈设简单，并没想象中的凌乱不堪，满墙挂着些老照片，其中，那个跳芭蕾的女子身段优美、气质高雅，有点儿眼熟。花婆婆？

如瑾尾随小答进里屋，床上躺着花婆婆。

枣儿，来了呀？花婆婆问。

花婆婆铺盖着大红喜被，门窗、床头、梳妆台上贴着烫金喜字。她指指窗台上的花瓶，命令如瑾，它们全开了，刚好12朵，给我戴上。

花瓶是空的。如瑾不知所措。

快点，枣儿，要不来不及了，一会儿迎亲的人就来了。花婆婆催促。

小答愣愣神，说，花婆婆，我妈来看你了。

你妈？枣儿，你啥时候有这么大的孩子了？你？

花婆婆，我是小答的妈妈，听他说你病了，我……

好啊！枣儿，你抢了我的柳丁不说，现在还弄个孩子来羞辱我？柳丁呢？不，你骗我的，柳丁爱我，他是爱我的，他不会跟你走，听，鞭炮声，他来接我了。

花婆婆起身，推开如瑾下地，没走几步，摔倒在地。

如瑾连拖带拽，把她弄回去，她问小答，花婆婆对你也这样？

小答摇头。

我对你怎样？你说？花婆婆倒吸气说。

我？

你受罚我陪你，你弄脏我舞服我不怨你，你抢我角色我不恨你，可这回你跟我抢柳丁，我不会轻饶你！

花婆婆瞪着如瑾说，她脖子上青筋暴跳。你，你们会有报应的，她说着抽泣。

小答护住如瑾说，花婆婆，我妈是好人，你再这样说她，我以后再不来你家了。

花婆婆脸别向一边说，不来就不来，谁稀罕，你们给我走！

如瑾和小答退出来，听见花婆婆在后面喊，小东西，明天还来啊！我等你啊！

关门时，柳丁叫了一声，似乎是在说，好走，再见！

第二天，如瑾做好饭让小答给花婆婆送去，小答撇嘴说，她那样对你，你还对她好？

小答回来说，花婆婆不吃，说饭是枣儿做的，有毒，她才不上当呢。

如瑾笑，你就不会说饭是小答妈妈做的吗？

小答再回来。笑嘻嘻地说，我照你的话说了，结果花婆婆把饭都吃光了，还说，小答妈妈做饭真好吃，枣儿哪会做饭呢？

这天，如瑾照旧多做一份饭，让小答带给花婆婆。

小答回来说，花婆婆家里来了个奶奶，说是以后不用送饭了，她说她是来照顾花婆婆的。

哦，她还说啥了？如瑾问。

没说啥？她让我叫她枣儿奶奶。可花婆婆叫她小答妈妈，我都糊涂了。小答说。

如瑾笑，只要花婆婆有人照顾就好。

傍晚，如瑾看见有个老太太正推着花婆婆在小公园遛弯，柳丁跟在后面，看身形气度老太太与众不同。

她边走边跟花婆婆念叨着什么。

花婆婆冲如瑾喊，枣儿！你又来干吗?!

那推车的老太太拉下脸说，老东西，你老眼昏花了啊?！她跟我哪点像?!

花婆婆收拾得干净齐整，她歪头看老太太问，小答妈妈，你在骂我啊?

老太太笑，服你了，老糊涂，随便吧！

如瑾上前跟老太太搭话。

您是枣儿奶奶？我儿子回来跟我说了。

老太太恍然点头。

水华可怜，我造的孽是还的时候了。她叹息说。

如瑾不明究竟，也不好说啥。

大概这儿的人都知道水华的身世，我和柳丁就是传说中的那对狗男女，老都老了，别人说啥就是啥了，恩恩怨怨几十年也该了断了。老太太说。

如瑾问柳丁不是那条狗吗?

老太太苦笑，他要是条狗就好了，千刀万剐，还能炖了吃。当初我抢了水华的男人，如今我人老珠黄了，他又负了我，报应啊！

如瑾说，报应？花婆婆好像也这样说。

老太太低头对花婆婆说，老东西，怪不得我过不踏实呢？敢情你背地儿咒我呢！

花婆婆眼睛直勾勾地盯着前面的花坛，神情恍惚，枣儿，你瞧，叶子落了。

她回身抓着如瑾的手说，枣儿，柳丁啥时候来接我啊?

老太太叹气，走吧，老家伙都死了，你让他怎么来接你？好了，都是冤孽，咱仨儿底下见吧！

花婆婆咯咯笑，好呀，好呀，一起走！

老太太推着花婆婆离去。她俩的影子渐渐在夕阳余晖下融化。

如瑾俯身，捡起一片落叶，端详，没到秋天叶子就黄了。其实也没什么大不了的。

春天迅疾，花骨内已有落叶之声。何况万里清光不可思，添愁益恨绕天涯。她叹息。

第二十章/我不是好人

天暮又发烧了。他在电话里有气无力地对如瑾说，头痛，全身发软，什么时候才是个头啊？如瑾已不像从前那样大惊失色，她叮嘱他季节更替，要多留心些，尽量别感冒。

天暮说，能不能撑过今年还真难说。如瑾生气说，杞人忧天！放心好了，我死了你都死不了，你是王八命！

天暮笑，你，指桑骂槐啊?!

天暮自从得了病，脾气性情越发古怪，病稍有好转，他就好了伤疤忘了疼似的，四处蹦跶，熬夜、喝酒，恶习不改，如瑾劝他不听，他说人生得意须尽欢，早死早投胎。如瑾骂，你那叫人生得意啊？你那是人之将死胡作非为！

天暮始终没告诉如瑾，他究竟得了什么病。他说，病来如山倒，就算压不死也得变成半身不遂。与其当活死人拖累别人，不如早死早了断。

那你咋还不去死?！如瑾气不打一处来。

我不是还没活够嘛！天暮笑。

前面说早死早投胎，还没翻过页又说好死不如赖活着，自相矛盾！

天暮笑，后面这句好死不如赖活着我可没说，是你说的。

如瑾骂，无赖！谁没说谁就，就不得好死！

天暮说，妞儿，你可真毒！诅咒一个快死的人，罪过罪过！

如瑾说，你不会死，我从来没把你当快死的人，你孔武有力，声如洪钟，谁信啊？

她心口如一，上回见他并没觉得他奄奄一息，岌岌可危，有时她甚至认为天暮小题大做故意搞恶作剧忽悠人。

我全身骨头疼，真的，这病发展迅疾，医生说先是骨头，然后到五脏六腑，说不准哪天我就彻底垮了。天暮说。他情绪多变，如瑾已习惯。

她问不会是类风湿吧？你好好查查吧？

天暮笑，又瞎猜。我清楚自己的病，我如今也只能得过且过。说真的，如果我不在了，你会想我吗？

又来了，你都死了还在乎这些，冲你这没完没了要活不死的样子，你也死不了，别说我了，上帝、阎王爷、撒旦、湿婆、穆罕默德都烦你，没人要你，你老实活着吧！

如瑾一股脑儿说。

天暮大笑，妞儿，没人跟我这样说话，在别人眼里我是病人，照你这么说，难道我就是个十恶不赦的浑蛋，哈哈！

如瑾说，好人命不长，祸害活千年。

天暮纵声大笑，妞儿，看来我坏得还不够彻底。

如瑾说，坏到极致就会好起来，绝处逢生。

但愿如此，天暮说。

挂掉电话，如瑾立即颓了下去，在天暮面前她举重若轻，此刻却力不从心，她仰面躺下。

这六年，她一直活在回忆之中，恍惚、压抑、恐惧、迷惘、不能自拔。她到底要什么？

一种没有结果的爱，还是一场绵延不绝的梦？天暮是她的病，她连自己的痛点都没找到，怎么治他？

病去如抽丝，既然他们难以割舍，息息相关。那就先这样吧。她叹气。

隔天半夜，如瑾被手机吵醒。

电话那端传来天暮沉重的呼吸声，他半晌才从牙缝挤出句：妞儿，我快疼死了！

如瑾惊慌失措，问，你在哪儿？

医院，我快不行了，真的，脑子异常清醒，不会是回光返照吧？天暮咬牙说。

为啥不叫护士？

都快死的人了，还麻烦别人干吗？

如瑾心急如焚，你在哪家医院？

你知道又能怎样？我还是自生自灭的好，嗯，疼啊！生不易，死也不能痛快，我是遭天谴，报应！

天暮气若游丝，一阵剧痛上来，他哼几声，喘几口气。

如瑾傻了眼，禁不住哭出声来。

天暮喘息说，妞儿，别哭，大半夜小心吵醒人。我忍忍，过会儿就好了。

如瑾催促，赶紧按铃叫护士来吧！求你了。

天暮苦笑，不用，真想一死百了。只是看不见你，我有点儿难过，妞儿，你说我算好人吗？

如瑾哽咽，你是。

好人不长命，我奶奶二十一岁得怪病死了，我没见过她，听说她是大好人。我爷爷再娶，后奶对我妈不好，我小时候经常挨她打，她现在还活着。你当我是好人，我喘不上来气，要，要死了。

如瑾情急说，非洲有种叫杜兹的肺鱼，缺水四小时还能活下来，你忍忍，天就快亮了。

天暮叹息，快了，天快亮了。

雪花儿，别哭，爸还活着，奶奶，我好像看见你了。天暮喃喃自语。

电话断了。

如瑾打过去，没人接听，她的心悬起来。

如果天暮不在了，她该怎么办。

她眼前一片黑暗，阴森压抑、绝望恐怖，窗外夜猫哀号，嗷嗷嗷，喵呜喵呜。

死，不能复苏。天暮，醒醒！

一大早，厉梅打电话说，金桔昨晚生了个大胖丫头，你还不来医院啊？

如瑾问，不是离预产期还有两个月吗？难道是早产？

厉梅低声说，跟外人说是那样，你忘了金桔未婚先孕这茬了？

如瑾哦了一声，可她没记错啊，她妈跟她提过金桔预产期具体日子，好像金桔也那么说。

厉梅笑，你不知道也情有可原，金桔结婚那会儿，妈曾交代过金桔怀孕的事不能跟你说。

如瑾心凉了半截，她妈还当她是外人，唉！

如瑾赶到医院，还没进病房，就听见争吵声。

厉梅看见如瑾，使眼色让如瑾先别进去。不一会儿，良骥的父母气势汹汹地出来。

不孝子，白养了，帮着媳妇说话，眼里哪里还有我们这爹娘?!良骥父亲恼羞成怒说。

不是说怀的是男娃儿吗？咋生下来却是个妮儿？没一句实话。这妮儿是不是良骥的，还两说呢？那贱人还没进门，就有孕在身，瞧她那样儿也不是啥安分的主儿，生个娃儿，没点儿像良骥的。莫不是哪个的野种？良骥母亲搭腔。

如瑾不悦，拦住良骥父母说，大喜日子，您二老就不能说句中听的吗？女人生孩子像过鬼门关，我妹这般遭罪，没功劳也有苦劳吧？没好话，也别往人身上扣屎盆子啊?!

良骥妈瞪如瑾，不愧是姐妹俩，妹妹凶煞，姐姐也不是啥善茬，不做亏心事不怕鬼敲门，长着眼睛自己去看，那娃儿哪点儿像我们良家人?

如瑾气愤：孩子才生下来，眉眼还没长开，像不像谁，等再长长才能看得出来，说话要讲凭据，无理取闹可不好。

啥叫无理取闹？既然你这么振振有词，那我来问你，就算现在看不出像谁，也能看得出个大概吧。那妮儿从眉眼到脸盘没一处像他们夫妻俩的。你可听仔细了，我说的是那妮儿不光不像我们家良骥，也不像你妹，你说能像谁？就算从石头缝儿里蹦出来的，也还是块石头吧？没见过那么丑的妮儿，脸上还带那么大块胎记，以后咋见人哟！我们良家人个个生得周正体面，这是哪来的丑八怪？你说?!

如瑾还想争辩，厉梅走过来，摆手示意她别多说。

厉梅赔笑说，金桔刚生产，身上心里都不舒服，说话不中听，您二老也别跟她置气，要不我先送你们回去休息？

良骥爸点点头，扭头看一眼如瑾说，不是我们无理取闹，回头你去问问你那妹子到底说了啥，良骥有眼无珠，娶了个泼妇。败了良家门风。唉！

厉梅戳了一下如瑾，努努嘴，这儿有我，你进去吧。

病房里，如瑾妈、金桔、良骥都在。如瑾妈见如瑾进门，说我有事先走，你待着好生照看你妹。

金桔边抹泪边唠叨，当初我是瞎了眼嫁给你，一家子乡巴佬，欺负我下不了地，跟我这儿耀武扬威，这笔账我记下，总有一天连本带利一起还，走着瞧！

良骥不耐烦说，啥叫一家子乡巴佬？我家农村的，不假，可我爸好歹也是个教师。再说我不都向着你说话了吗？为这把我爹妈都得罪了，你还想咋样？

教师？民办的吧？金桔毫不示弱。

如瑾见状打岔，我外甥女呢？

良骥指指里面。

如瑾上前看孩子，正如良骥妈所说，孩子右脸上有块红色的胎记。

如瑾笑，看这眉眼，不像金桔，倒是有几分像良骥。

金桔接话，我就说嘛，我长得有那么丑吗？那老不死的还说他儿子像她，长得如何周正讨人喜欢，真是眼睛里插棒槌了，全家一水儿的贼眉鼠眼猥琐相，还配跟我们家说门当户对？这不是老牛撞宝马、蚍蜉撼大树吗？

别胡说，如瑾打断金桔。

啥叫老不死的？那是我爸妈，你有点儿教养行吗？有这么糟蹋自己公公婆婆的吗？良骥面红耳赤说。

兴他们往我头上扣屎盆子，就不许我斗几句嘴啊?！乡下人迷信，重男轻女也罢了，可生男生女又不是我一人说了算，他们偏偏揪着以前的事不放，当初找熟人做B超说，我怀的好像是男孩，我也没敢说千真万确是男孩啊！现在他们用这话来堵我嘴，啥意思？难道生个女孩就是高粱地里栽葱矮一截了？你要嫌碍眼，趁早斩草除根，掐死她算了！

金桔号啕大哭，良骥顿时乱了阵脚，哄也不是劝也不听，只得眼巴巴瞅着如瑾。

如瑾使眼色给良骥，还不出去打开水？

良骥走了，如瑾劝金桔，多大点儿事儿，值得这么号？怕是奶水给哭没了，你闺女饿坏咋办？

饿死算了！金桔抽搭说。

厉梅回来也劝金桔，你如今是月婆子，坐月子忌讳哭，眼睛哭坏不说，要是得了产后抑郁症可就不上算了。

金桔不听劝，哭着说，我本来就抑郁，没人疼就算，可谁都巴望我有个好歹的，不如死了干净！

晚上，如瑾爸妈来看金桔，金桔仍旧对早上的事不依不饶，不停数落良骥一家。如瑾爸对良骥说，这几天你多受累了，金桔的脾气你要多担待，毕竟生个孩子不容易。

如瑾妈把如瑾拽到一边，你也不帮妹儿说话，叫人家欺负我们娘家没人。

如瑾说该说的都说了，也不能太得理不饶人。

你这当姐的反倒帮外人说话了，啥叫得理不饶人？你妹受欺负，你理应替她出头，如今你胳膊肘往外拐，安的啥心？

如瑾气得直跺脚，我帮外人说话？你从来没把我当自家人，你让我出啥头？打架斗殴？学泼妇骂街？非得乱成一锅粥，才消停是吗？

如瑾妈冷笑，我是那意思吗？你要是那块材料，我倒省心了，帮不上忙，就别在这儿瞎掺和，赶紧回去。

厉梅跟如瑾同路。如瑾问厉梅早上到底发生了什么，弄得大家都不快。

厉梅说，早上良骥父母来看孩子，良骥妈随口问孩子脸上怎么有块胎记？金桔听着不爽，说，我家人皮肤都很好，没见谁脸上长斑长胎记的，要随也是随良骥了，说良骥皮肤敏感，酒后或是吃了刺激的食物，下巴上就现出那样的红斑。还说，DNA 这玩意真邪性，好的不遗传，偏遗传孬的。良骥妈也是属炮仗的，一点就炸，两人你一言我一语来回轰炸，可不炸开花了吗？金桔越骂越来劲，连良家祖宗十八代都给端了。说她嫁给良骥，等于养了祖孙三代，说只见过吃软饭，还没真见过一家老小吃白食的，你知道良骥父母乡下人没退休工资，良骥给他们养老钱也理所应当，毕竟是他父母，对他有养育之恩。也难为良骥夹在中间，里外不是人。就这样，金桔还不肯罢休，当面骂良骥爸妈老不死的。

如瑾了解金桔的性情，叹气，这才是开头，谁知道以后啥样呢？

金桔出院那天，如瑾去医院，护士说金桔刚走，同病房的人摇头说，没见过这样当妈的，连自己亲生孩子都不要，还是人吗？

如瑾回娘家，问她妈金桔呢？她妈说，在她自己房里呢，你别去招惹她。

贞儿呢？她又问。金桔给孩子起名叫贞儿。

她妈半天才说，别人家的事，你少管。你早些回去吧，小答要人管呢。

晚上厉梅打电话给如瑾，早上金桔把孩子撂医院了，说这孩子良家人不要她也不要，让她自生自灭吧！

怎么回事？

金桔这阵儿又犯病了，喜怒无常，谁都不敢惹她，她不给孩子喂奶，硬是把奶给憋回去了，她说自己被小鬼缠上了，那天还要掐死孩子，幸好被护士看见。

良骥呢？

他也拿她没办法，只好求他爹妈把孩子抱走了。

如瑾听着心酸，孩子还那么小，她也舍得下？

她不是有病吗？其实我咋觉得她心里比谁都清楚，她跟我说，她不想要这孩子，嫌她烦、难看，吵得她睡不着觉，这样下去她不老才怪，她可不想变老太婆，丢给那俩老不死的，让他们给累死！咱妈也护着金桔，说孩子是良家的，老人带理所应当。

如瑾不语，她宁愿相信金桔真的犯病了。

这天，如瑾妈冒雨来找如瑾。如瑾纳闷，她妈来她家的次数屈指可数。

她妈一进门就问谢端在家没？

如瑾说谢端有应酬，这个点一般都在外头。

小答呢？

还没回来。

她妈点点头，满面愁容说，妮儿，你说该咋办？

如瑾问究竟发生了啥事，她妈还未开口就抽泣起来。

金桔跟良骥闹离婚，明儿就上法院。

如瑾吃惊，贞儿还没过百天，吵几句就离婚，哪有这样把婚姻当儿戏的？

她妈哭诉，我这是上辈子作了什么孽哟？你是不知道，他们这婚结得草率，从结婚头天就不消停，妹儿说良骥不给家用，有点儿钱都给他爹娘了，没钱还怎么养活孩子啊？妹儿死活不要贞儿，良骥也说不要，你说咋办？

这你放心，如果真到了非离不可的地步，谁抚养由法院判。如瑾说。

可我听金桔说，孩子两岁以内会判给母亲抚养。

哺乳期的孩子，一般都会判给女方。

这可不行！

为啥？

这不把金桔拖累死了啊？妹儿还年轻，以后还得嫁人呢。

如瑾听着来气，说，人不能太自私了，毕竟金桔是贞儿的妈，法律也规定，抚养子女，是他们当父母的义务和责任。

那也不行，良骥还是孩子爹呢，他怎么可以撒手不管？这是啥法律？不公平！

良骥不管，咱就不管了？这叫没人性！

她妈瞅着如瑾欲言又止，如瑾问，你今天找我就为这事？

她妈支支吾吾说，妮儿，妈有事求你。说出来，你可得担着。

你说。

我跟你爸商量来商量去，还是觉得你仁善、心眼好，能不能，能不能把贞儿过继给你，由你来抚养，你晓得，金桔命苦，她以后还要再嫁，还要再生孩子，这个油瓶可拖不得，你这当姐的就帮帮她，也体谅一下我们做老人的，成吗？

如瑾妈几乎在哀求如瑾。

这简直是，简直闻所未闻！如瑾哭笑不得。

如瑾喘口气说，贞儿的亲生爹娘都在，就算过继给我，也不合法，再说谢端也不会同意。

谢端那边，我以后再找他说，你先答应了，再说又不是让你白养，我跟你爸说给你涨工资。如瑾妈说。

如瑾摇头，不是涨不涨工资的事儿，为人父母，天地良心，我怕带坏别人孩子，责任我负不起。

别人？那是你亲妹儿，唉！算我生错，都是六亲不认的白眼狼！如瑾妈勃然大怒，起身，甩门而去。

厉梅找如瑾说昨天咱妈为金桔的事也找她了。说让他们夫妻俩领养贞儿。

咱妈也真是的，这样的事情说出去都叫人笑话，金桔和良骥健在，而且还没离婚呢，就算真离了，自然法院会判，该谁养就得谁养，都想做甩手掌柜，那不是天下大乱了吗？话说回来，咱妈那么护金桔，那她老人家自己养好了，还用着开金口四处求人？

如瑾说我妈上年纪了，让她带孩子，身体吃不消，她也是为金桔着急，天下父母心。

没多久，金桔跟良骥真的离婚了。开庭那天，如瑾妈要求全家都去助阵，如瑾推托要给小答开家长会，没到现场。如瑾妈硬是把谢端招了去。

金桔在法庭上又哭又闹，说自己有病，没有抚养能力，法官把孩子抚养权判给了良骥。

金桔后来说，凡事还得靠自己，我看良骥拖个孩子还能咋样？

她妈事后也数落如瑾不孝，不知体恤父母，六亲不认，迟早跟心慧一个样儿。

心慧？

如瑾心说又拿心慧说事，我又不是心慧。

谢端回来发牢骚，没见过这样当妈的，一个你妈，一个金桔，一个护短，一个撒泼，为的是把个不足百天的婴儿甩出去，这还是人吗？

如瑾心里也觉得她妈和金桔过分，但嘴上还得硬气，说，一个是我妈，一个是我妹，你这么说我也不是人了？

谢端叹气说，我可没这么说，你家也就你一个明白人，而且还是好人。

如瑾心惊，我也不是好人。

至少你不会抛夫弃子。谢端说。

是吗？

除非你变鬼了。

如瑾沉默，说得对。

第二十一章/心慧

空山新雨后，天气晚来秋。

一层秋雨一层凉，秋天到，昼夜温差大。临下班，老父亲叮嘱如瑾，天冷了，多穿点儿，年轻人不知冷暖，贪靓，身体不小心落下病，后悔都来不及。

如瑾想说春捂秋冻来着，可见老父亲脸色难看，忙问，今天吃药了没?

老父亲摇头，如瑾又说，药一天都不能停，不然血压又上去了。

老父亲说知道。如瑾收拾东西准备走，见老父亲没挪窝，就问，天快黑了，还不走啊?再不走我妈又得打电话催了。话刚说完，突然停电了。

老父亲叹气，你去买两根蜡烛回来。

如瑾说，都下班了还买啥蜡烛，明早不就来电了吗?

老父亲说，快去吧!

蜡烛买回来，老父亲问不是要你买三根吗?如瑾诧异，说是两根啊。

电话没命响，老父亲不接，说你妈又在催命了。

这也怪不着我妈，你再不回去，饭又凉了，还得热，我妈那是关心你呢。如瑾说。

我不需要她关心，她一天少唠叨几句，我兴许能多活几天。

老父亲索性拔了电话线。

你妈那急脾气也不知随谁了?姐妹俩都是一个妈生的，还是同时同刻，咋就那么大分别?

爸，你说的是心慧姨妈吧?如瑾问。

老父亲不语，摸索着点亮蜡烛。烛光摇曳，如瑾见老父亲眼中带泪。

他语气悲凉，心慧走时，还不到三十岁，她说过人死如灯灭，如果冷不丁想起她，就点三根蜡烛。不论她能不能看见，每年她生日我都会点三根蜡烛。

今天也是我妈生日。如瑾说。

老父亲点点头，拉开抽屉，取出个黑皮本，翻到中间，那儿夹着一张黑白照片。

他递给如瑾，这就是你心慧姨妈。

照片上的年轻女子，眉目清秀，梳着两根粗黑麻花辫，眼睛乌亮，笑容似曾相识。

如瑾说，我怎么觉得她有点儿像我呢？

老父亲叹气说，是你像她才对。

说起心慧，老父亲感慨万千。如瑾既好奇又不敢打断，只好任他兀自说下去。

第一次见心慧，是我和你妈结婚前几天。之前听你妈说过，她有个孪生姐姐在乡下教书，她给我看心慧照片，说，别看我俩是双胞胎，可模样、性格、脾气没一点儿相像。看照片心慧跟你妈心慈个头儿都差不离，只是心慧看起来柔弱些。

心慈还说，别看心慧瓤儿，可却是出了名的驴脾气，放着城里的安稳日子不过，偏要去乡下土坷垃里刨食吃，就没见这么死心眼的！

心慧真人还要瘦弱些，脸晒得黑红，远看稻秸秆似的。

那天，她背着两床被子进门，说是用她亲手摘的棉花做的。心慈不高兴说，哪有结婚大姨子送被子的？心慧说，喜被是要娘家人准备的，爸妈过世早，我当姐的，不准备谁准备？心慈争辩，如果这算嫁妆，也太寒酸了吧。咱家隔壁雪萍结婚她爸妈都给个祖传的金镏子呢。心慧说，又没说不给你嫁妆，爸妈留下的那对玉镯，你看你要哪个？心慧拿了玉镯让心慈挑，心慈说两个都好看，她都想要。心慧说，爸妈在世的时候说过，一人一个，当陪嫁的。心慈撂下脸，手一推，玉镯要戴就戴一对，哪有只戴一个的，不吉利，我不要。我在一旁听着，心里不舒服，心慈霸道，这点我以前还真没看出来。我圆场说，一个就一个吧，我帮你选选，看哪个好看。我伸手去接玉镯，谁知，心慈暗地推了我一把，其中一个玉镯掉在了地上。

心慧大惊失色，赶紧捡起来玉镯瞧，幸好没摔碎，但多了条小细纹。这下心慈也不闹了，趁乱拿了那个完好的玉镯，起身走了。心慧心疼落泪，怎么办？我安慰她说，听说鸡蛋清可以去玉器上的裂纹，先试试再说。我这道听途说的办法果真灵验，几天后玉镯光亮如新，不过若仔细瞧，还能看出疵点。心慧并不介意，给玉镯重新起名叫玲珑望月。

心慧一年到头除了寒暑假回来住几天，常年都在乡下。自从我跟心慈结婚后，寒暑假也难得见她回家一次。心慈说，心慧性子怪僻，早晚混成孤人。

人杰两岁时，我因为劳动竞赛弄断了腰，做完手术，三个月不能下地，自然也干不了活。心慈整天抱怨说自己命苦，嫁了个瘫子不说，还要带个半大的小子，这辈子没活路了！

我心里憋屈，要不是为了一家三口过得宽裕些，我也不至于改做锻工，没日没夜地干重体力活，累坏了身体。可心慈不那么想，她说车间几十号人，为啥人家都好端端的，偏偏你累断了腰？你不傻，也缺根弦，偷奸耍滑不会，多个心眼谁不会？

我们整天为琐事吵架，人杰也跟着遭罪，心慈脾气上来，拿我没辙儿，就打人杰。大人吵孩子哭，这日子真没法过了。

我跟心慈说离婚算了。心慈不答应，说等心慧回来再说。我说家里事说给心慧干吗？你也不嫌丢人？

心慧那回回来住了很长一段时间，她不光帮着心慈带人杰，还要照顾我，为我擦擦洗洗端屎端尿，弄得我实在过意不去，她反倒安慰我说，都是一家人，有啥难为情的？而心慈倒是成了甩手掌柜，乐得清闲，下班回家，心慧早做好饭。心慈吃过饭，丢下碗，光顾出去串门子。

我提醒过她不止一次，我是你丈夫，心慧怎么说也是我大姨子，让她一个姑娘独自照顾我这大老爷们，我脸没处放，哪怕你在旁伸把手，我也不会那么难堪。

心慈说，那是我姐，我俩同胞生，她照顾你等于我照顾你，我都不计较，你有啥害臊的？

心慧把家里拾掇得井井有条，家务事也料理得妥妥当当，这个家突然有了生气。

心慧常抽空推我去护城河边遛弯。我说谢谢你照顾我们全家。

她咯咯笑，妹夫，你这是要感谢我啊？

她比我小，叫我妹夫，我有点难为情。

我点头。她说光说声谢谢还不行。

我说，那你说咋办？

她指指对面的建筑工地说，等有一天呀，你和我妹搬了大房子，留一间给我住呗！

我说，行。

她收住笑容说，你答应得倒是痛快，也不问问心慈同意不同意。

见我不吭声，她笑，跟你开玩笑呢？我注定是个孤人。我认命了。

晚上，心慧哄人杰睡下。洗刷完，她就坐在灯下缝缝补补。

她用碎布头给我做了个枕头，让我垫在腰底下，说是有助于腰椎恢复。我闻到枕头有股中药味，她笑说这是药枕，里面放了红花、蒿本、薄荷、川芎、桂枝、葛根、桃仁、伸筋草，还有透骨草。

她说的中药名，好多我都没听过，我说配齐这些中药草，不容易吧？

她说，没事，只当练练脚力而已。

我真不知该说啥是好。有一天我会报答她的。

傍晚，心慧还是带我去护城河边，她说那儿的蝉鸣最响，沙沙的，像是藏着千军万马，又像是草里面有东西拼命在长出来。

夕阳西下，天上卷起火烧云，河面闪着金光。心慧站在河边出神，我忍不住捡起小石子往河里抛。她吓了一跳，拉下脸对我嚷，你吓着他了！

我纳闷，她应该说你吓着我了，为啥是他？

她不理我，趴在护栏上，朝河面说着什么，具体说了些啥，我没听太真切，只听她念叨个名字，山子。

后来，我问心慈山子是谁？心慈听了一惊，说，她还惦记着他呢。

心慈没跟我说山子是谁。

三个月后，我身体逐渐恢复，可以下地走了。

心慈看我恢复差不多了，就催心慧回乡下，心慧说，眼看放寒假了，回去了也没事。

心慈说，我也不是撵你走，外面闲言碎语的，说你一个大姨子整天跟妹夫出双入对的不像话，我知道你帮了我们全家不少，我打心眼儿里谢谢你这个亲姐，但这流言蜚语传得沸沸扬扬的，对咱姐俩都不好，我都有家有口的人了倒不打紧，可你还是黄花大闺女，我怕坏了你的名声。

心慧也没说什么，起身收拾行李，准备第二天回乡下。

临走前，她一个人出去，很晚才回来，我看她满脸泪痕，就问她发生啥事了？

她流泪说，河面结冰了，我看不见山子了。

她哭得令人动容，我忍不住为她拭泪。

正巧被心慈撞见，她破口大骂，我说呢？就没有不透风的墙！也不怪外人撺掇，偷鸡摸狗都偷到我家里了！这回被我撞见，你们两个狗男女还有啥可辩的?!

心慧擦擦眼泪说，你别怪妹夫，他不是乱来的人，要怪就怪我，我想山子了。

心慈冷笑，想山子？嘿嘿，想就往别的男人怀里钻，他可是你妹夫，你也不怕你辈分大压死他？

心慧说，我知道他是我妹夫，可他也是你丈夫，你连自己男人都不信，还能信谁？

心慈火气十足说，他是我男人，我应该信他？当初我信山子，山子也是我男人，结果呢？还不是被你抢了去，信男人?！都是望风捕影，一场空。

山子是被你逼走的，我什么时候跟你抢过他？再说他是人，又不是东西！抢什么抢？心慧哭着说。

我夹在中间看她俩吵得不可开交，又没法劝阻，心慈瞪着我说，你还不如瘫了好呢！腿脚还没利索，就急着学苍蝇嗡嗡飞了，你敢说一个字，仔细你的腿！

心慧说，你也别拿他一个病人撒气，有气冲我来，青红皂白，今天我就跟你说道说道。

听心慧说，当初的确是心慈先跟山子好上的，并且到了谈婚论嫁的地步，可后来山子得了痨病，心慈就把他给甩了。心慧无微不至照顾山子，可是山子的病到了晚期，不愿拖累任何人，后来，他跳河死了。

说起来心酸，心慧止不住地掉泪，心慈，你说，谁铁石心肠？谁见死不救？山子对你不舍，临死前还跟我说，这辈子最对不起的人是你，让你沾上他这个倒霉鬼，没让你过上舒心日子，你甩了他，他病加重了，人也消沉了不少，整天想着轻生，他托我带信给你，想见见你，你说啥？你说他那病传染！不肯见他，还说病就病呗，还连累别人干吗？山子跳河那天，穿着你给他买的鞋，他死都想跟你在一起，你为什么这样对他？

心慈理亏说，三更半夜，你提山子作甚？说这些死无对证的话有意思吗？我对他好不好，你可以问他，只要你不怕变成他那样的孤魂野鬼。

第二天一早，心慧走了，我去送她。

她叮嘱我说，药枕里的中药隔段时间就要换，不然就没药效了。她还给人杰做了一双棉鞋。

昨晚，都怪我，脾气上来不管不顾的，不该那样说心慈，她是我妹，怎么说我都该让她三分。她说。

心慧走了，心慈倒没觉得愧疚，她说，她过她的独木桥，我走我的阳关道。各走各路，谁也别碍着谁！

姐妹俩从此各奔东西。

你快出生那年，心慧的学校来电话，让我去乡下接她，说她得了痨病。

我把心慧接回家，她已瘦得脱了形，骷髅样的脸上，只有一双眼睛还有亮光。

我带她去医院看，医生私下说，她这病耽误时间太长，恐怕已回天无术。只能回家静养了，言下之意，只有等死了。

心慈这回也没说啥，专门隔出间房给心慧休养。

心慧说，妹儿，我实在止不住这咳，晚上会影响你们休息，再说我这病传染，别连累了你们。我还是回咱家老屋住。

心慈答应了，但要我抽时间去照顾心慧。心慈那会儿快生了，也没别的法子。

心慈叮嘱我，每天送顿饭给心慧就行了，快去快回，别耽搁太久。

我去给心慧送饭，被心慧拒绝了，她说下回别这么麻烦了，她说俩孩子都离不了人，她腿脚还方便，能照顾好自己。她说话咳得喘不上来气。那样子真可怜，搁谁看了都不忍心。

她说她每天都在算日子，这一天过去就没了，真可惜，明天啥样？她都不敢想。

她拖着病身子，把老屋拾掇得窗明几净，闲下来还绣荷包、织毛衣，做针线活。她说心慈这回准保生个妮儿，还是个眉目清秀、聪明伶俐的妮儿。她说得有模有样，还做了一条粉红色布拉吉，说是给未来外甥女的。

你三个月大，我抱着你去看她。

她摸着你的脸说，我怎么觉得妮儿像我呢？

我说外甥女长相随姨，她笑得直咳嗽，摆手说，看一眼妮儿，我就知足了，以后还是别来了，离我远点儿，小心传染了妮儿。

其实你还小，也看不真切像谁，可后来真的应了心慧的话，你越来越像她，你妈看了直皱眉，她自己的亲闺女怎么像心慧呢？加上你脾气犟，总跟她顶撞，简直跟心慧性情如出一辙，你妈那人心眼不大，记仇，对你就有了偏见，你也别怪她，她有心结，并不是真恨你，毕竟你是她亲生闺女，她拉扯你们几个孩子长大也不容易，她是怕你随了心慧脾气性情，将来命运不济，才严加管教你。你要体谅当妈的心。

这话说远了，还是说心慧吧。

心慧病重时还在织毛背心，说是给我的，天冷了护腰又护心。

心慧，你的心意我领了，别累坏了身子。我说。

她笑，从来没人跟我这么说话，你就不怕我心动喜欢上你？

我说，正相反，你这样的姑娘，应该有很多人喜欢。你在乡下教书时，就没遇上顺眼随心的？

她咳嗽说，那会儿忙得没那种念头，现在倒是想啊，可是来不及了。

我说来得及，有一大群后生在等你呢，等你病好了，从里面挑个好的。

她突然问，你喜欢我吗？

这问题我没法回答，我都两个孩子的爹了。

她看我不吭声，笑，喜欢就点点头，不喜欢就摇头，我不在意，喜欢一个人是可以放在心里的，像我这样。

我没任何表示，也不敢。

心慈知道我抱你去看心慧，火冒三丈，说我拿孩子性命开玩笑。

我说孩子打了疫苗，没事。心慈说，你非得搭上条人命才高兴。还说，我对心慧余情未了。

我跟心慧清清白白被她说得乌烟瘴气，我心里窝火，可又不想再跟心慈生口角。所以，后来除了送饭，也就不在心慧那儿长待了。

心慧的病越来越严重，经常咳血。我去看她时，她已不能下地了。她拉着我的手说，妮儿呢？妮儿快半岁了吧？我听着心酸，隔天就带你去看心慧。

说来也奇怪，你见她就笑，心慧突然说，妹夫，妮儿是替我活的。

她咳得喘不过气，一阵咳嗽过后，又是一阵咳嗽，一阵比一阵剧烈，她又咳血，她说这倒反而舒畅。

山子的苦，我懂了。她幽幽地说。

那天，我回去很晚，你在我怀里睡着了，临走时，心慧让我用她的蓝花棉袄包着你，她取出玲珑望月塞给我说，这个给妮儿了。她摸摸你的小脸说，妮儿，你要替大姨好好活着啊。将来长大嫁个好人家，幸福一辈子。

心慧死了。她是上吊死的。

我抱着她，痛哭，其实我也喜欢她的，我没跟她说，因为我没资格。心慧是多好的姑娘啊！

如瑾听完老父亲的叙说，掉泪说，爸，你喜欢不了心慧姨妈，至少给她个念想啊，或许那样她还能活得长些。

唉，你那是可怜她，她那么好强的人，不会接受别人施舍的，她帮惯别人，你若同情她，她反而觉得她欠人太多，她选择死，也许对她是好事。与其被病魔折磨得生不如死，不如早早了断，她死了也是不想再亏欠别人和她自己。

那如果她活着，你会跟她在一起吗？如瑾问。

都几十岁的人了，说这些没意义。妮儿，你记着，有的人虽然不在了，可只要你活着，她就死不了，她在你心里跟你同悲同喜，多少年了跟活着没啥分别，明白吗？

我活一天，心慧就活一天，我替她活着呢！

如瑾一怔，那我是替谁活着呢？谁又替我活呢？

第二十二章/扣子说

周末，乌鸦约如瑾出去逛逛。

各大商场逛遍，乌鸦手里大包小包都拎不下了，如瑾还是一无所获，起先，如瑾倒是看上件玫红色大衣，想试试，却被乌鸦拦下说，咱们这个年纪穿太艳显俗，她指指对面一件大地色棉服对如瑾说，这件才上档次。如瑾心说，咱们这个年纪？你比我大七八岁，我多会儿跟你一般大了？真来劲！

如瑾索然无趣。

乌鸦笑如瑾，叫你出来就是给我拎包的。如瑾对乌鸦虽然反感，可面子上还得强装笑颜，她也说不清为啥，可能是习惯了，谢端不是还在人家老马手底下窝着呢嘛。她这叫识时务。

乌鸦看上一件火红色情趣内衣，她问售货员价格，售货员打量一下她说，谁穿？

乌鸦连忙指指如瑾说，她穿。如瑾难堪摇头，乌鸦戳戳她对售货员说，她穿，咋样？售货员笑，有她的码。如瑾的脸红一阵白一阵的，她低声对乌鸦说，她不买。乌鸦白她一眼，让你装个样不行啊？我买。

乌鸦交了钱，让如瑾提着装内衣的纸袋，走到电梯口，乌鸦从如瑾手里扯过纸袋，看你那不做贼也心虚的样儿，别说当红杏不够格，在你家谢端跟前做那事是不是还犹抱琵琶半遮面呢？

如瑾说，怎么买这个呢？几根细绳缀几片纱，一览无余的，还不如啥都不穿呢！

乌鸦叹气，老蛤蟆有一个月没碰我了，原来吵归吵闹归闹，但出不了一个被窝，他有前科，我这是挖空心思讨他欢心，我如今落到看他脸色的田地，也是我活该，我贱！

如瑾笑，这叫相濡以沫。她心说，她跟谢端无性生活多年也没像乌鸦如此心焦，他们这算什么？形同陌路，还是各不相干？

乌鸦问，老马一天不碰我，我总觉得他在外面一定有事，如果谢端也这样，你咋想？

如瑾摇头，想那么多干吗？闭着眼睛过呗！

如瑾听谢端酒后说过，马千里最近跟夜店的某妈妈桑相好。但她不想无事生非，告诉乌鸦。与其让乌鸦知道炸开锅，不如让她蒙在鼓里。那层窗户纸自有人捅破，如瑾不想落井下石，可也懂得明哲保身。

乌鸦还要去金店，说是最近金价狂跌，买来划算，如瑾问你就不怕金价再跌，乌鸦嚷，乌鸦嘴，你就不能盼我点儿好?！如瑾真想回她几句，可想想犯不着跟乌鸦这种怨妇起争执，谁让谢端屈居人下呢？又是为谢端！

逛完金店，乌鸦又说要去玉器店，她话中有话，上回你送我的玉镯，我怎么瞅着有裂纹呢？不信，你瞅瞅。

如瑾窝火，心说，本来就不是你的，你也配?！可表面上却笑着说，怪了，我怎么没看出来呢？

到玉器店，乌鸦找店员鉴定玉镯，如瑾一旁看着越发不爽。

店员说，玉镯的确有细纹，可以做包金处理。

金镶玉，自然价格不菲。乌鸦听了，斜眼看看如瑾说，玉镯本不值几个钱，包个金这么贵？妹子，你说还要修补吗？

如瑾压住心头火，说，这样吧，玉镯，我拿回去，我有熟人是开玉器店的，我找他修补。

那敢情好，包金，金子纯度要高，图案嘛，能雕刻个福禄寿喜啥的，最好，那样看着才上档次，贵气！乌鸦眉飞色舞地说。

接过玉镯，如瑾仔细看了看，心慧姨妈说玉镯藏着一只蝉，除了那条细纹，如瑾什么也没看到。她小心收好玉镯，松口气。心说，玲珑望月还在。大姨，对不起。

回去的路上，乌鸦问如瑾，谢端最近对你咋样？

如瑾反问对我能咋样？

乌鸦呱呱笑，他没把你那样啊？

哪样？

我可听说你不让人家谢端近身，想憋死他啊？乌鸦旁敲侧击。

你这是听谁说的？

你别管我听谁说的，就说有没有吧？

如瑾涨红脸，咬牙说，我们两口子之间做那事还要万人皆知吗？

乌鸦敛住笑说，有就好，男人在家得不到满足就会出去偷腥，我想你也不傻。

如瑾不作声。

你不会外面也有人了吧？乌鸦斜睨如瑾。

如瑾反问，你觉得呢？

乌鸦笑，你和谢端都木，两截硬木头搁一块要着起来，除了钻木取火，还能用啥？火柴、打火机、激光，谁点呢？我看都不如野火迅猛，说说，那把野火是谁？

如瑾正颜厉色，尽胡咧咧，我是啥人你不清楚？

乌鸦笑，瞧生气了不是？逗你呢！说实话看着你跟谢端过得憋屈，我都替你着急，你若找个情投意合的，做对露水鸳鸯，姐觉得也没啥大不了的。

如瑾气恼，还有你这样当姐的，尽出馊主意。露水鸳鸯？我可是旱鸭子。

乌鸦笑，馊主意？我可是为你们小两口着想，冷战又不是抗战，使点儿小性子得了，非整得全家冰天雪地，冻死鬼，才罢休？叫老马给谢端出主意呢，叫他来横的，把卧室锁给卸了，你不从，就霸王硬上弓，你也没辙，嘿嘿！

如瑾气得咬牙切齿，你们这是干吗?!

乌鸦笑，瞧你臊的！都孩子他妈了。乌鸦见如瑾不高兴又说，酒后吐真言，男人喝多了说的话句句出自心坎儿，别太难为他了，他是男人啊！

如瑾没料想谢端竟当着众人面说自己私房事，气得她直泛眼泪花子。

我就是不依，他又能拿我怎样?! 如瑾心说。

半夜，谢端醉酒回来。

他边看电视边抽烟，如瑾不知是被吵醒的，还是被呛醒的。

她隔墙喊，都几点了？你就不能消停点吗?!

搁着以往，谢端会嘟囔几句，然后关电视睡觉。这回却反常，他不但把电视声开到最大，而且跑过来敲如瑾房门。门被他拍得山响。如瑾怒不可遏，深更半夜，想干吗?!

你把门开开，我想跟你说说话！谢端醉醺醺地嚷。

我跟你没话。

可我有话说，你开门，快点！

你吵着孩子了！

怕啥？他又不是玻璃造的，有点儿响动还经不起了，啊?!

如瑾听见咚咚的砸门声，隔了一阵，又听见叮叮当当金属相撞的声音，谢端操工具卸锁了。

如瑾翻身起来，咬咬牙，开门。谢端手里握着起子扳手，蹲在门外。

你想干吗?！如瑾嚷。

我想干吗？我能干吗?！谢端说着，丢掉手里的家伙，扑将上来。

如瑾被推倒在床上，谢端撕扯她的衣服，如瑾挣扎反抗无济于事，谢端疯狂地拽她的头发、揉搓她的身体，气喘吁吁地低吼，上回你出去都干吗了?！你以为我不知道啊？别当我是傻子，你是不是外面有人了，啊？说！

如瑾被他折腾得骨头欲碎，气力全无，盯着他血红的眼睛，鼓足劲儿发狠喊，小答，小答！

妈，你们在干吗?！小答睡眼惺忪地出现。

一边去！大人的事，小孩别掺和！谢端吼。

不许你欺负我妈！小答拽谢端，谢端随手一推，小答摔倒，大哭，酒疯子！你欺负我妈，我跟你拼命！小答号叫，爬起来，发疯似的用头撞谢端。

谢端惊呆了，直起身，回头直愣愣地看小答。

我杀了你！小答声嘶力竭地喊。

谢端痉挛一下，垂下手，你说啥？

你欺负我妈，我杀了你！小答哭喊。

嘿嘿，呵呵！谢端笑了两声，突然嘴一张，又哭号起来。

你看见吗？儿子要杀老子了，呵呵，谁又在作孽?!

谢端又哭又笑，这不是我的地儿，你们待着，我走！

他踉踉跄跄地跑出去。

如瑾听见大门嘭的一下关上了。

小答受惊似的蹲在墙角，瑟瑟发抖，妈，我怕。

如瑾搂着小答，眼泪直流，不怕，妈在呢。

这还叫日子啊？如瑾一整天都沉浸在惊慌、悔恨、茫然当中，一失足成千古恨，她彻底绝望。

她给天暮打电话，电话不是占线就是忙音，或者根本无人接听。她记起最后一次联系天暮是在半个月以前，他这么久没给她打电话，会不会出事了？

她心烦意乱。

电话响，她惊跳起来。不是天暮。是扣子。

扣子说话有气无力，瑾儿，我都快死了，你也不来瞧瞧我。

这样的话，天暮也说过。

最近要死的人可真多，要我烧纸给你吗？如瑾说。

要死了，咒我？毒妇！扣子一激灵，声音脆似响铃。

这么快就活过来了？别整天死呀活的，听得人闹心，干点儿活人的事吧，说，找我干吗？如瑾问。

我快饿死了，你也不心疼我一小下。扣子又蔫了。

没饭吃，还是没吃饭？如瑾问。

有饭不敢吃，想吃又张不开嘴。

你不会得了啥绝症了吧？

呸！还没说三句话，你就咒我两次，我上辈子跟你有仇啊？

减肥呢吧？瞧你一惊一乍的，不像饿死鬼，倒像个讨债鬼，说吧，要我请你吃啥？

扣子咯咯笑，知我者木如瑾也。

如瑾笑，你叫我大名，我怎么感觉跟叫别人似的。

约好在一家西餐厅见面，如瑾先到，扣子足足晚到了两小时。

如瑾问，你骑驴来的？

扣子拿腔拿调，人家脸辣（那）么大，扒（扑）个粉都得扒（扑）半天，涂完抹完，再描描画画，找身像样子的衣服，也得要个把钟头哩，出门直接上外环，放眼望去，车水马龙，好不热闹，跟开车展一样一样的，有人敲我车窗，亲，你这车卖吗？纳尼？It’s doomed.（完蛋）又堵车了。

扣子要了杯黑咖啡，振振有词说，咖啡减肥法瘦到你尖叫。

如瑾问，好久没见，你都忙啥呢？

扣子说，忙着减肥。

如瑾看扣子没瘦多少，身上的肉松松垮垮，腰背上游泳圈、蟒蛇叠加起伏，颤巍巍的，如瑾真怕冷不丁晃荡出条金枪鱼来。

如瑾笑，来份牛排？扣子头摇得跟拨浪鼓似的，并且说你也不准吃，诱惑人可耻！

如瑾偏不听她的，牛排上来，看如瑾吃，扣子只咽口水，哎，你吃饭能不发出声音吗？还有能不飘肉香，能不嘴角流油吗？啊？

如瑾笑，谁让你不吃？馋了，来一份呗！

扣子气哼哼，你这是诱人犯罪，知道不？

我又没逼你干吗？如瑾笑。

我瘦不下来，就嫁不出去，嫁不出去，就得伤心流泪气恨疑虑失眠受罪，鬼使神差、精神分裂，然后你就想吧，我要是干出点儿惊天地泣鬼神的事，都是被你给逼的！

你又离了？如瑾惊叫。

你鸡猫子似的，叫啥？啥叫又离了，我就结过一次婚。再说人类干吗要建立婚姻制度呢，多余！那就跟围栏里养猪似的，要婚姻就没自由，当然结婚相对安全些，配个种，生个崽，混吃等死狗血人生，要自由就别结婚，这个有危险，你看野猪是跑得快，但也可能被猎豹撞死，我现在要自由，女汉子一条。赤条条来去无牵挂，这造型够英勇够强大够无畏够大义凛然吧？扣子抢白。

上次那个眼镜男、港商，就那个说话带四川口音的，不是你二老公吗？如瑾问。

啥叫二老公？我看你才二呢？我们那叫萍水相逢，相见恨晚，只可惜有缘无分，一拍两散，你个木头，懂个啥？

扣子突然上下打量如瑾，我怎么觉得你这木头有再发新枝的意思？

嗯？

你不食草动物吗？怎么改吃荤了？扣子咄咄逼人。

因为我饿，我馋了，行了吧。再说我也不是素食主义者。如瑾自圆其说。

扣子咽咽口水，也是，每天翡翠白玉汤、黑美人的，一点儿荤腥不沾，那还叫人吗？

如瑾问啥叫黑美人、翡翠白玉汤？

扣子说，黑美人就是杂粮面包，上面撒几粒黑芝麻。翡翠白玉汤就是水煮白萝卜白菜叶，还不加盐。听着好听，看着揪心，食之无味。我都找不到活下去的理由了。人生何其惨淡，淡得像白菜汤，淡的？你别用这种淡淡的忧伤眼神瞅我成吗？你这是雪上加霜、杀人不见血！

如瑾乐不可支，叫服务生再来一份牛排。

扣子嚷，你这是想让我再死一回，啊?!

牛排上桌，如瑾催促扣子，吃吧，吃饱了，才有力气死。

我都立地成佛了，你又让我开杀戒，你？唔，おいしそう（真香啊）！扣子耸耸鼻子，说时迟那时快，还没等如瑾拢神，扣子已拿起刀叉，甩开腮帮子开吃了。

看扣子大快朵颐，如瑾心里畅快很多。

扣子风卷残云似的吃完，打饱嗝儿说，罪过，我又吃多了。

如瑾问：恨嫁也不至于把老命搭上吧？

扣子白如瑾一眼，我过去那叫含苞待放，现在才叫悄然绽放，你个家庭妇女，懂啥？

听扣子说，她跟眼镜男分手后，又觅得新欢，男方比她小十一岁，健身教练。

人长得又高又帅，男神一样，我心甘情愿为他变脑残、花痴、抽羊痫风。扣子说得垂涎欲滴。她递给如瑾一张名片，她现在开了一家健身会所，叫单立人。她又改名了，叫寇子。

如瑾笑，敢情八字还一撇呢，单相思啊？

世上无难事只怕有心人，走着瞧，等肉落我碗里了，你再笑不迟。

扣子冲劲十足，如瑾竟然有点儿羡慕，她没有扣子有勇气、有智谋、百折不挠、心无旁骛。她想到天暮，心里不是滋味，她要了红酒，扣子问，你这是要出事，还是已经出事了？

如瑾苦笑，你相信我会出事吗？

扣子眨巴眼说，不好说，猪冲出猪圈，只要有人追，比马都跑得快，我看新闻说，有野猪追着猎豹跑的，嘿嘿！

好吧，那就说说猪的人生，猪的爱情，你可以把她当成猪，她不介意，因为她不存在，咱们就当闲扯编故事玩。

这酒上头，如瑾心里明白，话不能说得太透，她只想宣泄一下而已，并不想水漫金山。

如瑾以她一个朋友的名义，跟扣子说起天暮跟她之间的种种纠葛。

扣子听罢，诡笑，这不会是你的事吧？

如瑾沉默，扣子笑，料你个家庭妇女，也没那狗胆，这辈子你也就猪圈里圈着了，外面风景再好，也入不了你的蒙猪眼，因为你木讷、胆小、瞻前顾后。

你觉得他们会有结果吗？如瑾问。

又来了，你真是圈养出来的，结果就两个，一，拖出去宰了，二割了肉没死，忍着疼继续混吃等死。

啥？

猪啊？最坏结果不过是一拍两散，你，不，她离婚，最多背个骂名，再就是，装糊涂装无辜，装着啥都没发生继续过日子。

我是说她离婚，能跟那男的在一起吗？他们有结果吗？如瑾问。

傻？那男的让她等了六年，那就是一套，什么蜗婚、前妻、孩子还有他妈？那都是跑龙套的，他才是男主角。他若真爱她，能让她等那么久吗？六年对于一个女人什么概念？从黄花闺女变小媳妇，再从小媳妇变中年妇女，中年妇女没准也熬成婆了，六年？不计划生育，能生几个孩子？就算生一个，孩子也快狗都嫌了。离个婚有那么难吗？何况他已经离了还这么拖泥带水不合情理，而且他还不让那女的离婚，太不可思议，我觉得他要么有新欢了，要么根本就没离，或者离了跟没离一样。只不过想找个同类消遣。扣子说。

他有苦衷。如瑾叹气。

苦衷是他发明的？你那朋友如果在场，我真想敲敲她的榆木疙瘩脑袋，姐，no zuo，no die！（不作不会死）

他们之间有金钱利益来往吗？扣子问。

没，他送过礼物给她，围巾啥的。

好白菜怎么又被猪拱了？这女的不会是韩剧里蹦出来的吧？雁过拔毛，不给自己留点金银细软啥的，这才叫虚掷光阴，自甘堕落，等人家某天音信杳无，她连个信物都没有，真是至纯至蠢！

她没离婚，他又生了重病，这算理由吧？

她可以离婚，他可以治病，之后能在一起就在一起，不能就各奔东西。

结果就这两样？

一个猪见猪踩的男小三，一个当了婊子还想立贞节牌坊，一个只想喝口奶不想养头牛，一个红杏出墙守着满园春色，还惦着野外老风霜，两根麻绳只顾自己拧巴，多会儿也拧不成一根绳，一对贱人，两只野鸳鸯，能有啥好结果？

一场生死恋被说成男盗女娼，你能保证这么多年没有干过鸡鸣狗盗之事？如瑾气恼说。

我干过，可我有操守，不等东窗事发就先撤了，我不是拆迁办的，我是对不起徐宏，所以我主动提离婚，说实话再瞒下去，也没劲儿，一天不离婚，就得同在一个屋檐下，谁瞅谁都烦都闹心，再说敌营十八年，身在曹营心在汉，那些有技术含量的活儿我也干不出来，水平级别智商都不够啊！哦吼，你刚说啥？还生死恋呢？面上那层粉拍掉，你再瞧，哪还有啥缠绵悱恻、海誓山盟，就只剩下躁动了。我觉得吧，刺激加躁动就算爱情，往高深说就是荷尔蒙，烂俗里说，男女在一块儿就那些破事，见几次面，上几回床，热乎几天就算了，长久都谈不上，就别指望生死了。人说宁愿相信世上有鬼，也别信男人那张破嘴。那男人真要有心早娶你了，刚开始有点真，再后来连哄带骗，到最后真假不分。你这边还巴望守得云开见月明呢，人家呢，早就暗度陈仓了。拧巴没用，男人一般喜欢两种女人，一种像三分熟的牛排，一刀下去滋一脸血那种，汁多鲜嫩，另一种像熟透的果子，不吃她照样烂在枝头，不妨啃几口，爽爽口，果子也物有所值，皆大欢喜。男人最怕就是那种表面成熟，咬一口发现瓤还是生的，味苦塞牙，舌头还被麻半天，关键是果子也有怨气，我还没熟，你摘我干吗？还好我身上喷了农药，吃不死你，也让你肚子疼半天。梁子结上了，接下来的爱恨情仇恩怨冤孽悲欢离合足够编一部50集长剧。赚你这种女文青一大把眼泪花子。

扣子巴拉拉说了一大串，这都是我的经验之谈，骗你是猪！

如瑾不爱听。她有点儿后悔跟扣子说那么多。

我说实话，你别不爱听，瑾儿，现实点儿吧，爱情也要讲成本，没有只亏不赚的，也没有只赢不赔的，如果你觉得值，就放马去爱，觉得不值就悬崖勒马，当断不断反受其乱，又不是演肥皂剧，拖拖拉拉，没完没了的，看着都闹心。再说网恋那玩意儿算爱吗？我去！电光火石碰出火花，是不是还得摩擦一会儿吧？他们才见过几次面，彼此又了解多少？真真假假、云里雾里地纠缠，做梦呢？再说那女的嘴上说等那男的六年，实际上还不是按兵不动，照样不动声色地过自己的小日子。说一千道一万，他俩这事不过是偷鸡摸狗的勾当，跟你那天作之合、花好月圆的爱还差着十万八千里呢。话说回来，谁也不想偷鸡不成蚀把米，粉身碎骨浑不怕，那是神经病，不过你们文青都喜欢这个调调，啥海枯石烂、地老天荒、至死不渝的，好像越往绝路上勾引，越靠谱，越石破天惊。是人都晓得，时间没法打败，现在我突然不这么想了，我觉得这事派你们文青去没准能行，你想想就这一夜情的光景，生生拉扯出马拉松的节奏，这体力这身板，就那强大的心理暗示，不顾死活、大无畏的冲劲，不成也得让碧海青天风起云涌，电闪雷鸣，嘿，我莫名其妙地打了个寒噤，别笑，说你呢！

别你，你的，我再说一遍不是我。

哦，是他们，嘿嘿，就是她，瞧这圈子兜的，你就直接告诉她，她其实爱的不是那个男人，她要的是那种被爱的感觉，也就说她更爱自己，我这么一说，都明白了，就让她直接爱自己得了，弯弯绕玩的，又惊心又熬人的，不值得。

她很孤独，谁也不想孤独终老。

谁也没让她孤独终老，摸着黑，想着光，追着光，又想躲进黑暗里去，多大的人了还玩捉迷藏？扣子笑。

看不透也好，不会受伤，也不会疼。如瑾说。

临走，扣子问，这女的不会是你吧？这事说狠点就是，要么杀身成仁，要么苟且偷生，如果真是你，我劝你还是苟且偷生，得过且过，就当是个插曲，装得啥也没发生，就算东窗事发，也打死不说，有些话烂在肚里，比摆在桌面上好，马蜂窝捅不得，你懂的。哎，怎么我又觉得不像是你啊？因为你脸上写着三个字，墙头草。

如瑾笑，搁你会咋办？

扣子说，我已杀身成仁，你不行，又傻又没主见。

如瑾笑，我跟她一样傻是吧？

扣子说，其实女人都傻，明知道鬼会吃人，还是想看看鬼到底啥样，会不会吃人？明知道男人都跟鬼似的，还是想以身试法。哟呵，我怎么觉得这女的是你，表面平静如水，里面热浪滚滚，小心烧成内伤？

如瑾打岔，那你打算被鬼吃，还是吃掉鬼？

我打算变鬼，吃人！扣子说。

第二十三章/立冬

如瑾接到天暮的电话，恍如隔世。

如瑾说今年她这儿像是暖冬，都立冬了，还没见下雪，草木虽已泛黄，树叶还没落尽，依旧是深秋的景致。

天暮打断她说，你就不问问我，这么长时间都在干吗？还好吗？

如瑾说，哦，你说。

说啥？你似乎一点儿也不关心我。天暮沮丧。

太远了。如同做了一场梦。这是如瑾心底的话，她说，你还好吧？

不好，我刚出院。天暮说。

哦，那你要多注意身体。如瑾说。

妞儿，我怎么觉得你变得陌生了？为什么跟我这样说话？

我觉得还好。怎么样病好了吧？

怎么能好？我昏迷了十几天，这次很严重。

如瑾沉默。

知道是谁在我昏迷的时候没日没夜地守着我，为我提心吊胆吗？

听天暮在电话里嚷，如瑾更加无语。

是韩霜！天暮说。

知道了。如瑾木然。她也为他提心吊胆，可他音信杳无。

这心空悬久了，哪天咣当落了地，碎个稀巴烂都感觉不到疼了。

本来应该是你守着我的，可竟然是她。天暮负气说。

如瑾心想，不是韩霜还会是谁？韩霜，他前妻，或者是他妻子。

他们之间的种种纠葛，难舍难分，少了那张纸，情谊还在，就算真离了分了，还是好亲戚，好朋友或者还可以破镜重圆、重修旧好。

如瑾低声说，不管怎样，脱离了危险就好。

你这样对我，会后悔的！天暮说。他总这样说。

如瑾说，那又怎样？

你上网瞧！

视频里的天暮脸色发青，双下巴没了，身形消瘦了很多。他指着身后说，为了装修这套房，我又病了，我借钱买了房子，虽然是二手房，但总算是个家，我们的家。我知道我的病好不了，但我总突发奇想，没准会出现奇迹，哪怕只有一分一秒，我也不想失去你，妞儿，我为你活着，懂吗？

天暮通过视频逐个让如瑾看每间房，边说边介绍：卧室的窗台我改成了飘窗，你曾说你喜欢这样的窗户，坐在上面看日出日落很美，呵呵，尽管对面都是楼房看不见啥，但我仔细瞧了，晚上还是能看见星星的，尽管也是偶尔，不过，你可以想象啊。只要我们在一起，日子总会亮亮堂堂的。每天都是良辰美景。你再瞧，厨房一水白，橱柜柜门是白底樱花的。你爱素净，喜欢吧？快看这儿，床是纯实木的，价格有点贵，说了你会骂我，沙发罩我找人做了两套，一套白的，一套灰色的，你不喜欢，以后再换。窗帘啊被套、床单、桌布什么的软装饰，等你来了，你做主。还有我买了几盆花，没几天就长虫了，你要是喜欢就留下，不喜欢我就送人。还有，还有，锅碗瓢盆我都准备好了，你喜欢红瓷还是白瓷？还有我在浴室装了面镜子，你要是嫌小，就换大的。还有……

如瑾脑子里一片空白，天暮给她的家在屏幕那端，清晰、温暖而又无法够及。

还有这把按摩椅，你颈椎不好，累了就坐上去放松放松。天暮继续说。

从来没人这样顾及她的感受，天暮体贴入微，况且他还病着。

如瑾忍住泪说，那么着急干吗？

天暮说，我怕你跑了。

如瑾想，我能跑哪儿去呢？

只要天暮一露面，说句暖心的话，她会瞬间融化。她渴望在他手心里融化，让他看见她的泪和感动，也能真切地感受到他的温度与气息。

你在想什么？天暮问。

如瑾说，明天会不会变天，也该下雪了。

天暮笑，下雪前，你来我这儿一趟好吗？看看家里还缺啥？

如瑾想想说，如果明天下雪，我就去。

天暮笑，下雪飞机还能飞吗？

如瑾说，不一定。

天暮说，不管怎样，我都等你。

第二天，没下雪，下了一场小阵雨，树叶落尽，树枝光秃秃的，裸露出大片天空，灰白刺眼。如瑾睁开眼，深呼吸，总当梦中人也不好，是该醒来了。

晚上下班，老父亲唉声叹气说，养儿不如养狗，养狗旺财，养儿败家。如瑾知道人杰又惹老父亲生气了。老父亲说人杰整天不务正业，好赌得连正经工作都不干了。有家厂子欠咱货款都三年拖着不还，像这样死皮赖脸的单位，你不上门催账他们根本不当回事。

如瑾说，这样赊账也不是办法，现款交易哪有这么多麻烦？

老父亲说小本生意，逆水行舟，有人要就算不错，又说，人杰嫌远不愿去收账，去年他借出差带他们一家三口出去旅游，咋不嫌远？来回花销还是找我报的，瞧他那个理所应当的样子，啃老啃得天经地义，要钱时还有个笑模样，叫他出去催账，那脸子甩得跟鞋拔子似的，说整天把他像伙计一样使唤。如今他是大爷，说他半句都一蹦三尺高，难不成还要老子低三下四求他？

如瑾气，那还不是被你惯的，骂也骂了，钱还是照给，两头不落好，怪谁？

说是如此，如瑾答应去收账。

那家厂子在外地，如瑾想，可以顺便去看天暮，虽然两个城市不在一条线上，但只要能出去，改道不是问题。

她事先打电话给天暮，天暮惊讶，哦，你想好了？

如瑾说，机票都订了。

天暮迟疑说，想好了就来吧，不过我可能没时间陪你，到时候，你别怨我。

办完事，她去天暮那儿。

天暮接她，这回不像之前那么准时，等了很久，他才出现。

快点，车在出口不能停太长时间。

天暮拎着行李急行军似的头前走，她被甩到老远。

上车，天暮问还住老地方吧？

她失望，原以为他会说，回家吧。

天暮看出她心思说，房子刚装修好，味儿大，暂时不能住人。

他目视前方，若有所思。

还是那家酒店，还是十九层，无烟区，只是房间朝向不同。

这回她能看见酒店不远处的湖。办完入住手续，天暮说有事就不上去了，嘱咐她早点休息。他明天再来看她。

一切出乎意料。如瑾站在窗边，那面湖没有冰封，依旧波光粼粼，巨大的投影屏幕投放出光怪陆离的世界。她眼神寂寥、心情低落。对面天空烟花绽放，熄灭，无人观赏，烟花也冷清寂寞，全都寂寞，化为乌有，视线冲出去又收回来，她拉上窗帘，黑暗。窒息。

第二天早上，天暮说你不出去转转，好不容易来一次。

他说早上他有事来不了，来可能也到晚上了。

中午，如瑾出门。外面在下雨，她打车，司机问去哪儿？她说去西边吧。

司机笑，您这儿没个目的地的，西边？如瑾笑，往西边走吧，到了我自然会说。

收音机播放婚恋节目，热线中的男听众正在倒苦水，问他老婆出轨，却不想离婚，他该咋办？

主持人说，这位听友，先送首歌给你，歌曲之后再来回答你的问题，下面播放的是《左右为难》。

歌曲播完，主持人打哈哈说，这位听友，你这个问题要分开看哈，如果你胸襟辽阔，大侠风范，海纳百川呢，就继续过，如果你疾恶如仇，眼里揉不得沙子，罩不住呢，那就趁早离。

那男人问，我受不了，也离不了，咋办？

主持人笑，这位听友请稍等，现在插播一条路况。西三环有堵车现象……

司机说，这节目听得人堵心，搁我早离了，绿帽子扣头上，还跟那娘们腻歪，让人耻笑，这哥们儿真弱爆了。

如瑾说，家家有本难念的经，一个巴掌拍不响。

司机看如瑾一眼笑，拍不死苍蝇，拍出个臭虫来。

您确定往西走？他问。

如瑾点头，转个弯，前面绿树葱葱，雾气缭绕，犹如幻境。如瑾说就在这儿停吧。

司机问，是来看亲人吧？

如瑾含笑不语。

下了车，朝前走，如瑾看见一座汉白玉门楼，后面影影绰绰有水榭亭台。

走到近处，抬眼看，门楼上刻着烫金大字，西郊陵园。

晚上，天暮来看如瑾，如瑾告诉她走错路的事，天暮没笑，眼光阴郁，说，兴许，哪天我就住那儿。

如瑾说，又说丧气话，你不好好活着呢嘛？

如瑾指指窗外的湖，问，不知道春天，这儿啥样？

天暮说，一潭死水有啥好看的？

天暮从背后抱住她，说，抓紧时间，妞儿。

一番云雨之后，天暮闭着眼睛喘息，如瑾感觉自己就像砧板上的肉，天暮全程都没看她一眼。只当她是发泄工具。她羞愤难当。

她强忍不快，去洗澡，任凭水肆意冲刷身体，洗发水渗进眼睛，火辣辣地疼，泪水涌出跟热水融在一起，为什么要来这个鬼地方？她惶惑慌乱。

洗完澡。如瑾定定神，说想去看看房子，她刻意没说那是家。

天暮面有难色，支支吾吾说，下次来再看吧。

天暮去洗澡了。

他手机响，如瑾看见，联系人显示：家。照片上，穿粉色棉衣的女人搂着个小女孩，相似的眉眼、笑容。天暮手机壁纸也是这张照片。

如瑾被照片攫住，韩霜，小雪花，天暮，一家三口。

而她在天暮的通讯录里被叫作岩。陌生冰冷的名字。

天暮洗完澡出来，说，我明天上午抽时间陪你出去转转。

如瑾冷然说，来不及了，我下午的飞机。

没事，我们早点出去，来得及。天暮边穿衣服边说。

我想去湖边走走，如瑾说。

大冷天这么晚还出去？天暮皱眉。

如瑾执意要出去，天暮只好跟着。

他不停打喷嚏，说，这下又要病了。如瑾笑，恐怕是有人在骂你吧？

天暮手机响，他背过身接电话。如瑾隐约听见有女人声，你在哪儿？天暮说，在外面，一会儿就回去。

天暮说刮风了，回去吧。如瑾说，你先走吧，我想待一会儿。

天暮说，好吧，早点回去，小心着凉。说完，匆匆走了。

如瑾盯着那面湖发呆，湖水依旧波光粼粼。夜色覆盖，湖边灌木稀疏，枯树伸出黑黢黢的魔爪，她仰面，风刀割似的刮得脸生疼，你到底在干吗?!她冲着湖面大喊，你到底要什么?!

她的心剧痛无比，泪水夺眶，你到底是人是鬼?!你这个鬼！她哭喊。有人经过，停下来朝她观望。她用手遮住脸。

如果投块石头进去，会激起多大响动？她突然想。

天暮送如瑾去机场。

一路无语，到停车场，天暮找车位停车，让如瑾先上去。

办完登机手续，过安检，候机，没见天暮出现。

如瑾想，这次算诀别吧？她有思想准备，很多事看不透，她也不打算揣摩了，看得越清伤得越深。扣子说，得过且过，就这样吧。

登机前，天暮来电话，妞儿，你在哪儿？我找不到你，急死了。

如瑾冷笑：该登机了，别找了。

天暮说，我停车时撞了前面的车，刚处理完。

如瑾说，知道了，人没事就好。

你就不知道等我一下吗？我让你先上去，没说让你先走。天暮气急败坏说。

我等不及，飞机要起飞了，你，保重吧！我想以后没机会再见了。

挂手机，如瑾听天暮喊，你，别后悔！

有什么可后悔的，八千里路云和月，云腾雾绕，不过是一场梦而已。

回去，生活继续。还能继续吗？

如瑾去找谢端，谢端这些日子一直躲着她，早出晚归，打个照面都难。

谢端在办公室午休，见如瑾进来，有点儿吃惊。

如瑾说，我来是跟你谈离婚的事，协议我都弄好了，发一份给你，你看看。回头记得带上结婚证、身份证。

谢端打哈欠，下午我还要开会，你别无理取闹，好吗？

如瑾笑，我正经跟你说事，没心情也没精神闹腾，再说这是你单位，我也要脸面。

好好的，闹离婚，你这不是无理取闹，是啥？谢端吹胡子瞪眼说。

如瑾说，你心里知道，我好不好。你看吧，你不签字，我就不走，你开会我可以在外面等你，没事，我有的是时间。

谢端苦笑，又坐地炮，啊?！好，我给你搬把椅子，你坐着等。只要你不嫌丢人！

如瑾说，那也行，站着等怪辛苦的。

电话响，谢端接。什么？啊？好，好，我这儿就来。谢端丢下如瑾，转身就走。

如瑾跟着出门，在后面喊，你以为你跑就没事了吗？

谢端回头吼，小答出事了！

如瑾顿时蒙住，什么?！

快上车，去医院！

到医院，如瑾看见小答班主任站在急诊门外。

她跟如瑾说，小答中午放学出校门不远就被辆小货车给撞了，你知道学校门口那条路车多。

如瑾跑进急诊室，看见小答躺在那儿，浑身是血，她吓得四肢不听使唤。护士正在给小答的伤口消毒，小答左腿破了一大块，酒精涂上去，脓水流出来，小答哭喊，妈，我疼。

她问医生，严重吗？

医生说，腿擦破点皮倒没啥事，孩子下巴颏着地儿，看样子骨膜都露出来了，要做手术。去美容科吧。

如瑾带小答去手术室，见谢端拦着那个货车司机叫嚷。倘若我儿子有个好歹，我跟你没完！

做完手术，医生说，这孩子还算幸运，脸没破相，可下巴底下会留疤。

小答要住院观察，如瑾陪他。早上，小答醒来，第一句话，妈，我对不起你。

如瑾咬牙说，你什么时候才能听话不瞎跑啊？

如瑾一宿没睡，谢端送来早饭，说，你回去睡会儿，这儿有我。

谢端一夜之间老了很多，白发、皱纹，胡子拉碴，他坐在床边，摸着小答的头说，疼吗？

小答摇摇头，有点儿晕。

以后中午爸去接你，爸带你吃饭。谢端说。

我想吃红烧肉。小答说。

爸给你做，今天来不及，爸这就给你买去。

如瑾心疼，这些年自己都干吗了？她是孩子的妈啊！

如瑾一刻也不敢离开小答，小答吃着谢端买来的红烧肉说，妈，你回去吧，我没事，再说有他，哦，还有我爸在呢。

谢端笑，我还没一碗红烧肉带劲，你肯叫我爹了？

扣子说过，离婚的男人都不是啥好东西，孩儿他爹再不好也还是他亲爹。

如瑾寻思，这婚该不该离？

谢端对如瑾说，现在孩子身体最要紧，别的以后再说。

隔几天，小答出院，除了皮外伤，没啥大碍，谢端长舒口气，菩萨保佑！还跟小答说笑，人家到美容科都是割双眼皮啥的，你倒好，专门做了个双下巴。

他特意买了个玉观音吊坠给小答戴上，说不是迷信，但求平安。

腊月二十四，小年。谢端说要带小答去庙里，临出门问如瑾，你也去吗？

小答也说，妈，去吧。咱仨儿一起去，多好。

一家三口很长时间没一起出去了。多久？记不清了。如瑾点点头。

小年，去庙里烧元宝、烧香的人多了，谢端烧完纸，带如瑾和小答转到后山。

小答指指山上的那座庙说，妈，树妖就住那儿。

谢端面带愠色，不许胡说。

他头前走，如瑾和小答后面跟着，进庙门，他停下，指指东厢回头对如瑾说，你跟我走。

如瑾尾随谢端往东厢后面走，小答在外面看麻雀吃食。

东厢后面的院子里，有几间房，谢端停下，敲敲头上那间的门，没人应声，谢端索性推门，门开了。

屋里昏暗，如瑾看见墙角地铺上躺着个老妇人。

谢端说，姆妈，我来看你了。

如瑾一惊，姆妈？谢端不是孤儿吗？

老妇人摸索着坐起来，问，你是谁啊？

我是麒麟，姆妈。

铜的，还是石头的？你过来，让我摸摸。老妇人抖索着手说。

谢端靠近她，俯身让她摸，嗯，哦，不是我的麒麟，我的麒麟刻在庙门上了。

老妇人仰起脸，如瑾看见她两眼涣散。表情惊恐。

谢端哭笑不得，姆妈，你多会儿才能认出我？

老妇人呵呵笑，依是来骗状元糕吃的吧？状元糕留给麒麟吃，麒麟要上学，吃糕长大考个状元郎，哎哟，阿拉的糕呢？没糕怎么办？我明明揣口袋里的，麒麟吃不到糕会哭，哦哦哦，麒麟莫哭，姆妈在呢。依忘记了？格我唱拨侬听！

瞌瞌嘞，瞌瞌勒！
阿拉囡囡是要瞌瞌勒
瞌瞌嘞，瞌瞌勒！
阿拉囡囡是要瞌瞌勒
瞌瞌嘞，瞌瞌勒！
阿拉囡囡是要瞌瞌勒

如瑾目瞪口呆。

谢端强忍住泪，扶老妇人躺下。

姆妈，你睡会儿，我给你买糕去。

扫把不伤蝼蚁命，爱惜飞蛾纱罩灯，依可记好了哦。老妇人说。

谢端示意如瑾出去，他也跟着退出去。

关好门，谢端泪流满面。你看到了，这就是我妈，晚露。

如瑾愣住，晚露是你妈？

谢端说，忘了把车里的糕点水果带上来，他现在去拿。

取回糕点，他又去屋里，如瑾跟他进去。

他妈睡着了，他把东西摆放在桌上，又点了一炷香。拜了拜。说，走吧。

他出去找知客，塞钱给知客请他多费心。

下山时，如瑾问，为啥不接你妈回去？

谢端叹气说，她发起疯来，谁也拦不住，只有在这儿才消停。

如瑾想问为啥，没告诉她他妈还活着，可见谢端表情凝重也就没开口。

小答问谢端，你说树妖婆婆那么可怕，你怎么敢进去见她呢?

谢端叹气说，因为没有哪个孩子害怕自己妈妈的。

晚上，谢端炒年糕给小答吃，说他小时候过小年，他妈就炒年糕给他吃。

等小答睡了，他找如瑾说话。

对不起，瞒了你这么久，我也是半年前才知道我妈还活着。

如瑾说，过去也许我会介意，现在无所谓了。

谢端听她语气不对，连忙说，你还要离?

如瑾点头。

谢端苦笑，是我对不起你，我是个失败的男人，希望你听完这个故事，再考虑离还是不离。

如瑾说，一个巴掌拍不响，我也有错。说吧。

第二十四章/小银匠

庆祥年过四十才娶上媳妇，媳妇水灵俊俏得连镇上那些不知死活的小歪都妒红了眼，有说，庆祥他一个废人，就算天上美味送到他嘴边，他也拉不开栓。有说，那瘫子枪都坏了，放空响，还能逮个漂亮小娘回来，是这小娘吃了闷亏，还是那瘫子身残志坚，藏着别的神奇招数？

说归说，庆祥媳妇十七八岁，生就明眸皓齿，楚楚动人，只要庆祥媳妇嫩柳拂风似的出现在银器店门口，那些搬口舌的自然闭拢了嘴巴，真的？真的。庆祥长相非大富大贵之人，又瘫了这许多年，能抱得美人归也算艳福不浅。可有人也说，吕洞宾遇见白牡丹注定命犯桃花，谢瘫子那银坊大门朝西，桃花位易生桃花煞，八字里又带沐浴、咸池，易犯烂桃花，惹上桃花劫也是现生现世。

庆祥没工夫听镇上那些闲人搬弄他的是非，他虽是个半瘫子，可手上的活计不能撂，全家人还指望他这祖传的精到手艺吃饭呢，能讨上晚露这样的媳妇，其中的缘由他心知肚明，晚露的父亲重病在床多年，家徒四壁。全家人吃了上顿儿没下顿儿。后娘打发晚露嫁人，不说套点彩礼钱，少了张拖羹的嘴，她两个儿子就能多吃几口，穷人心狠都是苦日子给逼的。

庆祥用两担米、十斤腌肉，外带一对银手镯，娶了晚露进门，这在后娘眼里已算阔绰财大气粗，她眉开眼笑说，晚露呀，嫁过去好生过日子，翻年生个大胖小子，让姆妈也沾沾喜气。

晚露聪明能干，自从嫁到谢家，把谢家里里外外打理得井井有条，人说晚露唇红齿白、鼻子高挺，生得旺夫相，银坊有她进进出出，也多了几分彩头。尤其是那些好事的小歪们没事就去银坊附近转悠，不买银饰，为的就是多看晚露一眼。

庆祥的妹妹香钏看不过眼，私下对庆祥说，阿哥，侬还是别叫阿嫂来银坊了，人多眼杂的，莫出了啥歪邪事。

庆祥说，侬晓得，一个人屋里厐的，心焦。由她出来讲讲话散散心，勿讲勿话生大病。

晚露模样俊俏，可经不起旁人推敲，她几乎整日没个笑脸，哪怕牵个嘴角都没有，她眉心有颗痣，皱皱眉就连在一起，平顺中多了峰峦起伏，忧虑就那么写在脸上。好似鲜花被风吹皱，楚楚可怜。

翻年，晚露早产生下儿子麒麟。麒麟体弱多病，早产儿嘛，也不稀奇，可出窠娘说，麒麟是足月出生，只是娘胎里没得到滋养。流言四起，有说，晚露未过门就有了身孕，嫁给庆祥是掩人耳目。

晚露整日以泪洗面，庆祥嘴上不说，心里可憋屈得很，喝点酒上头，也不顾及夫妻情面，轮椅摇到晚露跟前，拳头铆足劲，夹头夹脑对晚露一顿暴打。晚露也不躲闪，任他发泄个够，有人说晚露，庆祥他一个半瘫子，能有多大力气，侬就不知道出去躲躲，侬就算跑了，料他也追不上侬。

晚露有自己的招数，被庆祥打急了，她就抱起麒麟，往庆祥怀里搡：侬连麒麟一起打，打啊！

麒麟哇哇大哭，庆祥立马没了气力，虽说传言麒麟是野种，可毕竟是个婴孩儿，他下不了手，再说连他自己都说不清麒麟是否是他亲生的。

当初晚露嫁给他，图他个瘫子啥？他知道自己福薄，自然也摆布不了晚露什么。再说晚露腰上的银锁也没变黑，说明晚露依旧清白，银锁是晚露进门当晚，他给她贴身拴上的，死扣，任谁也解不开，除了他。香钏说，莫非晚露进门前已珠胎暗结？她一个姑娘家不好意思问哥嫂的私房事，庆祥并不言语，手上使劲，锤子砸得模具哵哵响，听得人心惊肉跳。

麒麟生得虎头虎脑，刚满周岁，越发招人疼，人来客往，看见他都忍不住上前掐他几把，小鬼佬，卷毛头。

庆祥听了黑着脸叫晚露把麒麟抱进去说，去，把这鬼佬头给剃掉！

庆祥不到四十就秃了顶，没谢顶前，头发也是稀疏干枯，麒麟毛茸茸的卷发跟庆祥没丝毫相似之处。而晚露的头发乌亮平顺，不像他们夫妻俩，像谁？

晚露并不理会，照样抱着麒麟进进出出，庆祥气得抡锤子，麒麟扭头冲他笑，口水滴进颈窝，湿漉漉的奶腥味，麒麟叫，阿爹。庆祥哆嗦一下，麒麟又叫，阿爹。庆祥手中的锤子落下来。

转眼，麒麟六岁了，庆祥在银坊里忙活得热火朝天，麒麟在一边拿小锤子像模像样地敲，不时喊庆祥，阿爸，瞧，这像个啥？像佛手？像喜鹊。快说啊！庆祥擦擦汗，笑，你觉得像哪个就是哪个。

这几年眼瞅着麒麟越来越乖巧，庆祥的猜度也渐渐没了影踪，银子都能烧软，他也不是铁石心肠，加上麒麟亲他，张口闭口阿爹，阿爹的，叫得他手发软，他由不得地心疼他，狗生狗值佃猫生猫值佃癞头五子自中意，况且他俩是名正言顺的父子俩。

槐花飘香时节，镇上来了个小银匠，他在庆祥银坊对面开了个银器店。

小银匠年轻俊朗，手艺也精到，银饰价廉物美，少不得顾客盈门，生意兴隆。镇上的小娘都喜欢到他那儿挑选银饰，并夸他热情周到。

小银匠在庆祥对面打擂台，庆祥银坊门可罗雀。庆祥打发晚露过去一看究竟。

晚露回来，不言不语，眉峰起伏。

庆祥问了几遍，她都不吭声，问急了，她说没看出啥。

晚露带麒麟去洗澡。麒麟喜欢看晚露洗澡的样子，晚露的肌肤如玉，乌亮的头发垂到腰际，盖住腰间的银锁，麒麟伸手摆弄银锁，姆妈，这上面好像是一只蝉呢？晚露躲闪，小鬼头，挂爹类（扇巴掌）！说罢，赶忙用擦银布仔细把银锁抹几遍。直到银锁雪亮，才松口气。

香钏去小银匠那儿看过回来说，小银匠福地是老油条，偷奸耍滑，银料质地不纯，银饰颜色发灰，也不光亮。还翻白泥螺（装疯卖傻）死不承认。

庆祥说，宁做直头牛，莫做要钿呒狼（只想得到好处的人）。

庆祥银坊的生意日益惨淡，庆祥除了干活，就是在屋里喝闷酒，香钏催他去跟福地当面理论。

庆祥摇头，大不了擂倒牌子，做脱底茶萝。

晚露说她去跟福地谈。

麒麟跟着晚露去福地银器店。福地见到麒麟笑，小鬼头好似在哪里见过。他塞糖果给麒麟吃，摸着麒麟的头对晚露说，这卷毛是娘胎里带来的吧？像我。

晚露跟他去里屋说话，麒麟在外面吃糖果。

出来时，晚露眼圈发红，发髻上多了支点翠簪子。麒麟问，姆妈，侬哭了？晚露摇头笑，姆妈交关开心呢。她眼睛眯成月牙儿说。麒麟嘟嘴说，又哭又笑，满脸生六谷。晚露笑，小鬼头，挂爹类（要扇巴掌啊）？

隔天，福地来银坊找庆祥说，他手头活太多忙不过来，问庆祥有无心相（兴趣）帮他加工些银饰。除了加工费他付，还分三成给庆祥。

庆祥起初不答应，晚露心焦说，福地肯上门求你，也算扎面子，答应他好了。庆祥怀疑福地吃软弶（耍花招）。香钏也在旁抬城隍说跌倒势讲，赚钱又不吃亏。

庆祥叹口气说，好。

银坊进项多了，庆祥心里也舒坦，他隔三岔五会请福地过来喝酒。福地也不推辞，二人逢酒必醉，庆祥醉得不省人事，福地面红耳赤地盯着一旁的晚露看，越看越动火，阿娣，侬快活么？晚露皱眉，眉峰叠起。

福地突然拉住晚露的手说，跟阿拉走。阿拉不令侬再吃苦头。

晚露退一步，眼中含泪说，侬又是何苦？

福地进出银坊频繁，对晚露另眼相看，对麒麟更是疼爱有加，他每次来都会给麒麟带糖果玩偶，时间一长，有人传言福地和晚露原本是旧相好，麒麟长相像福地，尤其是那一头卷毛。

庆祥脸阴沉得像冷饭块，不再给福地加工银饰，酒后又开始劈头盖脸打晚露，用烟枪在晚露胳膊上烫烟洞。晚露痛得尖叫。麒麟冲过来护晚露，庆祥一把将他推倒，嘴里骂，小棺材，作死！

晚露依旧不躲闪，庆祥打累了，喘口气吩咐晚露把他扶到床上去，晚露哆嗦一下，照他意思做。扶他躺下，晚露起身，庆祥突然伸出手拽住她，将她撂倒在床沿上，庆祥掀开晚露衣服，拽起银锁端详，蝉没黑?!他用手掐住晚露脖子，牛怕上轭，人怕落轧，侬与福地相好，侬当阿拉不晓得，啊?!

晚露失声挣扎，麒麟跑过来，拽庆祥，老酒包！莫碰我姆妈！

庆祥不松手，麒麟上去咬庆祥胳膊，庆祥惨叫一声，小棺材！

晚露跑出去。麒麟四处找她。

外面雷花大雨，对面福地店里灯火透亮，门紧锁，后窗虚掩。麒麟爬上窗，看见福地和晚露全身赤裸，福地抱着晚露，晚露在福地怀里哭：侬当真带我走？福地抚摸晚露说，当真。那呆大（白痴）众生（畜生）相，总要短命促死的，看着我火光头顶心！

晚露腰际的银锁反射出惨淡白光，诡异惊心。

动雷豁闪，麒麟吓得放声大哭。窗子哗啦啦响，他眼发黑，摔将下来。

麒麟得了热病，差点要了性命，神婆说，要吃七岁公鸡的活鸡心才能好，庆祥四处求人，好不容易找到一只五岁的公鸡。麒麟的病好了。

晚露走了再没回来。没两年庆祥得了重病，郁郁而终。

故事说到这儿，谢端舒口气说，你晓得我就是麒麟。

如瑾问，为什么晚露不带麒麟一起走。

谢端说没人知道，我是香钏姑姑带大的，她也说不清。总说红颜祸水哦，现世现生。

福地呢？

半年前，我姑说我妈回来了，听说福地辜负了我妈，她疯了多年。

谢端叹口气说，到现在我都不知道自己是不是我爹亲生的。我是没有来路的人。像野草似的卑贱，自生自灭。我阿爹临死前说，这是现世报。

好了，说出来就轻松了。谢端说。

半夜，如瑾辗转反侧，她似乎看清了谢端的内心，可是她已经到了远处。回首，烟水迷茫。

小雪天，天暮打电话来，如瑾犹豫再三，接。

天暮说他提职了。如瑾笑，恭喜。

他说这回又是韩霜找她舅舅帮的忙。

她帮我两次，真不知怎么感谢她。天暮叹气说。

如瑾说，夫妻俩亲不言谢。

天暮生气说，我们早就离了，捕风捉影有意思吗？

如瑾笑，我没想太多，不好意思，让你误会。

天暮支吾说，韩霜这段时间变了，变得通情达理，很懂事，跟我妈冰释前嫌，如果，她现在说要复婚我还真不好说，她帮了我那么多，其实我们之间也没啥针尖对麦芒的大事，我不同意复婚，别人还不知道怎样说我寡情薄义、忘恩负义呢？想想，也都是为了孩子。我想，我想，你理解吧？

那就听她的，复婚吧。如瑾说。

可我心里又过意不去，因为你。你又怎么办？天暮说。

还能怎么办？日子照旧。该咋活还咋活。如瑾心灰意冷。

一想到你跟他睡在一张床上，我就，就受不了，是实在没办法接受。我知道我自私，可我也不知道为啥。天暮说。

如瑾冷笑，你想的可真多！

是啊，你是我的精神支柱。我不得不想。你就当我胡思乱想吧。天暮急促地说。

如瑾灵机一动说，我离婚了。

天暮震惊，怎么不告诉我一声？

我自己的事自己解决，告诉别人是不是有点儿多余？

你这是草率，好好的为什么要离婚？

如瑾大笑，说了是我自己的事。

你明知道我有病，娶不了你，你现在离婚等于失去了依靠，怎么办？

依靠？我从没依靠谁，我靠我自己。别把自己当谁的靠山，撑得住自己就算不错，我晓得自己几斤几两。

可我想拯救你，至少我拯救过你。你快乐过？不是吗？

拯救？你个男小三，拯救谁？

真相浮出水面。拯救与破坏被天暮混为一谈，并说得掷地有声。如瑾笑中带泪。扣子说的没错，宁愿相信世上有鬼，也别相信男人那张破嘴。

我不是不想娶你，只是现在不行，我有病，我要先治病，我不愿拖累任何人，因为这个病，我现在债台高筑，懂吗？

如瑾冷笑，你有病，我也有，我也得治病。欠债？又欠了谁的情债？

说真的，没跟你开玩笑，你上次来住酒店的费用都是我借的，我没骗你。妞儿，别胡闹！

把卡号发给我，我把钱打给你，出来混总是要还的，谁也别欠谁，谁也别辜负谁，咱们两清了。如瑾说。

妞儿，你就知道气我，我真的有病，心脏最近也出问题了，肝上还长了囊肿，我跟谁谁倒霉，哪天也许一觉睡不醒，就没了。我是替你着想。想想都心酸，唉！天暮说着一阵咳嗽。

要搭桥，还是剖出来看看红不红黑不黑，有几间心室，瓣膜脱垂没？有没杂音？还跳不跳了？

天暮说，我喘不上气，咳咳，我快死了。

如瑾笑，死了好，早死早变鬼，哦，我忘了，你本来就是鬼，大白天出来不怕见光死？哦，活见鬼了！

如瑾挂掉电话，天暮再打，她拒接。

天暮发短信，我吐血了，真的。

如瑾回，血没了，身子就轻了，祝你平步青云!

雪后，天空瓦蓝，一丝云影都没见。窗玻璃上的霜花融化，阳光下吐着丝丝热气。如瑾眯着眼睛说，我没死，还活着，活着呢。

第二十五章/破茧

除夕，如瑾在医院照顾老父亲。头前人杰赌输了钱，在外借高利贷。年关，债主追债上门老父亲气得脑梗住院。

如瑾妈中午来送了顿饭，临走时抱怨，啥时候不能病，偏偏大年三十也不让人消停，大过年生病多不吉利，唉，这一天我说了多少个病字，呸呸呸！

其实如瑾也为她妈犯愁，金桔又犯病了，在家闹腾死活不肯去医院。对于金桔全家人都束手无策。如瑾也弄不清她到底是清醒还是糊涂，年前金桔突然说想贞儿了，要如瑾陪她把贞儿接回来。可贞儿回来还没到半天，金桔就嫌贞儿难带，说还是送回她爷爷奶奶那儿去吧。回去时，金桔要上超市买东西，她让如瑾抱着贞儿，说，一会儿进超市，装着不认识我，你俩离我远点。如瑾问为啥？金桔左顾右盼说，超市里熟人多，贞儿那么难看，要是被别人看到问起来，有这样的闺女，我多丢脸！如瑾生气说，难道我抱着就像我了，就是我闺女了?!你怎么着也是贞儿的亲娘，母不嫌儿丑，哪有你这样当妈的?！金桔不等如瑾说完，自己先闪了。如瑾在后面骂，脑子真有病！你整个人都坏掉算了！

如瑾见她妈忧愁，说：妈，这几天你就别过来了，这儿有我呢。她妈点点头，欲言又止，出门后回头说：妮儿，辛苦你了，你让谢端把小答送我那儿去，我给他做好吃的。

厉梅来卯了个头，她说老爷子早该这样了。

如瑾气恼，你意思说我爸早该死了?!

不是，我是说老爷子年纪大了，也该退下来休养了。我是为他身体着想。厉梅辩白。

少假惺惺，我爸退下来，也轮不着你们。如瑾说。

瑾儿，怎么说话呢，都是一家人？厉梅说。

谁跟你是一家人？我姓木，你好像姓厉哎。

我是木家儿媳妇，何况还有朗朗，说句你不爱听的，你都嫁出去了，哪个都晓得嫁出去的姑娘泼出去的水。

如瑾笑，你的意思我爸管了儿子还要管孙子？你记着有我在，公司就没你说话的分儿，我是股东，你也晓得？

厉梅气呼呼地走了。老父亲叹气，跟她吵干吗？也该到树倒猢狲散的时候了。

如瑾在医院碰见扣子，她扭伤了腰在做理疗。

扣子哼哼唧唧说，她举杠铃闪了腰。

如瑾笑，这个你也行？

扣子说，都是那八块腹肌出的幺蛾子。扣子说的八块腹肌是指那个健身教练。

如瑾说，看来单相思也是要出意外的啊。扣子问为啥？如瑾笑，心有灵犀才能珠联璧合。就你半吊子，摸下人家麒麟腿都不错了，还指望够那上半身，人家没一脚踩死你啊？

扣子翻白眼，我去！我有那么微贱吗？我虚高 165，他才 170，我咋就被你糟践成旱地拔蒜了？

如瑾大笑，你？净高呢？157 吧？

扣子踮起脚说，瞎说，我怎么着也有个，有个，听好了，阿祖玛我净高 157.3。

如瑾笑得前仰后合，我可没带皮尺。

扣子打岔问，上回你说的那对狗男女咋样了。

如瑾笑，男的吐血身亡，女的孤独终老。

扣子张大嘴，乖乖！现世报啊？不对吧，男的死了，我信，那女的这么快就孤独终老了？

如瑾点头。

瞎扯淡。

你呢？扣子问。

我以前是鬼，如今当啥，还没想好。如瑾笑。

不人不鬼呗！扣子笑。

晚上，谢端过来看老岳父。头前谢端垫付了老岳父的住院押金。如瑾拒绝，可谢端说，我没有爸，把岳父当亲爹，有错吗？

谢端悄悄对如瑾说，离婚的事情别跟你爸说，我不想让老人家病着还担心，你再考虑几天，春节后再说，行吗？

如瑾沉默。

谢端告诉如瑾，老马家昨天被盗了，小偷偷了一些旧衣服，还有个帆布包。

如瑾说，没啥损失就好。

谢端说：你不知道，存折、卡都在旧衣服兜里，包里有金银首饰，加起来数额巨大，小偷被抓后举报了老马，老马可能要摊上大事了。

如瑾吃惊，她打电话打算安慰乌鸦几句，谁知乌鸦开口就骂，屁话缭绕！缭绕！造谣！造谣！哪个嚼舌根敢满嘴喷粪，我咒他死全家！

如瑾说，没事就好。

乌鸦问如瑾上次的玉镯修好了没有？如瑾说，镯子修补价格太高，她打算不修补了。

乌鸦冷笑：没想到你还算小钱？

如瑾气极，说，镯子本来就是我的，就这样吧。

乌鸦说：没想到你是这种人，知恩不报。过河拆桥。

如瑾笑，这叫物归原主，你再呱呱乱叫，就去——你大爷的！

正月初五，谢端带如瑾、小答赶庙会。

没到跟前，就看见后山烟尘滚滚，山脚下拉起了警戒线，消防车呼啸而至。

谢端停下车，探究竟。

听说，庙里有个疯子点香烧了寺庙。

谢端大惊失色，甩下如瑾和小答就往山上跑。

没跑几步就被警察拦下，火势凶猛，烧红了半边天。

谢端腿发软，跪倒在地，姆妈，我是麒麟，侬不能有事啊！

晚露死了。

谢端请了病假，闭门不出。

他除了睡觉就是抽烟，睡梦中惊醒叫姆妈，我是麒麟，在呢。

瞌瞌嘞，瞌瞌勒！

阿拉囡囡是要瞌瞌勒

瞌瞌嘞，瞌瞌勒！
阿拉囡囡是要瞌瞌勒
瞌瞌嘞，瞌瞌勒！
阿拉囡囡是要瞌瞌勒

半夜谢端屋里时常传来哭泣声。

如瑾安慰谢端说，你姆妈变成蝉，飞到对面那棵大树上去了，明年夏天，她还会飞回来的。

谢端流泪，我听说雄蝉才会叫，雌蝉怎能发声？

如瑾笑，她不会发声，可还能听到你的声音啊！

谢端盯着窗外叹息，什么时候才到夏天呢？

如瑾带小答到楼下堆雪人，看见有只狗脖子上挂着只红色手机，手机的铃声是梁祝。

小答在后面喊，柳丁！

有阵子没见花婆婆了，记得最近一次，还是在去年年底，如瑾在小区门口碰见花婆婆。

天飘着雪花，花婆婆坐在轮椅上，戴着顶红色绒线帽，膝上盖着块红花毯子，手里摆弄着个红色手机。推她的不再是枣儿奶奶，而是换了个敦实的中年女人。花婆婆时不时扭头冲中年女人指指点点。

花婆婆看见如瑾笑，枣儿，回去告诉柳丁，我不等了。让他个老不死的，没人疼没人管，活该单着！愣着干吗，还不去啊！

如瑾笑，嗯，知道了。

柳丁叫了几声，向前跑去，小答追了过去。

小答又长高了一头，夯实了不少，十三岁的少年，背影矫健坚定，朝气蓬勃。

快立春了，外面还是冰天雪地的。午后阳光露了头，玻璃窗上的霜花融化，氤氤氲氲的，倒是有几分入春的迹象。

昨儿夜里，阳台上的铁海棠开花了，谢端叫它麒麟刺。如瑾看着眼热，春去春又回，不爽不错的。

如瑾想起那个在她生命里一闪而过的身影，江天暮。

扣子说，苍蝇不叮无缝的蛋，如瑾笑，谁是苍蝇，谁是蛋？反正他俩都不算是，是什么呢？蜜蜂？萤火虫？七星瓢虫？她觉得要是也得是只蝉，爱就是爱，欲望终归是欲望，两者搅和在一起就是熬煎折磨，话说回来，不管怎样，与爱有关，都是美好的。她没那么没心没肺，一切过后，还当什么事都没发生一样。

如今，江天暮面容模糊，声音缥缈。她轻叹，真快啊！发生的，已成过往。她并不刻意去忘记或者记起。就这样淡了，远了，模糊了，只留下个影子，挺好。

她笑，他本来就是个影子啊！

如果那个影子再次飘忽到她面前，她该怎么说？

孩子大了，我们都老了。

梦醒了。是非黑白。阴差阳错。我还记得你。

人生无常。往事如烟。

远近朦胧。

还爱吗？追光吗？

如瑾仰面朝天，阳光炫目，她的背脊滚烫，一股尖锐的疼痛绞动、翻涌。

神秘力量令她闭上眼睛，此刻，仿佛有双透明翅膀正穿透她肉体，膨出伸展。要飞了。

飞。

她嘴唇翕动，好像有只蝉在她耳边歌唱。它要冲破黑暗，融化在黎明的光里。哪怕只活七天。哪怕没有另一只蝉为它守候。来吧！

现在，你可以绿了
因为，我要发芽了
现在，你可以吹了
因为，我心里痒了。
一起疯长、一起绿。你是我，我是你
变回原形，找到鬼天堂
傻瓜，天堂见。跟我一起穿过黎明
迎着光，燃烧，化成灰，像蝉一样唱。
傻瓜，天堂见，我们都是活在昨天的鬼。
左眼光明，右眼漆黑，反正就要散了，没什么可怕
反正已经爱了，没什么可怕

反正天就快亮了，我们又要遇见了

反正，我们又要在一起了。

天知地知你知我知，鬼知道

……

傻瓜，天堂见。跟我一起穿过黎明。

迎着光，燃烧，化成灰，像蝉一样唱。

终
九月入画
2014/8/16　17：21 初稿
2014/11/15　13：38 修改完稿

The end